NF文庫
ノンフィクション

戦場における34の意外な出来事

極限の状況に生きた人間の真実

土井全二郎

潮書房光人新社

はじめに

平成十六年六月一日号の日本海事広報協会旬刊紙「海上の友」のコラム欄に「敵艦見ゆのバームクーヘン」と題して、次のような記事を書きました。

宮古島のおミヤゲ屋さんで「久松五勇士」という商品名のバームクーヘンが売られていた。包み紙には荒波と戦うサバニ（くり舟）の男五人の姿が描かれていた。なんらかの由来に基く「宮古銘菓」らしいのだが、絵だけでほかに説明はない。

菓子箱を開けると「しおり」が入っていた。それによれば――、

日露戦争たけなわの明治三十八年（一九〇五年）五月二十三日朝、島の帆装貨物船が宮古沖を北上するロシア・バルチック艦隊を発見した。二十五日朝、島に帰った同船の船長は警察に急を知らせたのだが、島には電信施設がない。「皇国ノ興廃」がかかった重大情報である。島司らが緊急会議を開き、施設がある八重山諸島石垣島まで早舟を仕立てるこ

とになった。

行く手は「天気晴朗ナレドモ波高シ」の百三十キロにおよぶ荒海。ふたたび敵艦隊に遭遇することも想定された。二十六日早朝、「決死行」に選ばれた久松地区の若い漁師五人は、悲壮な決意のもと、小さなサバニに乗って船出している。そして約十六時間にわたって漕ぎに漕いでいる。石垣島に着いてからも二時間の山道を駆け、八重山電信局から「敵艦見ゆ」を急報している。のち、この五人の若者は「うみんちゅ（海の人）」の面目躍如たるものがあるとして、海軍大臣から表彰されている。

以上は平良市史も参考にしたのだが、そうした先人の心意気がミヤゲ品として形を代えながらも、今日なお、島で語り継がれていることにちょっぴり感動めいたものを覚えたことだった。来年五月、そのバルチック艦隊撃滅の日本海海戦からちょうど百年――。しかし、別にそんなことを宣伝文句に取り入れることもなく、「久松五勇士」は昔ながらの表装のまま（ミヤゲ店主談）、ごく素朴に店頭にならべられていた。

バームクーヘン（商品名称）か、バウムクーヘン（広辞苑）か。そもそも、なぜ、おなじみの饅頭や煎餅、アメ類ではなく、この菓子だったのか。いつごろから製造・販売されているのか――。売れ行きは、など詳しいことを知りたかったのですが、問い合わせに対する返信はありませんでした。きっと菓子づくりにお忙しかったのか、あるいは広告料・賛助金を取られると思われたのかもしれません。

それにしても、よくぞ、こうしたことが語り継がれていたものです。この史実は、島人たちの健気なまでの懸命な努力にもかかわらず、そのわずか一時間前、五島沖で哨戒艦「信濃丸」が発した電波に先を越されたという悲劇性もあって、当時、大いに喧伝されたといわれます。（本当は「おそかりし一時間」ではなく、まる一日の遅れだったのですが——市史）

日露戦争は百年前のことですが、先の太平洋戦争終結は約六十年前の出来事です。この太平洋戦争における〝史実〟はうまく伝わっているのでしょうか。正確に語り継がれているのでしょうか。

本書はそういう視点から、可能な限り、元将兵はじめ当時居合わせた方々にお目にかかり、まとめたものです。とくにいわゆる「従軍慰安婦」に関する記述は、これまで一般に流布されているハナシとはいささか違う内容となりました。物事にはタテとヨコ、表もあれば裏もある。複眼的な見方が必要のようです。

資料の扱いでは執筆者あるいは編集担当者との連絡がとれないため、そのまま使用させていただいたものもあります。先人への感謝の念と共に、ひと言お断わり申し上げます。（文中、敬称略）

土井全二郎

戦場における34の意外な出来事——目次

はじめに　3

第一章　開戦前夜

日本の「シンドラー」たち……16
ソ満国境のスパイ戦……28
気象隊の開戦日予報……37
マレー上陸作戦の偽装工作……48

第二章　ああ堂々の輸送船

武器なき海……60
ヒ七一船団の悲劇……68
潜水艦対策秘話……76
バシー海峡長恨……83
果てしなき海原……91

第三章　キセキレイを食わなかった兵隊

食われかけた兵隊……100
サメに食われた兵隊……107
ムササビ・ツルを食った兵隊……114
カブトムシに食われた兵隊……120
キセキレイを食わなかった兵隊……127

第四章　軍律きびしき中なれど

郡上音頭と「てるてる坊主」と……136
「恩賜の兵器」の非合理性……144
番兵・歩哨の守則……153
敵国人を戦友として……160
敵負傷兵を見捨てられず……168

第五章　戦場の慰安婦

東雲のストライキ……176
白蘭の歌……183
独身教官と妻帯補充兵……191
舶工一一連隊の丸子島……198
拉孟玉砕部隊のニギリめし……206
アリランの歌……217

第六章　日本の原爆と米模擬原爆

ウラン鉱石を求めて……226
日米情報戦たけなわ……236
「二号」「F」研究を考える……244
模擬原爆五十発が落ちた……253

第七章　戦い敗れて

朝鮮半島出身兵追憶……266
馬と兵隊……275
機関車と兵隊……282
箸と産婦と墓参りと……290
戦死を信ぜず……297
あとがきにかえて　303
主要参考文献　307

写真・資料提供／著者・National Archives
雑誌「丸」編集部
図版作成／佐藤輝宣

戦場における34の意外な出来事

——極限の状況に生きた人間の真実

●第一章

開戦前夜

日本の「シンドラー」たち

米国映画「シンドラーのリスト」がしばらく話題となった。

第二次大戦中、オスカー・シンドラーというドイツ人実業家が、ナチス・ドイツの弾圧政策により悲惨な状況下にあったユダヤ人たちを守ったという実話に基づく映画だった。日本でも東欧リトアニアの杉原千畝《すぎはらちうね》領事代理が「日本通過」に必要なビザを独自の判断で発給した史実はよく知られているところだ。

杉原ビザのおかげで昭和十五年から日米開戦の年の翌十六年後半にかけ、ナチス・ドイツの迫害から逃れ、日本経由で「自由の新天地」めざしたユダヤ人は、六千人から八千人にのぼったといわれる。

そのころ、日本海汽船社は福井・敦賀港と朝鮮半島北部の港、さらにはソ連（当時）ウラジオストク港を結ぶ定期航路に月に二航海の割で旅客船を走らせていた。

西へ行こうか　東へ行こか
港敦賀は　東洋の波止場
名残り惜しめば　テープも濡れて
明日は　異国の空の下
（大敦賀行進曲）

貨客船「はるぴん丸」（五、一六七総トン）もその一隻だった。山県忠重二等通信士＝写真、当時＝は、遠く欧州の地からシベリア鉄道に乗ってやって来たユダヤの人びとのことを、よくおぼえている。のち日本海汽船通信局長。

「ほんと疲れ切ったような格好でしてね」「それでも、やっとナチス・ドイツの迫害の手から脱出できた喜びは大きく、わたしたち船員へも愛敬を振りまいていました」

山県忠重

ひとつ、山県が「なんとねえ」と驚嘆の声をあげたことがあった。

一行の多くは文字通りの「着の身着のまま」だったが、船内から「ＪＥＷＣＯＭ　ＫＯＢＥ」の略号で無線電報一本を打つだけで、ちゃんと到着地の敦賀港で「必要資金」を入手することができることである。ユダヤ人たちの世界規模での強固な結束ぶりがうかがえる思いだった。山県はユダヤ人乗客から頼まれて無線電報を打つ当の通信士だったから、これらのことが手に取るように分かったのである。

ここらあたり、そのころのユダヤ人たちはどのような状況下にあったのだろうか。

昭和十五年春のことだった——。

現JTBの前身、ジャパン・ツーリスト・ビューロー（以下、交通公社）のニューヨーク駐在事務所は、米国ユダヤ人協会避難救援委員会からの突然の申し入れを受けている。「極東へ逃れてくるユダヤ人難民を日本経由で脱出させてもらいたい」

十三年前後から、満州（中国東北部）西端国境の満州里に接するソ連領オトポール駅にはユダヤ人難民が相次いで到着していた。そして、このオトポール駅から南満州鉄道に乗り換え、満州に入ることを希望しているというのだった。

当時、日本はドイツとは友好関係にあった。十二年、日独伊防共協定成立。十五年、三国軍事同盟締結。そのドイツがユダヤ人弾圧政策を取っているのだ。このため、ユダヤ難民輸送斡旋の申し入れを前にして、交通公社ニューヨーク駐在事務所は大いに困惑している。判断がつかず、東京本部に「いかに取り計らうべきや」との緊急電を打っている。

本部も迷った。激論となった。その模様を日本交通公社社史は短行ながら伝えている。

「（当初）本部としてはこの輸送を引き受けることに難色を示した」「しかし、事は人道上の問題でもあり、関係方面の了解を得て引き受けることにした」（「五十年史」）

ここに出てくる関係方面とは軍部のことである。満州は当時、日本軍関東軍の実質上の支配下にあった。その了解なしに動けるものではない。ところが、なにかとその独走ぶりが非難されていた関東軍なのだが、このユダヤ人難民の扱いに関しては比較的理解ある立場をとっていて助かった。

なぜ、だったのか。

交通公社OBの伊藤明（73）＝写真＝は戦後、米JTBインターナショナル社長を務めた。その赴任先で、かつて先輩たちが払った並々ならぬ努力を知り、交通公社刊旅行雑誌「観光文化」に「ユダヤ難民に〝自由への道〟をひらいた人々」などのタイトルで三回にわたって当時のことを紹介している。それによれば――、

満州の地では日本の後押しにより満州国が誕生したばかりだった（昭和七年）。「王道楽土建設」「五族協和」（日、満、漢、朝、蒙）が国家理想として大々的に掲げられていた。このため、国策的にも人種差別策は考えにくい面があった。一方、満州国は建国直後とあって膨大な資本と人材確保が緊急課題だったが、日本国内だけでは対応できなかった。そこで、世界に散在するユダヤ資本と技術の導入を図ろうという実利面も働いた。

伊藤 明

当時、関東軍ハルピン特務機関長だった樋口季一郎少将は、その著「アッツ・キスカ司令官の回想録」の中で次のように述べている。

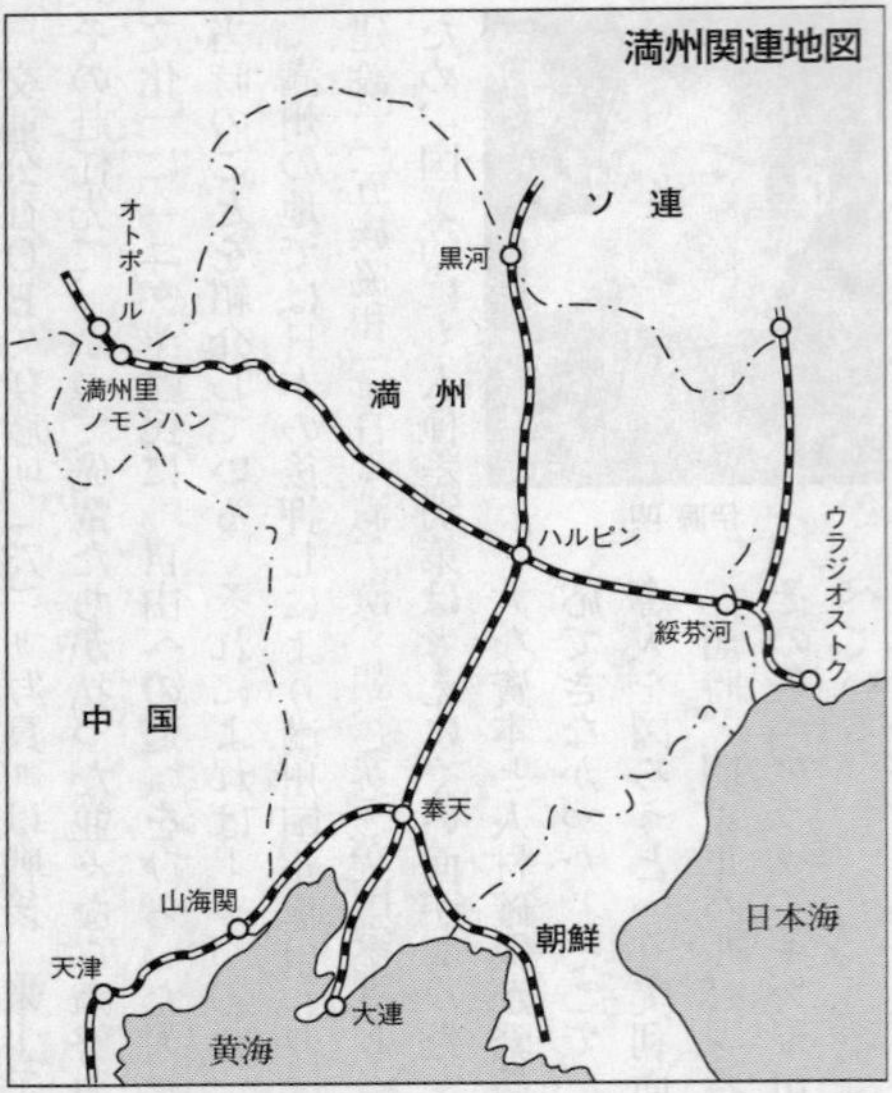

ユダヤ人たちは苦しい野営的生活を送りながらオトポール駅と周辺の地にとどまっていた。これ以上放置した場合、「五族協和」「万民安居楽業」を国是とする満州国としてはまずいのではなかろうか。そこで、「満州国外交部ハルピン代表部主任某君の来訪を求め、種々協議したのであったが、結局これは人道上の問題であることに意見一致をみた」「その後、外交部の決定として、ともかくも満州里駅通過、潮のごとくユダヤ流民がハルピンに流れ込んだのであった」

このとき、樋口少将は部下に対し、難民の中で「日本科学の推進のため利用し得る人物の探査」を密かに命じている。人造ゴム製造技師はじめ「数人の有望科学者を発見」したのだが、雇う側の日本人業者と間で「給料の点」で折り合わず、そのままになったという話が残っている。

交通公社職員も列車添乗員となってユダヤ人難民の世話に当たった（「観光文化」150号から）

さて、激論の末、ユダヤ人難民の輸送を引き受けた交通公社のことである。

満州里における元交通公社駐在員「回想記」（「観光文化」一五〇号）によれば——、「週一回の列車が着くたびに、百人、二百人が固まって到着してくる。急いで逃げ出したためか所持金のない者が多い。応対の交通公社員にライター、時計、指輪などを差し出し、換金を求める。公社員たちは物珍しさと同情心があってポケットマネーで買い取り、キップを発行していたが、すぐ限界に達した。そこで近くの中国人質屋で換金させた」「入国審査の満州国外交部は多忙を極めていた。ほとんど無条件で（満州国）滞在ビザをどんどん出していた。それでも手が足らず、交通公社員にもビザ発給業務の分担を求めてきた」「書類にビザ印を押したあと、満州国外交部長（日本の外相にあたる）のサインをいい加減に真似した字を、さらさらっと書いた」

こうして無事入満を果たした難民たちは、とりあえず、ハルピンに向かっている。この列車にも交通公社員が「ハイカラな」制服姿で、三人一組となって添乗していた。

興味ある記述も出てくる。

「当然の任務として列車内で難民の世話をしたが、同時に難民たちから、シベリア沿線の情報を聞き出し、満鉄経由で関東軍に報告していた」（同）

むしろ「これが本務だった」とある。さすが関東軍もあの手この手である。軍が前面に出るわけにはいかないとあって、仮想敵国ソ連の情報入手に交通公社員を使ったのだ。当時の日ソ間における激しい国際情報戦をしのばせるようなハナシである。

ハルピンに到着した難民たちは、多くが上海に向かった。当時、上海は「自由都市」といわれ、入域が比較的容易なことがあった。一方、列車で直接ウラジオストクに出て日本経由で新天地をめざすグループもあった。先の杉原領事代理発給の日本通過ビザを持っていた人たちだった。

なお、極東に来た難民総数については、「二万」（樋口「回想録」）「一万五千」（日本交通公社「五十年史」）といった記述がみられるのだが、確とした数字は不明である。

このウラジオストクに出たグループの第一陣が、十五年九月、冒頭に紹介した敦賀港向けの第一船はるぴん丸に乗船することができたことになる。続いて同じ日本海汽船の天草丸（三、三四〇総トン）、気比丸（四、五五二総トン）も救援船として駆けつけている。交通公

ユダヤ難民の女性と記念撮影の大迫辰雄職員（大迫氏提供）

天草丸（商船三井提供）

社ＯＢ、大迫辰雄（86）＝写真、当時＝は、このうちの天草丸乗船の交通公社添乗員として「二十数回」にわたって日本海を往復した。

日本海はよく荒れた。三日間の航海予定が、四日や五日にもなることはざらだった。全員が船酔いで苦しんだ。だが、彼らを慰めようにも言葉が通じない。大迫は青山学院大学英文科を出ていたが、それなりの英語もダメとあってはお手上げだった。「頭にお皿みたいな丸い帽子」をのっけた黒装束の「ユダヤ教の坊さん」が英語とヘブライ語（？）の通訳を買ってくれて大いに助かっている。

じつは大迫ら交通公社添乗員には大切な仕事があった。難民一人ひとりについてリストと照合し、送金通知書（イエロー・ペーパー）の所持を確める必要があったのだ。船酔いで悪臭ただよう雑居の三等船室。なじみのないユダヤ人名が確認作業を手間取らせた。米国内の難民たちの親類、友人らは、地元旅行業者を通じて交通公社ニューヨーク駐在事務所に、日本滞在費用の肩代わりとして「保証金」を送っていた。難民たちは東欧の地でその送金通知書を受け取っていた。

この通知書こそ、日本入国、一時滞在するために必要な「命の綱」。大迫が持っていた照合リストはニューヨーク駐在事務所から打電されてきた保証金受け取り済みの難民名簿だったのである。

ところが、乗客の中にはリストに掲載されていない者も「多数」いたから、大迫ら添乗員をうんざりさせている。で、その人たちはどうしたかというと、先の「はるぴん丸」山県通信士の回想にある「無線電報」打電の件になる。電報を受け取った米国ユダヤ人協会日本支部が「ギャランティ（保証）」する旨を交通公社側に伝え、日本滞在費用の立て替え金を提出すれば、入国OKという仕組みになっていたのだった。

これら保証金は米貨で一人当たり六十ドル。当時の円換算で二百四十円だった。交通公社では、これから手数料として五パーセントを引き（ここらあたり商売である）、あとの円貨二百二十八円を日本滞在費用として敦賀港などで難民たちに渡している。

なお、リストに名前が記載されていながら、とうとう最後まで敦賀に到着しなかった者もいた。その数、九十三人。逃避行の途中で「ナチスか、ソ連官憲に捕まった不幸な人たち」

送り返している。

だった。交通公社ではすでに受け取っていたこの九十三人分の保証金を、沈痛な思いと共に送り返している。

交通公社OB、森澄皓《もりずみひろし》（84）＝写真＝は、こうして敦賀経由でやって来たユダヤ人難民の東京駅出迎え組だった。腕章に旗を立てての「お出迎え」である。敦賀港に着いた難民たちは横浜と神戸から北米、南米、一部は上海に向かうことになっていた。船に乗せて送り出すまでが交通公社の仕事であり、東京一時滞在の面倒見も業務のひとつだった（船賃はあらかじめ米国ユダヤ人協会が払い込み済みだった）。交通公社側では団体列車まで仕立て、伊勢神宮、熱田神宮見物などに連れて行っている。

森澄は入社したばかりだった。早稲田大学政経学部卒。こちらも先輩の大迫同様、それなりに英語には自信があったのだが、相手が話せず、さっぱりワヤだった。そんな森澄だったが、周囲の日本人たちの難民を見守る「温かい目」をおぼえている。声をかけたり、お金や所持品をやったりしていた。

ここらあたり、ユダヤ人難民の回想記にも敦賀や神戸・横浜の人たちの親切さを特記したものが多く見られるところである。「汚い、臭いすらする着の身着のまま。渡された食事券（ミール・クーポン券）をにぎりしめている姿が同情心をそそったのでしょうか」

その後、森澄は召集されて日本内地の海軍航空隊に配属された。元海軍中尉。戦後、交通公社に復帰。さっそく満州からの邦人引き揚げ者の面倒をみることとなったのだが、かつてのユダヤ人難民とイメージをだぶらせ、往時茫々。感無量の思いに駆られている。

森澄 皓

横浜からユダヤ難民の輸送に当たった船舶としては、日本郵船の横浜港発サンフランシスコ航路の浅間丸、龍田丸、鎌倉丸。シアトル・バンクーバー航路の平安丸、氷川丸といった船名がみられる。神戸港からは大阪商船の南米東岸航路向け貨客船があった。

しかし、ユダヤ人難民の苦難は、それからも続いている。たとえば――、大阪商船の新造貨客船「ぶらじる丸」（一万二、二〇〇総トン）はユダヤ人難民「数百人」を乗せ、ブラジル・サントス港をめざしている。サントスで船を乗り換え、中立国アルゼンチンに向かうという話だった。だが、このユダヤ人一行は、あくまで不運であった。サントス港で船を乗り換えて目的地アルゼンチンに向かったまではよかったが、大西洋の沖に出たところで待ち構えていたドイツ潜水艦の魚雷攻撃により「全員死亡」した。第一報を知らせてきたのは地元サンパウロの新聞記者だった。ちょうど、ぶらじる丸船内は昼飯どき。あまりの悲報に乗組員総員は「思わず、絶句」。テーブルの端をつかんで総立ちとなっている。（拙著「栄光なにするものぞ」）

交通公社ＯＢ伊藤明は次のように記している。

「ユダヤ人難民の苦難の旅を支えた多くの日本版シンドラーがいたことは記録に値することではなかろうか」「交通公社の先輩たちが民間外交の担い手として、誇りを持って任務を全うしたこともまた、しっかりと伝えていきたい」

ソ満国境のスパイ戦

満州に駐屯していた関東軍司令部はソ連を最大最強の仮想敵国として警戒を怠らず、対ソ軍備の充実に努めていた。前項で記した満州国建設もその国家政策の一環であり、ソ連との緩衝国、あわよくば対ソ攻撃の拠点としたいという遠大な構想があった。

このため、最先端のソ満国境においては常に緊張感がただよい、しばしば紛争が発生した。小競り合いが思わぬ方向へ発展していき、昭和十四年に起こったノモンハン事件のように両軍が正面衝突する事態となったこともあった。

満州国警察官、大塩義武（85）＝写真＝は満州の最北端の地・漠河オホロハタに勤務している。大興安嶺の山脈がなだらかに落ちる満州広野の最果て、黒龍河（アムール河）上流のほとりにある酷寒の地だった。

任務は「国境警備」「集落の治安維持」にあった。日本人は大塩のほかに元陸軍上等兵の同僚警察官の二人だけ。ほかに満州人（満人）警察官二十人が配備されていた。集落は興安嶺で伐採された木材の集積地であり、住民約三百人、三十戸の民家があった。

十七年五月から七月にかけ、この地を京都大学の学生を中心とした「大興安嶺探検隊」が訪れている。すでに太平洋戦争は始まっており、時期的にはミッドウェー海戦で日本海軍連合艦隊が壊滅的打撃を受けたころに当たる。そんなころ、よくもまあこんな民間で、しかも学生による調査探検が行なわれたものだと感心させられる。

すこし長くなるが、その探検記から引用してみる。ソ満国境を流れる河「アムールの船旅」の一節である――。

「崖のうえには、鉄条網をはりめぐらしたソ連の監視所らしいものが立っていた。双眼鏡をむけると、むこうからも眼鏡でみているのがわかる」「船にも数名の日本兵がのりこんでいた。あるとき、ひとつの船室のとびらが開いていたので、なにげなくのぞきこむと、かれらは、窓べに身をかくしながら、ソ連側を見張り、なにごとかを机上の地図にかきこんでいた。ここでは、すでに、国境をはさんで、見えない戦いがはじまっているのだ」

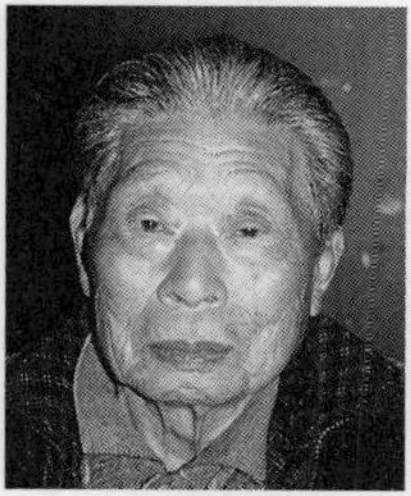

大塩義武

船はさらに上流をさかのぼり、「ある小さな村」の波止場に停泊した。

「埠頭からすこしはなれた河べりのヤナギの茂みのかげに、めずらしく洋装の若い婦人がただひとり、腰をおろしてこちらを

松田 勇

じっと見つめているのに気がついた。近い距離ではあったが、念のために双眼鏡をむけてみると、その顔はまぎれもなく日本人だった」

「駐在する警察官の奥さんででもあろうか。この村の小さな様子からすれば、たぶんその夫をのぞいては、ほかに日本人とて住んでいないであろう。語りあう友もなく同胞からとおくはなれ、郷愁にかられながら異境の奥地にくらす淋しさが、その表情にきざまれていた」（今西錦司編「大興安嶺探検」）

なお、この探検隊のメンバーの中には、隊長・今西錦司教授を先頭として、戦後、学会の枠をハミ出して大きく飛躍する森下正明、吉良龍夫、川喜多二郎、梅棹忠夫、藤田和夫といった若き京都大学生の名前が見える。

満州国警察官、大塩義武の話――。

たしか、この京大隊だったとおもうのだが、やって来た調査探検隊の一人から「よくもまあ、こんなところに日本人が住んでいますなあ」なんて言われたことをおぼえている。十七年六月、「結婚休暇」をもらって日本で結婚。新妻を連れて再びこの辺境の任地に戻って来たばかりのところだった。

また京大隊が見かけた、ソ連側の情報を密かにさぐっていた連絡船上の日本兵のことだが、これに関連して第十師団（通称号・鉄）輜重《しちょう》第十連隊第二大隊・松田勇上等兵（81）＝写真＝には次のような記憶がある。のち伍長。

北満では春と夏がいちどきにやってくる。野も山も「花の海」で埋めつくされる。スズラン、ユリ、アヤメ、ヒナゲシ、サクラソウ、アンズ、モモ。そのころ、氷が割れたアムール河では物資や旅客を運ぶ定期便の外輪船が動き出すのである。

松田らは下士官を長に五、六人の兵隊が一組となり、情報収集の目的で乗船している。先の京大隊が、どういう理由で船上の男たちを日本兵と判断したのかは不明だが、松田らの場合、軍服は着ておらず、いわゆる便衣姿だった。現地人の衣服をつけ、一人ひとりが別々となって「なにくわぬ顔」で船に乗るのである。

「日本人特有のフンドシもつけてはならぬ、なんて細かい規則もありました」

甲板をぶらぶらと、船客のふりをしながら対岸のソ連側の地形、地物、とくにソ連軍の施設など「目にした物体のすべて」を頭の中にたたきこみ、部隊に戻って報告するのである。メモ類は一切禁止であった。松田は自己流の符丁をつくり、事物とその数量、あるいは目撃時間をおぼえこむのに懸命になっている。

こんなこともあった。

ソ連軍砲艦に河の中央で停船を命ぜられた。国境線は河の中心線にあった。流れによって船は蛇行せざるをえない。砲艦による有無いわせぬ停船命令は、船が河の中心からはずれ、ソ連領域に入り込んだ「国境侵犯」の疑いがあるというのだった。

「ま、イヤがらせ、だったのでしょうが」

松田は内懐の弾丸八発入りの拳銃をにぎりしめている。船内臨検を終えてソ連兵が去ったあと、にぎりしめていた掌は「びっしょりと汗」をかいていた。もし身分がばれてトガめられた場合は一戦まじえる覚悟だったのだ。

この松田の思い出話を続けると、隊には「高田浩吉」という名前の初年兵がいた。のち「大江戸出世小唄」「白鷺三味線」などの歌でも知られる映画俳優である。隊内で古参兵によって加えられるシゴキに、ほとほと参っていた。

「顔だけは殴らないでください。商売道具なんです」

顔を覆って、そんなふうに訴えるものだから、シゴく古参兵も拍子抜けしてしまい、いい加減なところで放免していたというハナシだ。

先の満州国警察官・大塩の場合、川面が凍結する冬期が仕事の本番だった。

さしものアムール河も、上流のここらあたりともなると、全面凍結して歩けるようになる。すると、決まって、スパイの潜入事件や逃亡兵騒ぎが起きるのである。

十六年冬のことだった。

満人国境巡察隊から「ソ連側へ越境した足跡を発見した」との緊急報告があった。現場に到着した大塩は首を傾げている。なにかヘン、なのだ。

よく調べてみると、雪の中に残る足跡は二種類あった。ひとつはソ連側から来て往復している。もうひとつの大きな足跡もソ連領に向かっているように見えるが、指先の方は浅く、かかとの方が深い。「寿」の字が刻されたタバコの吸い殻一本も見つかった。

大塩は満人隊員たちに説明している。

この地点で、スパイはソ連当局者を待ち受けて出会い、情報交換をしたか、密命を受けたあと、一緒にソ連領に向かったように足跡を偽装して「後戻り」で帰って来ている。そのスパイは高級タバコ「満寿」を吸っている――。「この男を捜せ」

集落の住民で満寿を吸っている者は二人いた。普通の満人では吸えない「ぜいたく品」である。一人は財産もある身元確実な男だった。もう一人は遊び人で、これといった収入がないはずの男だった。大塩はこの男を逮捕。スパイ行為を自供させている。

「辺地勤務が多いので給料がいいということから、四国の田舎から満州国警察官に応募したのですが、まあ、勤務の大変なこと。でも、結局、五年を過ごしました」「長男の出産のときは、近くに産婆さんがいないので、私が取り上げました」

その後、大塩は現地召集で関東軍に入隊した。だが、すぐ終戦。前身の警察官の身分がバレて収容所では「スパイ容疑」をかけられ、厳しい追及を受けた。一方、頼みの夫が軍隊に行きっ放しとなり、二人の子どもをかかえた大塩の奥さんは、混乱の満州で辛労を重ねた。大塩が産婆役となって誕生させた長男も、その後に生まれた長女も、この満州の地で亡くしたのだった。

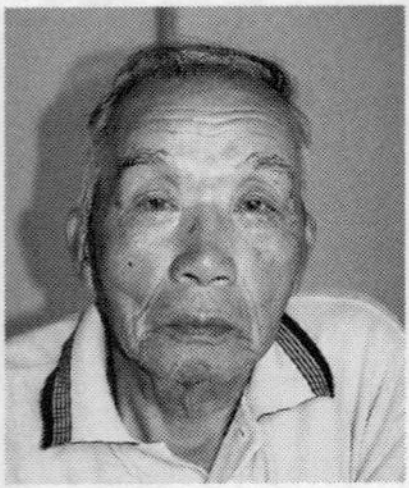
本庄長一

独立歩兵第十九大隊第一中隊・本庄長一上等兵（84）＝写真＝もまた、満州国牡丹江で、やはり対岸のソ連軍の動静をさぐっていた。のち伍長。

国境線を本庄が長となって巡察していたとき、国境近くの満州領内にあった牧場に潜む怪しい三の人影を見た。三人は積み重ねてあった牧草の中に隠れていた。

取り調べに対して、当初、三人は簡単なロシア語しかしゃべらなかった。しかし、日本製のタバコを与えながら、くだけた調子で話しかけているうち、なんと日本語を使いはじめたものだから、本庄らは仰天している。

よくよく聞くと、彼らは元日本兵だった。冒頭で記したノモンハン事件でソ連軍の捕虜となった。「火炎放射器」でやられ、人事不省になり倒れていたところを手当てを受け、助けられたということだった。

ノモンハン事件では日本軍は大敗北した。ソ連軍の機械化部隊にまるで歯が立たなかった。だが、停戦後、善戦健闘した最前線部隊長の何人かは責任を取らされて自決を強要された。こうした作戦指導上の誤りや愚劣な指揮の「尻ぬぐい」役を第一線の将兵におっかぶせる事例は、やがて始まる太平洋戦争でますます顕著になっていく——。

本庄らが捕らえたノモンハン生き残りの元日本兵三人は、そうした日本軍事情をソ連側から聞かされ、「不可抗力といえど捕虜となった身。帰ればどんな処分が待っているか。家族

ノモンハンの武力衝突で、蒙古草原を行く日本戦車隊。しかし、ソ連軍の戦車はもっと強大だった（「戦争と庶民①」から）

にどんな迷惑がかかるか分からない」と、そのままソ連に残った。

そしてソ満国境が緊迫するに従い、特殊教育を受け、国境線で日本軍の動きをさぐる任務を与えられたというハナシであった。本庄は暗たんたる思いに駆られている。だが、いまとなっては如何ともしがたい。「捕虜」として大隊本部に護送している。

「その後、あの三人がどうなったろうか。いまでも気にかかっています」

こうした「ノモンハン哀話」は、いくつか語り継がれているところでもある。

こんな記録もある。

「加藤大尉は昭和十四年七月六日、ノモンハン戦ホルステン谷地の戦闘で行方不明となった。戦況上、戦死と断定されて公的処置がとられたが、実際には敵砲弾の爆風で人事不省となり、そのまま敵に捕らえられた。停戦となり捕虜交換で帰ってきたが、将校たる者が捕虜になるとは何事だということで、関東軍の軍法会議にかけられた」

「軍法会議の判定は厳しかった。『日本人を捨てよ。蒙古人になりきれ。街には絶対出てはならない。一生を蒙古人として送れ』。身柄はアパカ特務機関に預けられた」

加藤・元大尉は蒙古名を名乗って現地人になりきり、内蒙古の関東軍情報機関であるアカパ特務機関の下で黙々として働いている。（内蒙古アパカ会他「特務機関」）

人さまざま、というには、あまりにも悲しい運命である。

満州国警察官大塩義武は復員後、亡き二人の子どもとシベリアで果てた戦友の冥福を祈り山門に入った。松田上等兵は遠くフィリピン戦線に投入されたものの、辛うじて命を拾った。本庄上等兵は台湾に送られ、米軍上陸作戦に備えているうち、終戦を迎えた。

過酷な運命をたどることとなったノモンハン事件の加藤大尉のその後の情報はない。

気象隊の開戦日予報

開戦五ヵ月前の昭和十六年七月七日朝、陸軍気象部気象技術要員・森由治＝写真、当時＝は、いつものように東京・杉並区馬橋四丁目（現、高円寺北四丁目）にある気象部の建物に入ったところで、建物内の空気が尋常でないのに気づいている。

直ちに「全員集合」がかかり、緊張顔のエライさんがこんなことをいうのだ。

「第二十五野戦気象隊が臨時編成され、諸君は要員となった。近日中に部署（任地）におもむく」「下宿に戻り、私物の整理をして郷里に送り返す。夕刻までに帰隊すべし」

どこへ、なぜ、どうして、を知りたいのだが、軍隊ではそれは出来ない相談。慌てて下宿先へ帰って荷物をまとめ、オバさんに挨拶したのが「地方との別れ」となっている。

――この日早朝、大本営陸軍部は気象部に対し、緊急命令を下令した。

「気象部員による部隊を編成せよ。第二十五軍の指揮下に入る。部隊名は第二十五野戦気象隊となる」。任地は気象部のごく限られた上層部にしか伝えられなかった。

東京・高円寺にあった陸軍気象部の正門（「仏印駐屯気象隊誌写真集」から）

森由治（後列右）と戦友たち（森家提供）

かくて急きょ発足した部隊は、将校、下士官、それに森らの技術要員を中心に編成されていた。総員二百二十人。「一個中隊程度」の規模だったが、「あとにも先にも気象部だけで編成された部隊はほかになく、気象教育を受けた人員をこれだけ多数いちどに投入した部隊はない」という珍しい事例となっている。（森・手記）

ここで注目すべきは、この部隊にはいわゆる「兵隊さん」がほとんどいなかったことがある。このため、森ら技術要員は、のちのちまで兵隊代わりにいいように使われている。

ところで、この陸軍気象部は十三年四月十日に設立された軍の新しい組織だった。中国大陸での日中戦争は次第に拡大していき、航空機の使用度が増えるにつれ、「気象判断」が重要な戦力として考えられるようになってきた。せっかく発進しても厚い雲に阻まれては飛行コースを誤ってしまう。敵上空付近に達しても天候が悪くては爆撃精度が落ちる。そこで観測と予報を専門とする気象要員育成が急務となり、十年八月、将校と下士官を対象とする気象専門幹部要員の教育がスタート。十三年三月末に行なわれた陸軍平時編成改正を契機に陸軍気象部として独立したのだった。

まずは気象隊新時代の夜明けだったが、ここで問題が起きた。そんな具合に組織づくりは出来た。気象専門の将校と下士官育成の目途は立った。しかし、その下の兵隊クラスの養成が難問題だったのである。

そのころ、昭和十年代初期の話だが、兵役は「二年制」だった。兵隊生活を二年間無事に勤め上げると「満期除隊」となるという制度である。ところが、気象関係の仕事は「技術と熟練」を要する。これを二年で除隊していく兵隊に教え込んでも、やっと一人前かそこいら程度になったところで全員いなくなるのだ。そこで、最前線に出動することが比較的少ない気象部隊には、非戦闘員で「技術の蓄積の可能な軍属」を配属してもいいのではないかという声が高くなり、十三年五月、初級技術者を確保するための要員教育が行なわれるようになっている。

先に第二十五野戦気象隊が編成されたさい、「ほとんど兵隊がいなかった」と記したのはこのことである。森由治とその仲間は気象技術要員第八期生として教育を受けていた。当時、

上田国太郎

十六歳。しかし、これら技術要員は「少年気象兵」なんて称されていたのだが、その実、教育課程は「軍の体系的な教育」制度の中で認められていたものではなかった。あくまでも身分上は「雇用人一般」「陸軍雇員」にとどまったため、戦中、戦後を通じ、極めて「処遇は不利」な扱いを受けることになっている。たとえば――、

森はその後、陸軍に正式召集されたのだが、それまでの三年間の気象隊勤務の経歴は全然考慮されず、「オイチニ」の初年兵生活から始めねばならなかった。戦後復員しても公共機関は旧陸軍育ちの下級技術者なぞ相手にもしてくれなかった。もちろん軍人恩給の対象期間に加算されることもなかった。このため、森はその手記の中で「一生の仕事にしようと思っていた気象技術だったのに」「大事な青春時代を無為に過ごしたかたちとなり、なんとも中途半端な人生になってしまった」と大いに慨嘆しているところだ。

さて、編成された第二十五野戦気象隊（二十五野気）のことだった。部隊を編成して三日後の十六年七月九日深夜、人目を避けるようにして国鉄中野駅から臨時列車に乗車。東京駅経由で広島・宇品港に向かっている。

陸軍見習士官、上田国太郎（87）＝写真＝は同隊第二測候班の長だった（森由治は第一測候班）。青山学院大高商部卒業。召集されて、どういう風の吹き回しか、朝鮮半島平壌の第

二航空隊教育隊に初めてつくられた気象班に「気象兵」として入隊させられている。以来、気象畑を歩むことになり、甲種幹部候補生の試験に合格したあと、見習士官教育を経て陸軍気象部へと配属になっていた。のち大尉。

「幹部候補生のころ、地球物理学、熱力学、微分積分の高等数学なんか教え込まれたのだが、文科系にはチンプンかんぷん。教える方も心得て、試験のときなど『カンニングするなよ』といいながら教室を出ていく。ご厚意を無にしては失礼と、教科書を取り出して解答を書く」「教官は東大教授とかいう噂だったが、なにを教えていいのか、御自身もよく分からないご様子。気象兵教育の初期はそんな雰囲気でしたなあ」

そんな上田だったが、いま、宇品に向かう夜汽車の中でぜんぜん眠れていない。われわれは、一体、どこへ行かんとしているのか。

当時、軍部は南方作戦の基地確保を狙いとして南部仏印、いわゆるフランス領インドシナ南部（現ベトナム南部地方）への進出を計画していた。マレー半島をにらみ、オランダ領インドネシア（現インドネシア）に進攻するためには絶好の位置にあるからだった。そこで現地フランス行政府に対しては強い姿勢で臨んだ。フランス本国はドイツ軍の電撃作戦によって崩壊していた。このため、一連の交渉過程では、現地フランス当局者には交渉能力に乏しく、「武力進駐」をも辞さない覚悟の日本側に押しまくられている。

かくて十六年七月末、協定成立。第二十五軍が南部仏印に上陸を開始していた。

それにしても、なぜ、このような気象部隊が南部仏印に送り込まれたのであろうか。予想される米英軍との戦いでは、海軍航空隊と協同して南方各地の敵航空基地に先制攻撃を加えて制空権をにぎり、各方面における陸軍上陸部隊の作戦を容易にすることがなによりも肝要だった。このため陸軍は、満州、北海道、中国大陸などに駐屯していた航空部隊を南部仏印に集中させる必要があった。

しかし、大陸ばかり飛んでいた陸軍航空部隊の「海洋作戦能力は薄弱」であり、南部仏印まで飛ぼうにも飛行コース上の「沖縄、台湾、南支那あたりの気象は大陸に比べ複雑多岐」だった。そこで気象隊を派遣して「万全を期す」ことにした。二十五野気の臨時編成はこのためだったのである。(石井貞二「積乱雲――第二十五野戦気象隊側面史」)

もうひとつ、これは極秘事項だったが、重大な使命があった。「開戦時期決定」のための気象予報を出すことだった。

八月十一日、サイゴンに到着した二十五野気はただちに観測班を南部仏印各地に展開させている。本部はサイゴンに置かれた。「実力者」といわれた日下部文雄技術少佐と「気象学の権威」の台湾気象台長、西村傳三博士(将官待遇)も新しく陣容に加わった。

陸軍はマレー半島上陸を南方作戦最大の作戦と考えていた。ここは大英帝国が長く支配しており、半島の先端には「東洋のジブラルタル」といわれるシンガポールがある。まず、マレー半島をたたき、拠点を確保して南下。シンガポールを攻略するのだ。

このマレー半島上陸作戦は電撃的にやらねばならないが、もし上陸日が荒天であれば輸送船は沿岸に近づけない、輸送船から発進した上陸部隊の大発(大型発動機艇)も浜辺に到達できぬ。このため、なんとしても天候良好の日を選ぶ必要があったのだった。

このころの気象隊隊員の手記を見てみると、

「陸軍の船に派遣され、タイ湾海上の気象観測を行なった記憶がある。今にして思えば、開戦予報作業に何んらかの関係があって、少しは役に立っていたのではなかろうか」「なぜか予報で私が調査するのは、マレー半島方面の天気ばかりでした。どうして正反対の方面の調査をやるのか不思議に思っておりましたが、マレー半島シンゴラ上陸の為であったと後でわかりました」(「仏印駐屯気象隊誌写真集」)

こうした各地から送られてくる気象情報を分析して「開戦時期予報」を出す作業はサイゴンの本部で行なわれた。部隊長三谷太郎少佐は幹部候補生出身将校の中から理工科系大学を出た者を本部に集めた。あるいは技術優秀な下士官の伍長を「将校待遇」として仕事に没頭させるなど、たいへんな気の遣いようだった。(中川勇「陸軍気象史」)

以下、日下部少佐の手記によれば——、

西村博士とは別々にいくつかの予報をつくり、完成後、突き合わせて検討した。だが、なにぶんにも確たる資料に乏しく、広範囲の天気図を入手できないとあっては「二、三日以上先」の予報すら困難だった。東京の陸軍気象部に連絡して、欧州からアジアにまたがる気圧配置の一部を電報で知らせてもらうという非常手段を講じたこともあった。

あれこれ苦心した末、やっと出した結論は次のようなものであった。

戦地で活躍する第三気象中隊本部（「写真集」から）

「十二月六、七、八日のうち好機はある。七日が一番よいように思われ、マレー方面において航空機の活動は可能である。しかし波浪は季節風が止んでも急には衰えないから上陸地点の波は高いかも知れない」

南方軍情報室を経由してこの報告を受けた南方軍総司令部は、十六年十二月一日、大本営陸軍部あて次のように打電している。

「天候ノ関係ヨリセバ一日繰上グル（十二月七日）ヲ可トスルモ予定日（八日）ニテモ可ナリ」

これを受け、陸軍部が南方軍総司令官寺内寿一大将（当時）ら各方面部隊あて、正式に「開戦日」を隠語電報で伝えたのは翌二日午後二時のことだった。

「ヒノデはヤマガタとす」（開戦日ハ十二月八日トス）

でも、ほんとうのところ、二十五野気が総力をあげて取り組んだ「予報」は、どう扱われたのであろうか――。

最初に日下部報告を受けた南方軍情報室では次のような問答が交わされている。

毎年6月1日の気象記念日に行なわれる気象隊慰霊祭（東京・高円寺、氷川神社で）

「天候の関係からすれば七日が最善であるというも、これとて一週間先の予想であり絶対視する訳にはいかない」「上陸船団の行動と（海軍側の）ハワイ作戦との相関関係を考えると、（開戦予定日の八日の）変更のリスクは計りしれないと判断し、『予定日にても可なり』と結論づけた」（「積乱雲」）

「開戦日長期予報は、上層部では聞き置く程度にしか扱われず、開戦日十二月八日は、気象隊がどう言おうと、動かし難い決定事項になっていた、と、参謀部付将校から後で聞かされた」（森・手記）

当の日下部少佐は述べている。

「毎日、予報は南方総軍から東京の参謀本部に報告されるのだと聞いていた」「それがどのように使われたかは知らない。ただ当時私が受けた感じでは十二月八日開戦という目標は、すでに私共が予報をはじめた頃には大体決まっていた様に思われ、毎日の予報はこの日の天気をチェックしている様に感ぜられた」「気象の予報が開戦時期の決定にどの程度役に立ったかは知らない。ただ私は十二月一日に『八日零時の開戦』が御前会議で決まったから、もう予報はいらないと言われてその作業を中止した」（「陸軍気象史」）

東京都杉並区のJR高円寺南口すぐ近くの氷川神社の境内に小さな社殿が建つ。「気象神社」とある。全国で唯一ここだけという珍しい名称の神社である。

当初、旧馬橋四丁目にあった陸軍気象部内に建立されていた。十九年四月十日の造営。翌年四月十三日、空襲で焼失したが、終戦間際に再建された。戦後の二十三年九月、現在の氷川神社の境内に移設された――、という経過をたどっている。

毎年六月一日の「気象の日」。ここで元二十五野気関係者による戦友会「三気会」が開かれている。会長は、本項の中ほどで登場した上田国太郎元陸軍大尉である。

上田はサイゴン上陸後、仏印各地、タイへと転戦した。タイのチェンマイでは、勇名を馳せていた加藤隼戦闘隊（飛行第六十四戦隊）の気象支援に当たり、「気象諸元、極めて的確なり」として加藤建夫戦隊長から賞詞をもらったほどだった。その後も、上田ら二十五野気部隊員は現地で編成替えされた第三気象連隊（三気）の中核となって戦い続けた。

くやしい記憶もある。

あのインパール作戦発動に当たっての会議で、気象隊による「本年の雨季は例年になく早い見込み。物資、弾薬類の輸送は早期に万全を期すべし」とのせっかくの意見も、参謀部から横ヤリが入り、「気象隊は黙っとれ」と頭から無視されてしまったことだ。

「気象を考慮に入れない無茶な命令で、どれだけ多くの兵が死んでいったことか」「この気象神社には、われわれ気象部員が『予報が当たりますように』と、毎朝、祈願したその思いがこもっているんです」

上田元大尉は、そんなふうに言って、小雨にけむる社殿をあらためて見やるのだった。

マレー上陸作戦の偽装工作

大本営陸軍部による「ヒノデはヤマガタ（開戦日は十二月八日）」との隠語電報が南方軍あて打電されたとき、すでに軍は中国海南島三亜港に輸送船団の集結を終えていた。護衛に当たる海軍南遣艦隊もまた勢ぞろいしていた。ひとつだけ、懸念があった。輸送船団が三亜からマレー半島までの四日間におよぶ隠密航海の途上、英軍哨戒線にひっかかる公算が大であったことである。

海軍主計中尉、羽仁謙三《はにけんぞう》（85）＝写真、当時＝は、この南遣艦隊の第九根拠地隊に所属する特設掃海母艦「永興丸」（三、〇二六総トン）に主計長として乗艦している。横浜商業学校（現横浜国立大学経済学部）を出て貿易会社にいたところで召集された。海軍主計科短期現役士官の試験に受かって、もっぱら主計畑を歩いていた。

永興丸は十三年一月の建造。大阪商船の貨客船で、阪神と朝鮮半島北部の羅津を結ぶ北鮮航路に就航していた。十六年海軍に徴用され、艦首に十二センチ砲一門、艦橋に七・七ミリ対空機銃一基、爆雷投下器を装備して「なんとか軍艦らしく」なっていた。

もっとも、兵器試射のさいには一騒動を起こしている。

標的めがけて一発射ち、続いて二発目を発射したところ、弾丸は標的を引いていた曳航艦の艦尾近くで水柱を上げたから、周囲はぶったまげた。一発目射撃の衝撃で砲座がゆがんでしまったのだ。「次の弾もどこへ飛んで行くのか分かりませーん」。また爆雷投下試験では投下した爆雷の水中爆発で艦底にヒビが入ったらしく、海水が溜まりはじめたから総員仰天であった。それだけ船脚が遅かったことになる。（羽仁「海軍戦記」）

さて、その永興丸が三亜港に入港してからのことである。

十一月三十日、とつぜん、艦長が「全士官集合」をかけている。

全士官といっても、機関長、砲術長、爆雷投下の水雷長、軍医、それに主計長の羽仁中尉らであり、ただ一人の海軍兵学校出の本チャン将校である艦長を入れても計八人だったが、

羽仁謙三

その艦長がえらく緊張しきった顔つきなのだ、

「日米交渉は望み薄。開戦は必至」である。このため、輸送船団は十二月八日午前零時までにマレー半島の上陸地点に着く必要があり、三亜出撃は十二月四日朝となる。わが永興丸も上陸地点のひとつであるシンゴラ行きを命ぜられたが、如何せん速力が遅い。そこで明十二月一日夕、一足先に単艦で出動するこ

とになった――。そんな話だった。

石炭燃料の永興丸の航海速力は七ノット。これに対して優秀船ぞろいの船団は十四ノット以上。そこで永興丸は早目に出て行けということらしいのだが、それにしても「一隻だけで出港せよ」とはあんまりだ。英領海内に入ったところで英軍の潜水艦、飛行機による攻撃は必至であろう。「開戦前の討ち死に」とは情けない。

艦長もそこんところを懸念しているらしかった。

「単艦では到底戦えない。それを、いかにしのぐか、である。いいチエはないか」

艦長のあまりの深刻顔に、一同、しーんとなってしまった。しばらくして、かつて客船に乗っていたという民間からの応召組で、いちばんの年長だった航海長が「ほんの思いつきですが」と、おもむろに口を開いた。

「要は軍艦であることを悟らせないことです。本艦はもともと貨客船。大砲など隠し、兵員は私服、一部は女装姿で甲板に出たら、一般客船に見せかけられるのでは……」

それがいい、それがいい、と、「助かるならワラにもすがりたい心境」でいた羽仁はじめ、士官連中（いずれも民間応召組）はたちまち賛成派に回っている。海軍兵学校ではついぞ教わったことのない、前代未聞のあまりの奇策にウームとうなっていた艦長も「みなが賛成なら」ということになった。

そして「主計長、女の着物はどうする」なんて気が早い。

艦内にある「ガタガタ」のミシンを総動員してベッドのシーツから白衣くらいはつくれないこともないが、時間がない。明日夕には出動しなければならないのだ。「主計長どうする」と、ひょんな場面でおハチが回ってきたから、羽仁は慌てた。そして——。

じつは、羽仁中尉にとって、いま停泊している三亜は初めての地ではなかった。少尉候補生のころ、三ヵ月間、ここに駐在する特別陸戦隊に庶務主任として派遣されたことがあった。当時、三亜にもいわゆる慰安婦たちを抱える「慰安所」が何軒かできていて、庶務主任はなにかと相談を受ける立場にあった。

永興丸（商船三井提供）

羽仁はその経営者の一人である「お時バアサン」と気が合い、ぶっちゃけたハナシ、ときに若干の便宜も計っていた。この異郷の地で「なんとなく母の友人に似ていた」ことがあった。別にヘンな下心があったわけではなかった。（羽仁によれば、海軍には「少尉候補生は童貞であるべし」という不文律があったということだ）

女の着物のことで、主計長どうする、と言われて思い出したのが、このお時バアサン。さっそく駆けつけている。一年半ぶりの再会だったが、「ちっとも変わっていないのね」といわれている。バアサンの気っぷも変わっていなかった。

永興丸は十二月一日午後五時十分、三亜港を出港した。

十二月四日、南仏印カムラン湾に寄港。ここで燃料の石炭を搭載した。五日の航海は平穏に過ぎた。六日未明、インドシナ半島突端にあるカマウ岬を右に見れば、いよいよタイ湾。タイに向かうような偽計航路をとったあと、湾のほぼ中央（G点）まで走ったところで左急旋回して一直線。目的地マレー半島に向かうのである。

この日早朝、永興丸艦上では「仮装作戦」に大わらわだった。大砲や機関砲はカンバスで覆い、白く塗装して貨物類に見せかけた。次は扮装だが、ここで羽仁はスカートやドレス類を持ち出している。これぞ、あのお時バアサンの義侠心の賜物。続いてお化粧だが、水兵の顔に塗る「安物のお白粉」は艦内にたくさんあった。永興丸は石炭炊きの艦だったから、補給基地では「手空き総員」で石炭を搭載することになる。そのさい、皮膚が荒れないように露出部の顔や手に塗るためのものだった。

男役の水兵には士官たちの私服の背広を着せた。これで十組のカップルをつくり、「しゃなりしゃなり」と甲板を歩かせた。あれこれ扮装ぶりを品定めしているうち、早くも英軍の大型機が飛来してきたから、待ったなしで、いよいよ本番――。

飛行機は上空でしきりに旋回を繰り返す。加えて「艦尾方向、潜水艦見ゆ」との見張り当直の絶叫もあがったから、空に飛行機、海に潜水艦。「一体どうなることか」

明けて七日。日の出前から敵の飛行機と潜水艦が再び姿を見せている。怪しんでいるのは確実であった。前日とちがって飛行機は上空百メートルまで接近してくる。後部銃座にいる射撃手の赤ヒゲまで肉眼で見える。ということは、上空の双眼鏡からは「女装水兵の足の毛深さも一目瞭然」にちがいない。潜水艦の方も千メートルまで近づいてきて、しきりにうかがっている様子があった。バレて一発食えば轟沈確実である。

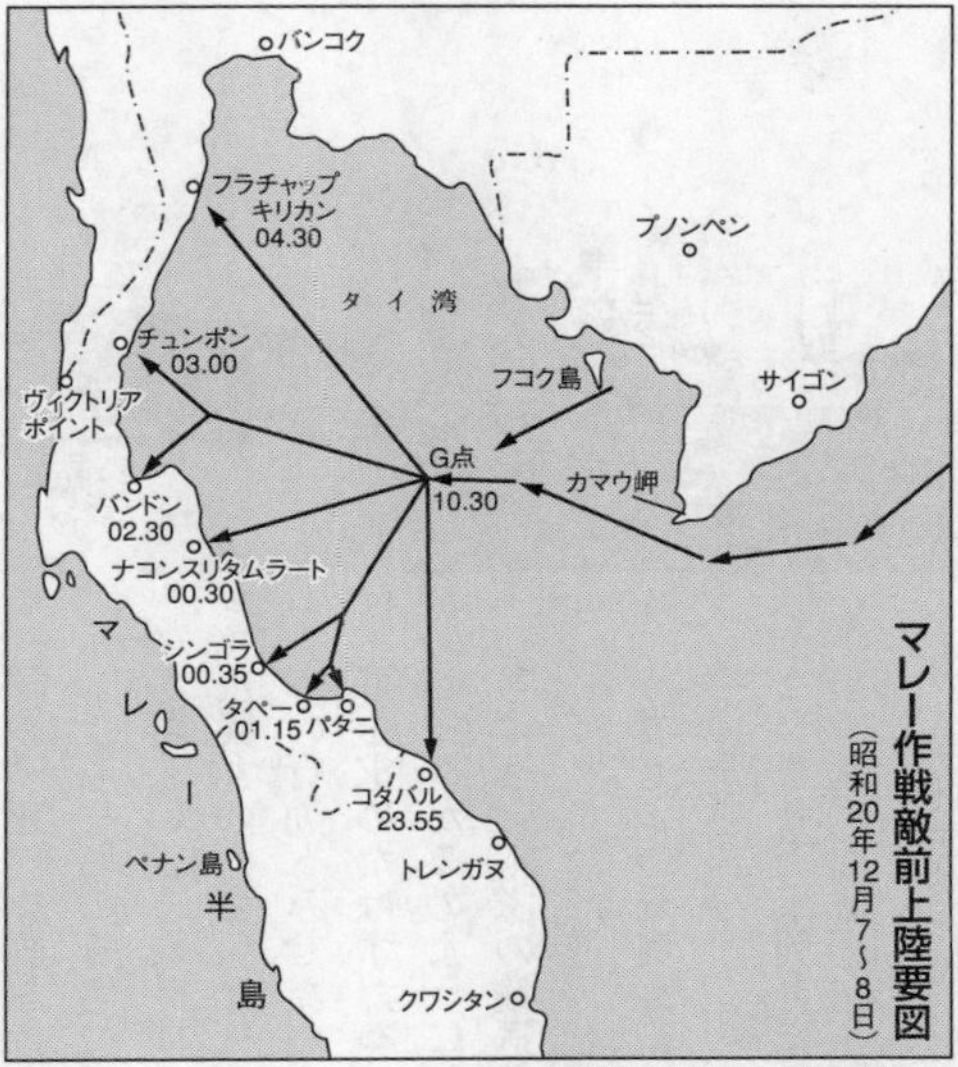

マレー作戦敵前上陸要図
（昭和20年12月7～8日）

——駒宮真七郎「船舶砲兵部隊史」から

ここで艦長がキレた。

「もはや、これまでだ。本性を現わし、一戦まじえて華々しく散ろうじゃないか」「仮装作戦中止。全員、第二種軍装を着用。戦闘準備」

ラッパ手が「タカタカタッタター」と景気よく戦闘ラッパを吹いたから、甲板上の女装兵は驚いた。スカートやドレスの裾を持ち上げ、毛ずね丸出しで艦内に飛び込んできた。第二種軍装とは祝日などで着用する白い制服の「夏の正装」。覚悟を決めた艦長は、せめて「名

熱田山丸（商船三井提供）

誉の戦死」を飾ろうと、正装着用の命令を出したのだった。

たちまちのうちに戦闘用意の構えができた。息をするのも苦しいような時間が過ぎていく。だが、どうしたことか、永興丸の七変化に気づいたはずの敵飛行機も潜水艦もなんらの行動もみせない。無線で基地あて状況を報告、攻撃許可を求めたはずだった。

「我々がこのようにしてタイ湾の中間にさしかかったころ、ちょうど本隊の輸送船団がインドシナ半島カマウ岬を通過してタイ湾に進入した。相手はこの船団に気をとられ、どうでもよい永興丸には目もくれなかったのかも知れない」（「海軍戦記」）

つまり、永興丸にとって幸いなことには、折から英軍基地では「大輸送船団発見」の報にテンヤワンヤしていたため、「そんなちっぽけな船は捨ておけ」といった調子だったかもしれないというのだ。そういえば、やがて飛行機も潜水艦も姿を消している。

ともかくも、そんな調子で、永興丸は危ういところを助かったのだった。

そのころ、永興丸より二日半おくれて三亜を出た本隊の輸送船団の中に、やはりシンゴラに向かう「熱田山丸」（八、八六〇総トン）の姿があった。三井物産船舶部（のち三井船舶）の貨物船で、ニューヨーク航路を走っていた優秀船だった。速力十九ノット。十六年七月、陸軍徴用船となり、高射砲六門、高射機関砲八門で重武装していた。徴用間もないとあって、ウグイス色の船体塗装、三本の白帯を巻いた煙突マークはそのままだった。その優雅な船体は南の海に美しく映えていたにちがいなかった。

陸軍船舶高射砲（のち船舶砲兵と改称）第一連隊第一大隊・片山正年一等兵（86）＝写真＝は、この熱田山丸に高射砲要員として乗船している。

船団の動きは持ち場の高射砲位置からよく見えた。二万の将兵を乗せた十八隻の輸送船が整然と二列縦隊を組み、それを取り囲んで二十一隻の護衛艦隊が進撃するさまは、まことに壮観であった。それにしても、どこへ、なにしに、行かんとしているのであろうか。

いよいよタイ湾・マレー半島沖。十二月七日午前十時半、G点に達した船団はここで分進。それぞれの上陸目標地点に向かっている。熱田山丸らのシンゴラ向け船団は最大規模の十一隻。陸軍第五師団（通称号・鯉）の主力が乗っていた。広島、山口、島根の将兵を中心に編成され、のちシンガポール攻略戦で大きな働きを見せる精鋭部隊である。

片山正年

その夜のこと——。

片山がひょいと見ると、「広島の兵隊」の一団が、見かけない緑色の軍服を着て、つばのない帽子をかぶっている。タイ国陸軍の服装なのだという。

「シンゴラに上陸したあと、日本軍に追われているようにして英軍の方へ走る。そのまま挺身隊としてシンガポールまで突っ走り、一気に占領するんだ」

おかしなことは、まだあった。

二十人くらいの軍属の一団が、「両手いっぱい」のカギを持っている。

「米国製自動車と英国製自動車のカギです。シンゴラで車を見つけ次第、このカギを使い、合った車を部隊に引き渡すのが任務です」

ここらあたりに関しては、いくつかの資料がある。

「大隊長市川正少佐の傍らに第二十五軍作戦参謀辻政信中佐が立っていて（中略）『第三大隊は軍直轄の市川支隊となりタイ国軍に仮装し、日本軍に追われる格好で損害を省みず一気にペラク河に突進して橋梁を死守せよ』『俺も部隊に同行して行動を共にする』という趣旨の命令を激しい口調で下達した」（「歩兵第十一連隊史」）

これに対して、当の大隊長市川少佐による次のような感慨も記録されている。

「ペラク河への突進ではおそらく全滅近い損害を受けることになろう。その時、部下が（中略）タイ国軍の服装のまま戦死するというような事態になりかねない。これを思うと全く気が重くてやりきれない」（同）

せっかくの計略だったが、上陸後、タイ国軍の射撃を受けて前進できず、八日午後、軍命令により取り止めとなり、「雄図空しく挫折するに至った」とある。

一方の自動車押収計画については、

「師団が上海を出発するとき、師団輜重の全自動車、歩兵は半数、砲兵部隊は三分の一から四分の一の自動車を残してきた。したがって、上陸後、師団の戦力を発揮するためには、すみやかに自動車か列車を押収する必要があった」（「広島師団史」）

マレー半島を南下する日本陸軍自転車部隊「銀輪部隊」ともてはやされた（「戦争と庶民①」から）

こちらは大成功で、上陸第一日目の自動車確保台数は「五十台」と記録されている。

このマレー上陸作戦で最も早く陸軍部隊が上陸を果たしたのはシンゴラ近くのコタバル地点で、十二月八日午前二時十五分のことだった。これに対して、あの「ニイタカヤマノボレ」の海軍機動部隊がハワイを攻撃したのは八日午前三時三十五分——。陸軍のコタバル上陸の方が、海軍のハワイ攻撃より約一時間二十分早かったことになる。

かくて、太平洋戦争は、まずマレー半島から火の手があがったのだった。

永興丸は、その後、シンガポール、インドネシア海域などで船団護衛や補給作戦に従事していたが、十九年六月十八日夜、マラッカ海峡で英潜水艦の雷撃により沈没した。羽仁大尉（昇進）は長崎県川棚の震洋艇・川棚突撃隊第三特攻隊主計長として出撃命令を待っているうち、終戦を迎えた。

熱田山丸はシンゴラで上陸部隊を揚陸した直後の十二月十六日、第二次上陸部隊を乗せるため中国広東に向かう途中の海南島沖で、米潜水艦の魚雷を受け、海没した。片山上等兵（昇進）は、その後、ガダルカナル、ニューギニア輸送作戦、さらに北方作戦にも参加した。その間、二度船を沈められ、熱田山丸沈没と合わせて計三回も泳いだ。最後は二十年八月六日、広島の船舶砲兵隊教育隊付として勤務中、爆心地近くで被爆した。

第二章

ああ堂々の輸送船

武器なき海

「暁に祈る」という歌があった。

ああ堂々の　輸送船
さらば祖国よ　栄えあれ

戦線に向かう輸送船に乗った多くの将兵たちが、この歌をうたい、去り行く山野のたたずまいに涙している。単なる感傷ではなかった。これが懐かしき故国の見納め、再び見ることはあるまいという痛切な思いがあった。
「小隊長の指揮で軍歌『暁に祈る』の大合唱が甲板上ではじまった。絶海の孤島の第一線へ、新防人として出て征く者の悲壮感が、いやがうえにも高まってきて、思わず熱い涙がほほを伝わり落ちた」（歩兵第二百二十九連隊史）。

フィリピン海域に向かう「ああ堂々の輸送船」

「空は美しく色とりどりの雲が、様々の方向に流れていた。太陽は霞んで、今や海に入ろうとしていた。続く輸送船の形も色もとりどりで、概してあまり優秀な船はないようである。船荷の不足からか、汚い船腹を傷ましいほど高く挙げている船もある。ああ、堂々の輸送船。九隻並んで夕照の中を走る光景は、たとえ船はぼろ船で、乗る者があまり勇壮ならざる出征者であろうとも、堂々として美しい」（大岡昇平「ある補充兵の戦い」）

「兵隊ソング」ともいえるほど当時の将兵たちの心をつかんだ歌であり、いわゆる戦記物をめくれば、この歌にまつわるエピソードを容易に拾うことができる。

昭和十九月五月、鹿児島港から台湾に向けて出港した「ばいかる丸」船上で、陸軍独立飛行第十六中隊、富沢繁上等兵は、僚船が次々と撃沈されていき、「つぎは、この船か」と観念の思いでいる中で、この「暁に祈る」の替え歌をノートしている。

鈴木良雄

ああ恐ろしい　輸送船
さらば祖国と　死出の旅
遥かに浮かぶ　父母の顔
死にたくないぞ　このからだ

これが「（当時の）輸送船での実感である」「兵隊たちは出発の準備をしながら、まるで死刑執行を待つ気持であった」と、富沢上等兵はその著「陸軍輸送船よもやま物語」の中で記している。

また、十八年四月、南洋群島（当時）パラオからニューギニア・ハンサ湾に向かう輸送船の甲板上で、陸軍独立工兵第三十三連隊、鈴木良雄軍曹（82）＝写真＝は同年兵の柴田正男上等兵に話しかけられている。のち曹長。

柴田上等兵は軍隊での成績はあまり良い方ではなく、「同年兵の中でも進級が遅れていた」が、特技がひとつあった。歌が抜群にうまいことだった。その彼が、同年兵の気安さもあって「なあ分隊長」と、流れゆくエメラルドブルーの海を見やりがら、しみじみ語りかけるのだった――。

船での赤道祭演芸会で「ああ堂々の輸送船」を歌ったが、この船を見ろや、「消耗船のおんぼろ船じゃないか」。こんな船に二、三千人もの兵隊を乗せて戦場に行けなんて「大本営の馬鹿ものどもの頭はどうかしている」。一発で轟沈さ。もうあきらめたよ。オレ流の「ああ堂々の輸送船」を歌うから、まあ聞いてくれ。

　ああオンボロの　輸送船
　さらば輝子よ　さようなら
　遥かにかすむ　ニューギニア
　末は戦死か　飢え死にか

　新婚二ヵ月で「輝子」という二十歳の新妻がいるという話だった。聞いている鈴木にもまた、結婚六ヵ月、妊娠三ヵ月の妻が静岡・伊豆で「私の無事」を祈っていた。
「歌い終わった柴田上等兵の目には涙がにじんでいました」（鈴木・手記）
二人はなんとかニューギニア上陸は果たせたものの、柴田上等兵の方は同年秋、敵に追われ追われて後退の途中、「行き倒れ」のかたちで無残な最後を遂げている。ニューギニア東部で戦った独立工兵第三十三連隊九百七十五人のうち無事生還し得たのは、わずか鈴木ら十一人に過ぎなかった。

金子 豊

　十八年十月のころだったか、日邦汽船甲板員、金子豊（78）＝写真＝は、北九州門司港の岸壁でまことにキテレツな光景を目撃している。

三八式歩兵銃を「白い包帯」で包んで肩にした兵隊たちが、門司税関桟橋に横付けされた輸送船に乗り込んできた。間もなく、腰の帯剣だけの服装で現われ、税関前広場から岸壁に沿って整列する。なにごとが始まるのか、金子ら船員たちは興味しんしんだった。

「ここで真に奇妙な動作の繰り返しが始まり、船上から見るわれわれ船員には、一体なにを目的でやるのか全くわからなかった」（金子・手記）

指揮する下士官の吹く笛に合わせ、兵隊一人ひとりが尻に手を当てる動作を素早く繰り返すのだ。よくよく見ると、兵の首からは長いヒモでくくられた木のセンがぶら下がっていて、この木センを笛の音に合わせてお尻の肛門に突き刺す格好をしているのである。

船に戻ってきた兵隊に聞くと、船団が敵潜水艦に襲われると、味方護衛艦艇は敵潜を制圧するため爆雷を投下する。そのさい、海に投げ出されて漂流中の者は腹部に激しい「振動衝撃波」を受ける。衝撃波は耐えがたい水圧となって肛門から伝わって内臓をひどく痛める。そこで、木のセンを当てて内臓破裂を防ぐ訓練をしているのだ——。

この木センを「タクワン」と間違えてかじり、歯を欠いた兵隊もいるとも聞き、金子らは大笑いするとともに、涙がにじんできている。それは、疑いを持つことを知らない兵の純朴さに対する素直な感動と、こうした兵隊をむざむざと死地に追いやる軍幹部の無能ぶりに対する、どうしようもないイラ立ちでもあった。

重要な船団会議の席上、陸軍の幕僚が「たとえ輸送部隊が全滅しても敵に一歩でも前進すればそれでよい」。そう言い放ったという話さえある。船団が全滅するという事態がいかに凄惨、悲惨なものであるか。驚くべき想像力の欠如である。（「光と影――続・第二十三号駆潜艇戦記」）

じっさい、あの戦争で、無謀きわまりない命令により、どれだけ船舶が沈んでいったことか。「心眼を開け」「天佑神助を俟《ま》て」。そんな「貧しい精神主義」がまことしやかに唱えられるなか、おびただしい将兵が空しく海没していっている。

「当艦（海防艦・倉橋）は、あたかも孤軍奮闘的な戦闘となり（中略）、遂に『ワレ矢弾尽ン

日本商船隊戦時海難統計図

海域別統計図

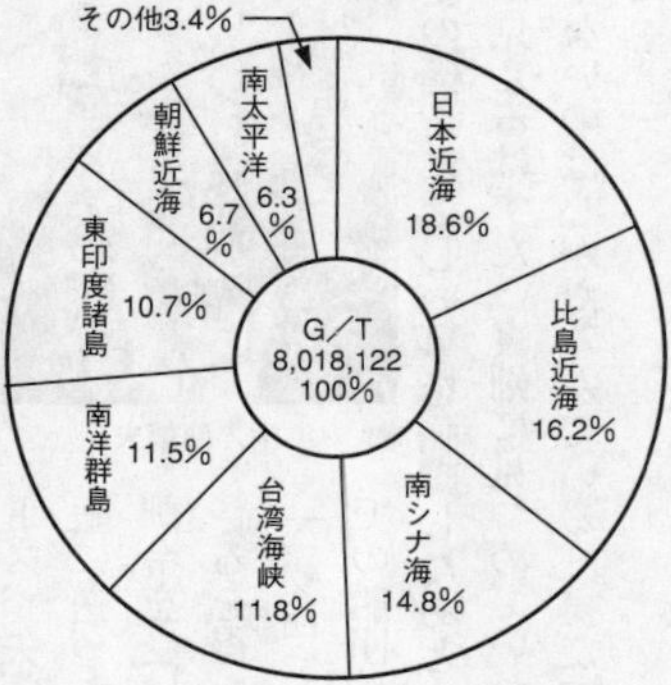

原因別統計図

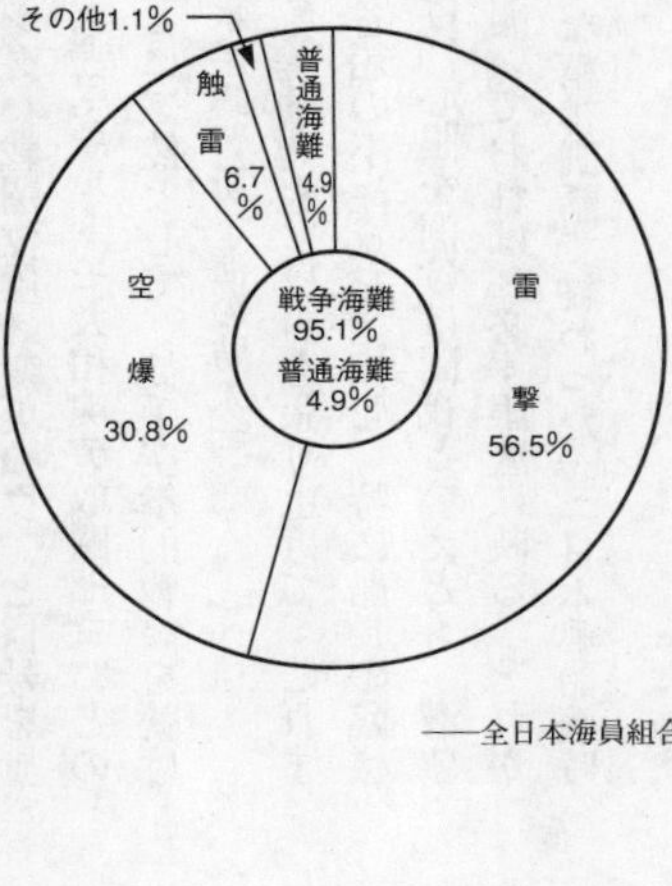

――全日本海員組合資料から

中之薗郁夫

トス、矢弾ノ補給、若シクハ戦闘位置ノ変更願ウ』と信号を旗艦に送ったところ、『矢弾尽キルトモ大和魂デ敢闘セヨ』との訓令を受け、余りのことにア然として、徒手空拳的戦いを続けざるを得なかった」（「水産講習所・海の防人」）

「（船団会議で）指揮官（海軍大佐）は声を張り上げて、これまでの船団航行に対する各船の不注意を指摘し、特に船長の臨機応変の構えに乏しい事を強調したあと、『心眼を開け、心眼を開けば闇夜といえども、潜望鏡は見えるはずだ。真剣に見つめていれば、心眼を開いておれば、必ず眼底に映る。それが見えないのは心がたるんでいる証拠だ』というような精神訓話で終わった」（「日本郵船戦時船史・下」）

まことに腹立たしいほどの精神主義だが、すでに米軍は十七年末ごろから潜水艦にレーダーを装備し、無線電話も取り付けて日本輸送船の発見と攻撃をはるかに容易なものとしていた。こういう科学兵器に対する日本当局の関心もまた極めて浅かったのである。

元海軍大尉・中之薗郁夫（82）＝写真＝には、こんな記憶がある。

「暗号解読やレーダー等のハイテク機器が戦況を左右していたが、その重要性をどれほど認識していたろうか。技術力が大事な海軍でさえ海軍通信学校のことを『通信女学校』と蔑称していた位だから、推して知るべしである」（中之薗「海のパイロット物語」）

あるいは――、

「（海軍造兵少佐が）電波を使った索敵兵器の開発を提案したことがある。すると艦政本部の首脳は『そんなものは闇夜に提灯をつけるようなもので、海軍の伝統である奇襲攻撃には不向き』と、全然取り合おうとはしなかった」（内藤初穂「海軍技術戦記」）

「南方各地が激戦の中心となっていく中で、満蒙などに温存されていた陸軍の精鋭部隊は輸送船で占領各地へ輸送されていった。しかし、その途中で輸送船が撃沈され、敵に一発の銃弾を撃つこともなく多くの軍人が海の藻屑と消えていった」「船と運命をともにした軍人は三十万人を超えたと推計される」「六万余人の戦没船員と併せ、これら軍人の悲劇も銘記さるべきことである」（日本殉職船員顕彰会）

ヒ七一船団の悲劇

昭和十九年八月十日朝、佐賀県伊万里湾から大輸送船団がフィリピン・マニラに向け出港していっている。その多くが再び還ることはなかった。台湾高雄からフィリピン・ルソン島にかけての海域で、米軍潜水艦三隻の集団襲撃（狼群戦法）により、一昼夜で一万人以上の生命が失われた。のち「ヒ七一船団の悲劇」として知られる痛恨の出来事だった。

遭難海域は広くていくつかの海峡にまたがるが、当時の公報に従い、本書ではひっくるめて「バシー海峡」と呼ぶことにする。また船団名の「ヒ」は当時、フィリピンを「ヒリッピン」「比島」と呼んでいた同地の頭文字に由来する。船団番号は出港順番であり、奇数は日本からの往航、偶数は復航につけられた。したがって「七一」とは、この名称が使われるようになった十八年七月から三十六番目に編成された船団ということになる。

伊万里湾を出た船団は台湾膨湖諸島の馬公（膨湖）でいったん集結。ここで機関部門に不安がある船を除外して十六隻に編成替えとなった。船団を護衛する海軍艦艇の陣容は増強され、空母一、駆逐艦三、海防艦九の十三隻となった。

「日本軍が比島補給のために賭けた乾坤一擲ともいわれる程の重要船団であった」「特別な期待をかけていた事は、その護衛艦隊からも充分察せられた」（日本郵船資料）

すでにグアム島、サイパン島は陥ちていた。米軍上陸作戦の次の目標としてフィリピンが予想された。そこで大本営は満州駐屯の関東軍の精鋭をマニラに送り込むことにしたのだった。船団護衛に航空母艦が参加したのは十九年一月に小型空母千歳が試験的に使用された事例があるだけで、本格的投入は今回が初めてのことであった。

八月十七日午前八時、これら総勢二十九隻からなるヒ七一船団は馬公を発進。いよいよマニラに向け、一斉に南下を開始している。

以降の船団の動静は次の通り——。

ヒ七一船団隊形図
（昭和19年8月17日）

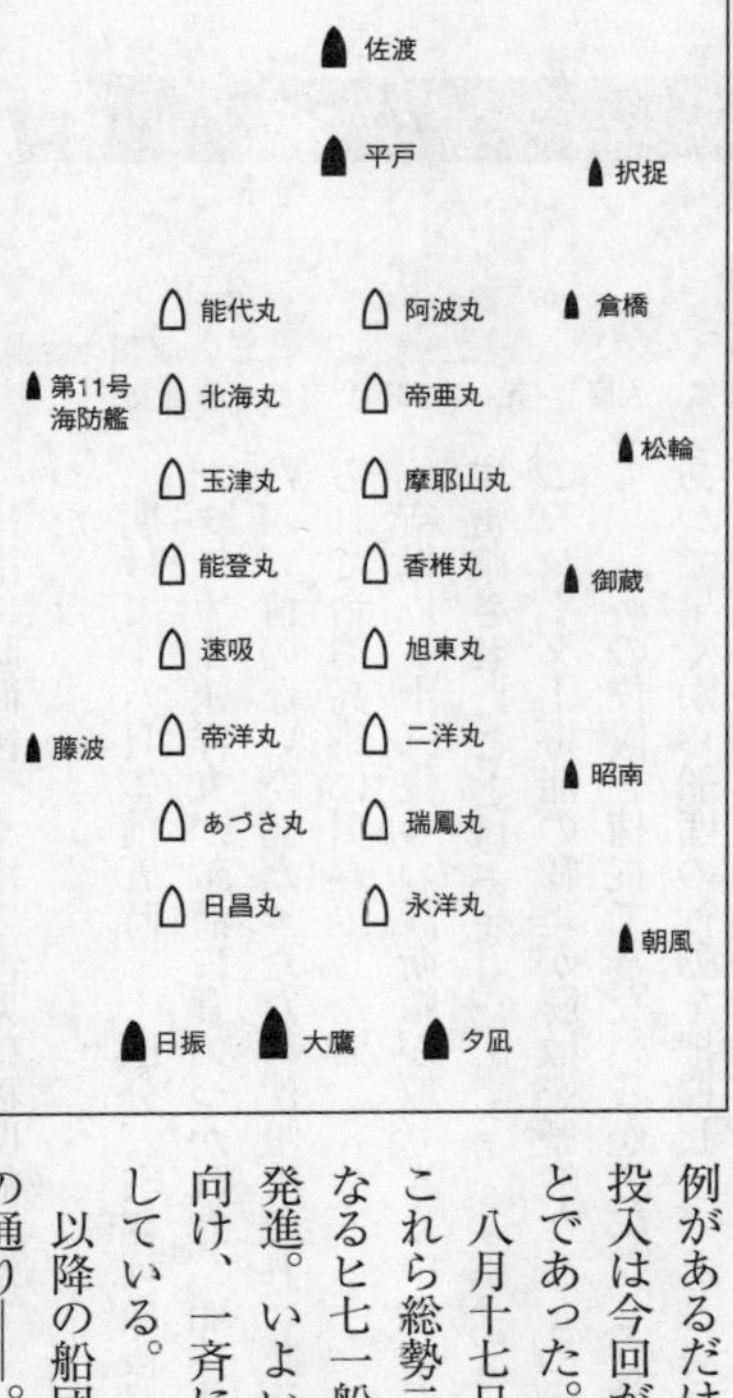

航空母艦「大鷹」（元日本郵船貨客船「春日丸」）

出港二時間後、まず二洋丸に機関故障が発生して馬公に戻った。

明けて十八日午前五時二十四分、右側列最後尾を走っていたタンカー永洋丸が敵潜に食いつかれた。船体後部を大破したが、荷のない空船だったため沈没は免れ、駆逐艦夕凪に守られて台湾高雄に引き返した。

「空母以下十三隻もの護衛艦が取り巻く中で、船団がやすやす雷撃されたことはあまりにもショックであり」「つまるところレーダー機能の較差が勝敗を歴然たらしめる結果であって、敵潜の位置を捕捉できない我が方に対し、敵は遠距離にあって早くから船団の行動を把握していたという電波技術の良否が、すでに遭遇の時点で勝敗を明瞭ならしめていたのである」（元船舶砲兵隊・駒宮真七郎大尉「船舶砲兵」）

昼間は空母大鷹から艦上機が発艦して哨戒に当たったが、飛行機が飛ばない夕刻以降は無力であった。夜に入って風雨は強くなり、波浪高く、海上は暗夜となった。そこへ一番船「阿波丸」が発した信号が全船を凍りつかせている。

「船団ハ敵潜水艦ニ包囲サレツツアリ各船警戒ヲ厳重ニセヨ」

米潜水艦はラシャー、ブルーフィッシュ、スペイドフィッシュの三隻。相互に緊密な連絡をとりながら、まず空母大鷹に集中攻撃をかけている。

午後十時二十五分、魚雷命中。数分後、続いて二発目命中。

「本来なら、ここで大鷹以下護衛艦隊の果敢な戦闘ぶりがなくてはならないのだが、船団側から見る限り、大鷹はほとんど応戦らしい戦闘も見せてはくれず、まことにあっけなく沈没した」「大鷹が真っ先にやられたのでは戦闘にも何にもならない。要をやられた扇子のように、船団は大混乱を呈し、列を乱して四散した」

「護衛艦は直ちに潜水艦掃討を開始したが、レーダーを持たない護衛艦は文字通り暗中模索。ただ得意の『心眼』を開いて右往左往するばかり」「敵は悠々と浮上して、漆黒のやみを利用しながら四散した輸送船の大型ばかりを狙って攻撃した」（日本郵船資料）

八月十八日午前五時二十四分　永洋丸中破（日本油槽船所属）
　午後十時四十八分　大鷹沈没（海軍、元日本郵船貨客船・春日丸）
　同十一時十分　帝亜丸沈没（日本郵船）
八月十九日午前零時三十三分　阿波丸小破（日本郵船）
　同　能代丸中破（日本郵船）
　午前三時二十分　速吸沈没（海軍給油艦）
　同五時十分　帝洋丸沈没（日東汽船）
　不明　玉津丸沈没（大阪商船）

加えて、護衛艦のうち、佐渡、松輪、日振の三隻もまた、現場海域で二日間の「対潜掃討」を行なったあと、帰投中のマニラ港沖で、敵潜水艦の雷撃により沈没している。

惨たんたるありさまである。

「敵潜は空船タンカーには目をくれず、兵員搭載の輸送船のみを狙い、確実に仕留め、比島増援兵力を海上で撃破する効果的な戦術を敢行した」（「船舶砲兵」）

関誠一郎

日昌丸（八馬汽船六、五二九総トン）の輸送指揮官、関誠一郎陸軍少尉＝写真、当時＝は、その手記の中で「敵潜の仮借なき襲撃により、またもや後方海面で僚船が轟音とともに血のように赤い炎に包まれて撃沈されていった」とし、次のように記している

「（わが日昌丸は）あえなく沈む数多くの僚船の悲惨な死を見ながら、狂人のように逃げ回っていた。逃げながらも必死に爆雷を投下するので、そのたびにすさまじい水中炸裂音が響き、前後左右にものすごい水柱を噴きあげた」「こうした彼我の魚雷、爆雷、砲撃で、あたりは万雷が轟き、燃える紅蓮の炎で海上は地獄の極に達した」

なすすべもなく沈んでいく輸送船の最後の汽笛と将兵の絶叫が聞こえてきそうな描写である。撃沈された帝亜丸、玉津丸の場合、陸軍の大部隊が乗船していたため、おびただしい人

△冨木和司（戦車兵時代）
▽ヒ 71 船団で沈没した日本郵船の「帝亜丸」

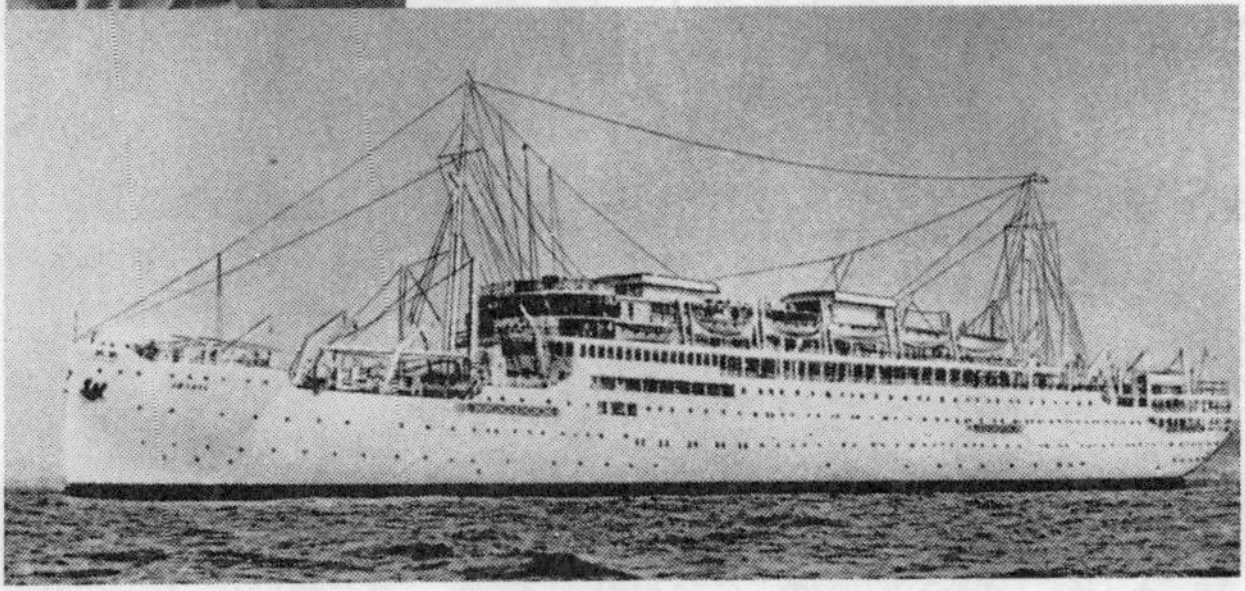

員の損傷を招く結果となっている。

帝亜丸（一万七、五三七総トン）に乗っていた戦車第二連隊・冨木和司兵長（81）＝写真、当時＝は、魚雷二発を受けて沈みゆく船から投げ出されている。のち軍曹。

「気づいたときは海の上」。周囲は救命具をつけたまま絶命している将兵で埋まっていた。そして、その死体はいつまでも冨木と離れず、いっしょに流れてゆくのである。

「押し除けても、押し除けても、まるでイヤイヤをするかのように離れない」

万一の遭難に備え、冨木もそうだったが、全員がカツオ節一本を入れた「軍足」を腰につけていた。漂流しながら、冨木はこれら死者のカツ

中嶋秀次

オ節を「済まん、済まぬ」と会釈しながらいただき、わずかに命をつないでいる。救助されたのは十八時間後だった。戦車第二連隊四百八十六人のうち、助かった者はわずか五十一人。

しかし、これら五十一人はあくまで不運だった。救助した駆逐艦によってマニラに上陸した。すでに始まっていた米軍との戦闘で多くが倒れ、終戦時、生存者は冨木ら三人を数えるだけであった。戦後、冨木らは「三人の慰霊祭」を続けている。

こうして「満州の地で鍛えに鍛えられた」多くの将兵が一発も撃つことなく、空しく海没していった。帝亜丸の戦死者総数約二千七百人。

続いて撃沈された玉津丸（九、五八九総トン）となると、乗船者の九十八パーセントに当たる約四千八百人もの犠牲者を出している。太平洋戦争における輸送船一隻の犠牲者としては最大のものではなかったか。船員もまた百三十二人のうち、生還し得た者三人。

三重、静岡、岐阜出身の将兵を中心とした「比島（フィリピン）決戦要員として期待される」関東軍第二十六師団（通称号・泉）独立歩兵第十三連隊の主力が乗船していたのだが、雄図空しく挫折した。生還者がごく少数だったためか、これだけの大事件でありながら、連隊史にはわずか二編の手記が掲載されているだけなのが痛ましい。

その一人、通信隊・中嶋秀次上等兵＝写真＝は竹イカダで十二日間にわたる「絶望」の漂流をしたのち、辛うじて海防艦に救助されている。当初は二十人ほどの生存者がイカダにすがっていたのだが、ついには一人ぽっちとなった。そして照りつける太陽の下、わずかにイカダに寄ってくる「カニの子」を口にし、襲い来る幻影と闘いながら生き抜いたのだった。

（拙著「栄光なにするものぞ」）


かくて、めちゃめちゃに引き裂かれたヒ七一船団の残存輸送船は八月二十二日前後、単船あるいは二、三隻が組になり、ばらばらとなってマニラに到着している。

先に紹介した日昌丸も辛うじて滑り込むことができた。関少尉は書いている。

「マニラの街が美しく展望された。いま、赤い夕日が西の空を真っ赤に染めて、静かにバターン半島の彼方へ沈んでゆく。その荘厳な落日は、あの呪わしい暗夜の海で空しく果てた数知れぬ同胞戦士への悲しき晩鐘を思わせた」

潜水艦対策秘話

ヒ七一船団の場合のように出る船出る船が片端からやられるとあっては、護衛を担当する海軍の面目は丸つぶれである。一方、陸軍としても、そのたびにトラの子の精鋭部隊がそっくり「海のもくず」となってしまうのだから、たまったものではなかった。

「ヒ七一船団の悲劇」の前のことだが、昭和十八年初め、相次ぐ船舶被害に音をあげた陸軍が海軍側に異例の要請をしたことがあった。（戦史叢書「海上護衛戦」）

「海上護衛体系の根本的改善を要望し、帝国海軍の最大使命は海上交通保護にありとの確信のもとにこれが実行を強く要請する」

これを受けるかたちで、同年二月二十日、海軍軍令部作戦課は「今後の作戦指導」について次のような見解を明らかにした。

「海軍ヲシテ海上交通保護ヲ以テ戦勝獲得ノ為帝国海軍ノ最大使命タルヲ確認且力強ク実行セシムルヲ根本トス」

これだけの文面からみると、海軍側は陸軍の申し入れを心よく了承して船舶護衛に全力をあげて取り組むことを決意した、めでたし、ということになる。だが、現実にはそう調子よくいかなかったことは周知の通りだ。むしろ、海軍の発想は別のところにあった。
「仮に海上護衛に重点を指向し、敵海上主兵力に対する邀撃決戦体制を弱体化するようなことがあったとするならば、西太平洋は米艦隊特に機動部隊の跳梁するところとなるは火をみるより明らかであり、かくてはわが海上交通は即座に途絶することは必至」（同）
要するに、船舶輸送保護に重点を置くと敵主力との艦隊決戦に負けてしまう。そうなると、船舶護衛どころの騒ぎではなくなる。言葉を換えていえば、敵主力艦隊をこてんぱんにやっつけてしまえば船舶輸送問題も自ずから解決するんじゃないの——、というのだ。一見、スジの通った主張のようにみえる。だが、近代戦には欠かせぬ補給戦・ロジスティクスの重要性、必要性を十分のみ込んでの見解だったかとなると、大いに疑問符がつくところだ。相変わらずの軍事作戦優先であり、「伝統的連合艦隊第一主義」であった。
と、まあ、そんな具合だったから、せっかく対策を打ち出しても、なにもかも手遅れ。十八年十一月、待望の船団護衛専門の海上護衛総司令部が発足したのだが、中味は質量ともにお寒いものだった。海軍に「総」の字がつく司令部ができたのは初めてのことだったが、この海上護衛総司令部の開庁式で来賓の軍令部総長・永野修身海軍大将は「病が危篤の状態に陥入って医者を呼ぶようなもの」と、率直なところを述べざるを得なかったほどだった。

駒宮真七郎

（「海防艦戦記」）

さて、そうこういっているうちにも、輸送現場における船舶被害はますます増加するばかりであった。防衛庁資料によれば、太平洋戦争全期間の喪失船舶を原因別にみると、次のようになっている。

①潜水艦によるもの：約四百七十七万総トン（約五十七％）②航空機によるもの：約二百六十万総トン（約三十一％）③その他：約百六万総トン（約十二％）

潜水艦おそるべし——。優秀な電探（電波探知器・レーダー）を駆使して攻撃の機会を狙っているのに対し、こちらは日露戦争よろしく無手勝流なのだ。

そこで、なんとか対策を、と、現場では、それこそ命がけで脳ミソを絞っている。

十九年初め、シンガポールにいた船舶砲兵第二連隊では奇妙なテストが行なわれている。夜間における肉眼監視力を強化する「視力増強」の試みだった。潜水艦対策は「一にも二にも見張り」だ。同連隊・陸軍中尉（当時）、駒宮真七郎（85）＝写真＝によれば、危険海面に入ったとなると「目を皿にして」異状発見に努めるため、目は充血して真赤となるのが通常だった。だが、いま、泣き言はいっておられない。魚雷の雷跡の発見が早ければ、それだけ味方は助かるのだ。隊員たちはこの視力アップ策に積極的に挑んでいる。

まず、被検者と対照者の二十人を選び、朝食後、被検者グループには「み号剤」と称するものを三錠ずつ飲ませた。同時に眼球を正面に向けて固定し、やや上部の物体を見るという訓練を行なった。最初は陸上で毎夜一時間、これを二週間にわたって行ない、その後、大発（大型発動機艇）を使用しての海上訓練をやはり二週間連続して続けた。

その結果、「み号剤」を飲まない対照者グループに比べ、被検者組は「各段に視力が増強された」ことが明らかになった。バンザイ、だった。ところが、である。隊付軍医によって、暗視野訓練は目を非常に疲れさせるので「長時間の対潜監視には不適当」と診断され、せっかくの試みもオジャンとなってしまっている。（駒宮「船舶砲兵」）

ところで、この「み号剤」のことだが、戦争末期、瀬戸内海で特攻訓練を行なっていた肉薄攻撃艇㋹《マルレ》乗員たちの記録にも出てくる。

「昼は就寝、夜は視力強化薬のミ号剤を飲んでの夜間訓練となった」「通称ネコの目、『み号剤』という肝油に似た糖衣錠剤を支給され、これを服用して訓練に励んだ。効果はあったように思う」（「紅の血は燃えて――船舶特幹二期生の記録」）

「み号剤」の正体については、この記録の中には「覚醒剤ヒロポン」との表現がある一方で、駒宮「船舶砲兵」では隊付軍医の話として「主成分はビタミンA」とされている。どちらが正解か、あるいはもっと別のものだったかもしれない。

特設捕獲網艇という「対潜兵器」も登場としている。

長さ百メートル、幅三十五メートルの鋼索製の網五枚に「重し」と「浮き」をつけて海中

特設捕獲網艇「長良丸」（福井静夫「日本特設艦船物語」から）

に壁状に張る。敵潜の艦首が網に突っ込むと網全体が閉まる。網に仕掛けられていた爆雷でドカーンとなる仕組みになっていた。

防衛庁資料によれば、五百から千トンクラスの貨物船、貨客船が改造され、四十三隻が就役した。その航跡は遠く南方戦線に及んだ。八センチ砲一門、機関砲二基、爆雷投下装置で武装していたから、局地間の船団護衛や水路掃海任務などにも従事している。肝心の捕獲網作戦の方は、こんな網に引っ掛かるマヌケな敵潜水艦はいなかったらしく、戦果は記録されていない。

特設捕獲網艇「長良丸」（八五五総トン）に着任した艇長、竹沢定三海軍中尉は「第一次大戦当時なら通用したかも知れぬが、なんと時代錯誤の艦種だろうと、当局の時代感覚を疑った」ということだ。そこで、乗組員に対する捕獲網の展張や収容訓練は「ほどほど」にして、砲戦、爆雷戦、見張り、応急訓練に精を出している。のち大尉。（竹沢・手記）この竹沢艇長の艇に乗り組んでいた青景照夫機関長（83）の話では「なんの役にも立ちゃせん」フネだった。乗組員たちは船尾の捕獲網敷設台を見上げながら、「へんな格好をしているので、かえって狙われはせんかのう」なんてハナシをしていたということだ。

そんなもんだったから、やがて砲艦や運送船（雑用船）、電線敷設船などに転籍されたものも多く、捕獲網艇全体の消息は判然としない。長良丸は二十年三月五日、ジャワ海で米潜水艦と交戦、被雷により沈没した。

十九年一月十五日正午、海軍特設砲艦「でりい丸」（二、一七二総トン）は、秘密任務「乙作戦」に従事するため、横須賀港を出撃している。駆逐艦沢風、第二十三号掃海艇、第五十号駆潜艇が護衛隊として随伴した。行く先は伊豆七島沖海域。

第五十号駆潜艇長、川副克己海軍中尉（94）＝写真、当時＝によれば、日本の太平洋沿岸の海に出没しはじめた米潜水艦撃滅のため、「でりい丸」がオトリ船となって敵潜をおびき寄せ、護衛隊がこれを撃沈するのが乙作戦の目的だったということだ。

△川副克己（中尉当時）
▽商船時代の「でりい丸」
（商船三井提供）

のち大尉。

「オトリ船がやられては元も子もありませんから、でりい丸船腹の両側にはW装置と称する太い電線を取りつけ、強力な電流を通せば、敵魚雷が接近してきても命中する前に魚雷自体が爆発するだろうという計算もしていました」

このため、「でりい丸」は無線電信を意図的に発信して相手に位置をさとらせる段取りになっていた。十六日午前零時すぎ、早くも敵潜接近が探知された。なんのことはない。位置をさとらせるもなにも、付近海域には敵潜が「うようよ」しているのだ。「爆雷戦用意」で第五十駆潜艇が突進したのはよかったが、零時二十五分、肝心の「でりい丸」に魚雷一発が命中。ドカーンとなったものだから、一同、顔を見合わせている。

「でりい丸」は大阪商船所属の貨客船で、日本～サイゴン・バンコク航路に就航していた。海軍に徴用されて砲艦となり、こんどの乙作戦開始に当たっては特別に船内各部門に厳重な防水区画工事が施されていた。そんなふうに、かなりの意気込みで行なわれた作戦だったのだが、なんとも「手もなく」やられてしまったことになる。

川副中尉は、「自信をもって設計された」はずのW装置がなんらの効果を示さなかったことについて首を傾げた。あとで、敵潜との遭遇はまだ先のことだろうという判断から、船では「電源を入れていなかったのだ」と聞かされ、あ然として座り込んでしまっている。

バシー海峡長恨

先のヒ七一輸送船団の悲劇にみられるように、昭和十九年ともなると、台湾とフィリピンとの間にある海域一帯は「魔のバシー海峡」とまでいわれるようになっている。この海峡で、驚くほど多くの日本船舶が沈み、おびただしい数の将兵、船員らの生命が失われた。日本本土といわゆる南方とを結ぶ最大で重要な輸送ルートであり、一方、これを察知した米潜水艦部隊の哨戒線がここを重点に置かれていたからだった。

米軍資料は次のように述べている。

「この当時、米国潜水艦にとって（中略）南シナ海の北部の台湾、ルソン島及び中国大陸で囲まれた海域が最高の攻撃海域であった。南シナ海北部のこの海域は、特に海上交通の最大の焦点であって、（中略）潜水艦部隊は比島（フィリピン）に対する日本の反撃及び補給を遮断するため、ルソン北西岸に沿って第七艦隊の十四隻を、また日本——比島間に太平洋艦隊の二十六隻を集中的に配備した」（戦史叢書「海上護衛戦」）

米軍がこんなふうに大がかりの構えだったのに対して、相変わらず、日本輸送船団側はなんらの有効な対抗手段を持っていなかった。このため、常に死の恐怖におびえながらの航行を強いられることになっている。これが「ああ堂々の輸送船」の実態であった。

「諸準備が完了し、船団は敵潜水艦が待ち受ける魔のバシー海峡を強行突破することになった。（中略）決死の覚悟で台湾高雄を出港した。港内で修理待ちの輸送船上から一斉に戦闘帽が振られる。

『バシー海峡に気をつけろ！』『バシー海峡に気をつけろ！』

喉がはりさけんばかりの彼等の悲痛な叫びは、バシー海峡で親しい戦友を多数失った悲しみの心を深く秘めて、私達には同じ悲しみを持たせないようにという、せめてもの思いやりであろうか」（田中保善「泣き虫軍医物語」）

終戦後の復員船におけるハナシなのだが、こんな記述もある。

「船は一路、日本を指して北進した。（中略）きみわるい噂が広がってきた。

『台湾海峡にかかるとな、真夜中、水平線上に白装束の将兵がずらっと並んで、手太鼓をたたくそうだ』

しかし、これは噂だけで目撃した者は一人もいない。わが身がぶじに生きて還るいま、戦死者への追悼の気持ちが、幻覚を抱かせるのだろうか」（友清高志「ルソン死闘記」）

対等に渡り合える対抗兵器がないとするならば、それを少しでもカバーするための工夫というものがあってしかるべきなのだが、軍当局はそうした意欲にも乏しかった。ここらあたりの事情については、やられっ放しの輸送船側から見た「輸送作戦の拙劣さ」を取り上げた方が手っ取り早いようだ。

先にヒ七一船団の悲劇を記述したが、その中に日本郵船帝亜丸の沈没があった。乗船部隊約二千六百人が戦死し、船員二百十六人のうち五十三人も海没。深夜の船橋で指揮をとっていた藤田徹船長は、別れのトーチランプを振りつつ、船と運命を共にした。

辛うじて救助されて帰国した石川弥之輔機関長は、そうした乗組員仲間の痛憤の思いを代表し、次のように「事故顚末書」の中で記している。

「『ヒ七一船団』ハ瑞鳳丸、永洋丸ノ二隻ノ外皆航海速力十四節（ノット）以上ノ高速優秀船ナルモ、上記（低速の）二隻ノ加入ニヨリ原速十二節ニテ航行セリ。（中略）馬公出港後ハ敵情甚ダ不良ニシテ強大ナル敵潜水艦ノ伏在スル海面ヲ突破スルモノナルニカカハラズ依然トシテ原速十二節ノ大船団ニテ航行セシハ甚ダ運航拙劣ナルモノト云ウベシ」

「敵潜水艦ノ潜伏セル地点ハ大体ニ於イテ同一地点ナリ。故ニ充分爆雷ヲ投射シテ徹底的ニ討伐スルハ勿論ナルガ、民家ニテ時々大掃除ガアル如ク海上ニ於テモ時々大々的ニ大討伐ヲナシテ敵潜水艦ヲ撃滅又ハ退散セシメ、其間ニ船団ヲ運航セシムル等被害ヲ軽減セシムル手段ヲ講ズ可キナリ」（日本郵船資料）

この顚末書は帰国直後に会社あて提出されている。軍部にどう伝達されたかは不明なのだが、かなり思い切った軍批判となっている。かねて輸送船側にくすぶっていた批判を代弁した内容のようにも思える。

帝亜丸は航海速力十七ノット（節）で走る船だった。ほかにも同程度は出せる船があった。このため、石川機関長は続けて「かくあるべき」と作戦にまで言及している。
「本船団ヲ十五節船団、十四節船団、十二節船団ノ三船団ニ区分シ各船団ヲ夫々別個ニ護送スベキナリ」「七、八月頃高速優秀船ガ続々ト被害ヲ受ケシハ何レモ低速船ト行動ヲ共ニセシ結果ナリ。充分考慮スベキナリ」（同）
軍部は失敗から何も学んでいないというのだ。このへんに関しても（これは戦後になっての記述になるのだが）、やはり船乗り側からの痛烈な批判があるところだ。
「（終戦一年前の昭和十九年八月になっても）海軍の首脳部では、未だに軍艦と軍艦とをもってする艦隊決戦に対する華やかな夢が一掃されておらず、船団の援護などは第二義的なものだとする考えが多分に温存されており、せっかく指導会議が指摘した結論も、戦闘の現場においてはほとんど顧みられる事がなかった」
「艦隊に見放された船団は依然として各所で悲惨な最後を遂げた。反対に敵の戦術は日を追って新しく脱皮した。前の戦闘でなめた辛酸は直ちに次の作戦に生かされていた」「それに比べて我が船団は援護らしい援護もなく、再び無防備のまま熾烈な比島戦線に投入させられる事になった」（『日本郵船戦時船史・上』）
その代表的な悲惨な事例が、十九年十月二十日深夜、マニラから台湾高雄に向かって出港した「春風船団」で起こっている。

輸送船十二隻、護衛艦五隻から成る船団だった。指揮艦の駆逐艦春風から船団名がつけられた。しかし、八ノットという低速船が加わっていたことが、その「和やかな」船団名とは裏腹に前途の厳しさを思わされた。果たして船団がバシー海峡にさしかかったところで、「涙も出ないような」結末が待っていた——。

二十三日未明から二十四日夕にかけ、輸送船十二隻のうち九隻が撃沈された。待ち構えていた米潜水艦五隻は巧みに連絡を取り合い、多くを真昼間の攻撃で沈めている。残ったのはいずれも小型船ばかりの、わずか三隻という惨たんたるありさまであった。

「敵の襲撃ぶりは、一定の時間、間隔をおいて輸送船だけを撃沈するという方法で、まこと

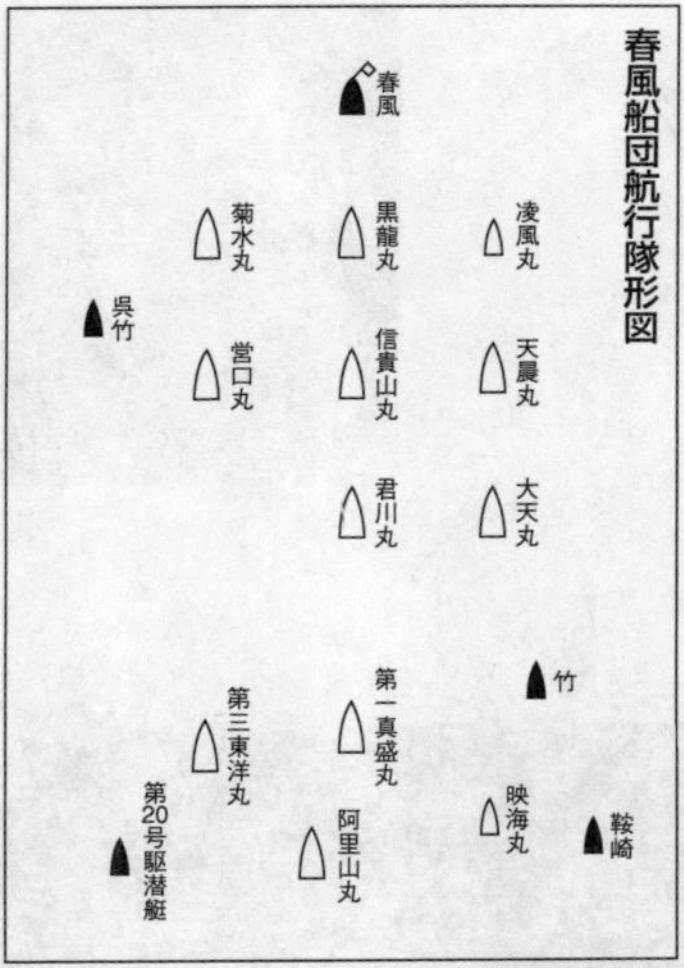

——駒宮真七郎「続・船舶砲兵」から

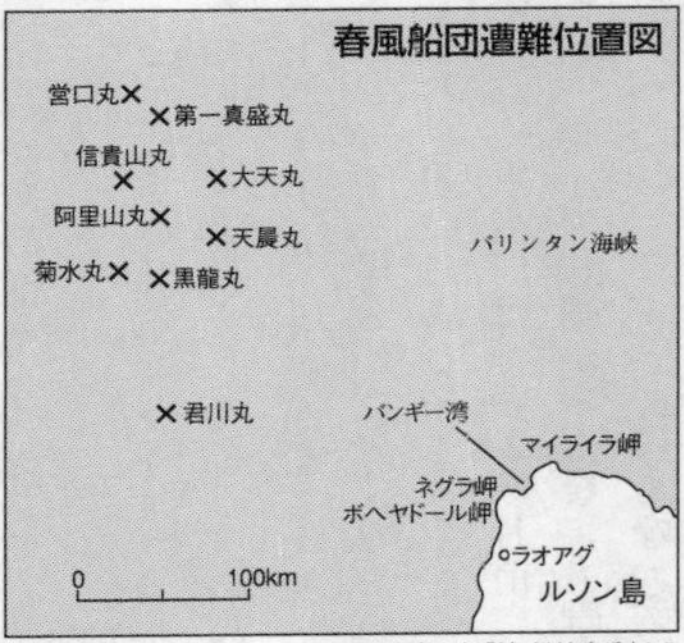

——駒宮真七郎「続・船舶砲兵」から

△木村利三雄
▽大阪商船の「大天丸」(商船三井提供)

に余裕のある憎々しい攻撃ぶりであった」(同)

　こうして君川丸(川崎汽船、十五・七ノット)、黒龍丸(大阪商船、十八・四ノット)、大天丸(大阪商船、十四・八ノット)といった優秀船がいずれも低速で走ることを強いられた結果、空しく沈んでいった。軍当局はつい二ヵ月前に起きたヒ七一船団の悲劇から、なにも学んでいなかったし、学ぶ態勢にもなっていなかったのだった。

　大天丸機関員、木《き》村《むら》利《り》三雄《さお》(75)=写真=は小樽海員養成所を出たばかりの初航海だった。行きの航海で船を沈められ、護衛の駆潜艇に救助されて身ひとつでマニラに上陸していた。のち日本共同捕鯨会社機関長。

　マニラで便船を待ち続け、ようやく大

三井船舶の「信貴山丸」（商船三井提供）

天丸に乗ることができたのだが、乗組員は「三、四回は泳いでいる」という猛者の先輩船員ばかり。間もなくさしかかる「バシー海峡が一番の危険地帯」との忠告に従い、寝るときは救命具を枕にし、現金や時計などを入れた貴重品袋を離さないでいる。

航海が始まると、護衛艦からの「煙突の煙が濃すぎる」「みだりにゴミを捨てるな」といったチェックのうるさいこと。そのたびに木村ら機関員たちは走り回らねばならなかった。「そんなもん、レーダーで見張っている敵潜にはお笑い草だよ」と古参船員らはいうのだが、それが、軍が船団に指示するせめてもの対抗手段でもあったのだ。

大天丸が魚雷一発により沈んだのは二十四日白昼のことだった。当時、木村、十六歳。救援の駆逐艦に助け上げられ、やっとのことで十二月半ばに帰国したのだが、故郷の青森は雪景色となっていた。汚れた夏服一枚で雪の中を帰り着いた息子を迎え、先に遭難行方不明との通知を受け取っていた母親は声も出せずに見つめている。

そうした船団の中に信貴山丸（四、七二五総トン）という三井物産所属貨物船の船影もあった。二十四日朝、三発の魚雷を受けて轟沈した。マンガンや生ゴムなどを満載していたため、これが沈没を早めたものとみられる。（野間恒「商船が語る太平洋戦争」）

海に投げ出された森光伝甲板員は一枚の板切れにつかまって漂流している。七時間後に救助されたのだが、そのさい、これまで命を預けていた板切れをよくよく見ると、信貴山丸の船橋に奉納されていた航海安全の守護神「金刀比羅宮」の大きなお札だった。

「金比羅さんが助けてくれたんですねえ。もうそのころは神頼みの航海でしたから」

果てしなき海原

あの時代における日本の船員たちは悲哀に満ちていた。

軍の機密保持の名目のもと、危険極まりない海に出ていくにも隠密行動をとらされた。同じ戦場にいく応召軍人が「万歳」の歓呼の声で送られ、「勝って来るぞと勇ましく」出征していったのと、たいへんな違いがあった。「行きは船員さんで帰りは仏さんよ」。そんな戯れ歌なぞをつぶやいて、せめて肩をそびやかすのが関の山であった。

身分的な扱いもひどかった。よくいわれるように「軍馬、軍犬、軍鳩」以下の待遇だった。そこで自虐的に「ハトの会」というものをつくり、酒を飲んではウサをはらしていた船乗りグループもあったということだ。それでいて無謀で無策な任務に就かされるのだから、たまったものではなかった。

たとえば——、

昭和十九年八月二十九日、大阪商船の貨物船「めきしこ丸」（五、七八五総トン）はセレベス海で魚雷二発を受け、火だるまとなって沈没した。乗船部隊将兵ら約八百二十人、船員二十一人が船と運命を共にした。

現在の商船三井には、このときの安藤純一船長による「事故報告書」が保存されているが、にわかに信じられないような内容となっている。

浦部 毅

「船員は特技者にして一朝一夕に養成できるものに非ず。折角船にて教育したるも陸海軍に召集さるるは、船舶側としてははなはだ苦痛なり。船員なくして渡洋作戦は不能」「生存船員が必死の救助作業に当たれる際、一下士官の如きは、船員を叩き殺せ、兵隊が一人助かると暴言をなせり」「火傷のため目の見えぬ船員が同僚より与えられたる浮遊物にすがれるを、暴力によってこれを奪い、同船員を遂に死に至らしめる兵あり」

二十年一月、三菱汽船のタンカー「せりあ丸」（一万二三八総トン）の浦部毅船長＝写真＝は入港先のシンガポールで、とつぜん、南方軍総司令部から呼び出しを受けている。待ち構えていた船舶参謀は「特攻船になってくれ」と、こうだった。

「貴船を特攻船『神機突破輸送隊』とする」「航空機用揮発油を運ぶことを命ずる」

すでに日本と南方とを結ぶ輸送ルートは敵飛行機と敵潜水艦のなすがままといった状況下にあった。このため、日本では「石油をはじめとする重要物資が逼迫し、その緊急輸送を渇望」していた。大本営は「万難を排して南方資源地帯――内地間の突破輸送作戦を強行すること」に決した。せりあ丸に対する特攻命令はその第一号ということだった。

せりあ丸は陸軍部隊将兵と飛行機を積んで日本から到着したばかりだった。門司出港のさいには船舶司令官がわざわざ駆けつけ、「これが陸軍としては最後の切り札である」との「声涙くだる挨拶」をしたものだった。それはそれで結構なのだが、ここまで来るにも南シナ海に猛威をふるう敵機敵潜に「追いまくられ」ての苦難続きだった。

三菱汽船のタンカー「せりあ丸」（終戦直前、空襲により船体を半焼、戦後再生して日本経済の復興を支えた）

　ましてタンカーは最も狙われやすく、しかも日本からの空船は見逃され、油満載で喫水を深く沈めた帰りの航海で襲われるといったケースが続発していた。米軍側は、日本を追い詰めるための効果的な戦法を熟知していたのだった。

「往航の体験からいって、これから内地に帰る事はだれが考えても不可能に近く、いたずらに犠牲を増やすだけの事に過ぎないと思われた」（日本郵船資料）

　それでも「油を運べ」との厳命なのである。それに「特攻船・神機突破輸送隊と命名する」だなんて――。浦部船長は考え込んでいる。

「こりゃ、もうダメだ、と思いましたねえ」

おまけに性懲りもなく、またぞろ低速のほかの貨物船二隻と船団を組んでいけというのだから、軍は一体なにを考えているのか。

ここで、覚悟を決めた。以下、浦部船長によれば、

「どうせ、あと一週間かそこいらで、あの世に行く命」。かねての考えを通させてもらおう。

「ダメで元もと、ダメ元じゃないか」

これまでの苦い体験からして、軍の船団護衛に対する考え方には根本的に同意しかねる面がかなりあった。船員の危険率は高い。にもかかわらず船員は軍から差別され通しであって、陸海軍の板ばさみになって損なクジを引かされるのはいつも船員であった。

海軍は艦隊決戦とか殴り込みというような、華やかな戦闘ばかりをねらい、海上護衛という地味な仕事には一向に本腰を入れてくれなかった。

海上交通線は日本の動脈であり、これが破壊されては戦さができぬという簡単な理屈が軍上層部には分かっていないのが不思議に思われた。船団の編成、航路の選定、護衛の方法など、船員からみると腑に落ちないことが、これまでにいくらもあった。

だが軍属の立場は弱く、軍人に対してはトラの尾を踏むような気持で接しており、言いたいことも言わずに通して来たが、いま特攻船船長ともなれば、どうせ明日はない命。こんどだけは言いたいことは遠慮なく言っておきたい。

そこで船団会議で、次のような四項目の「航行要望書」を提出している。花岡機関長はじめ幹部船員全員がもろ手をあげて賛成してくれたものだった。

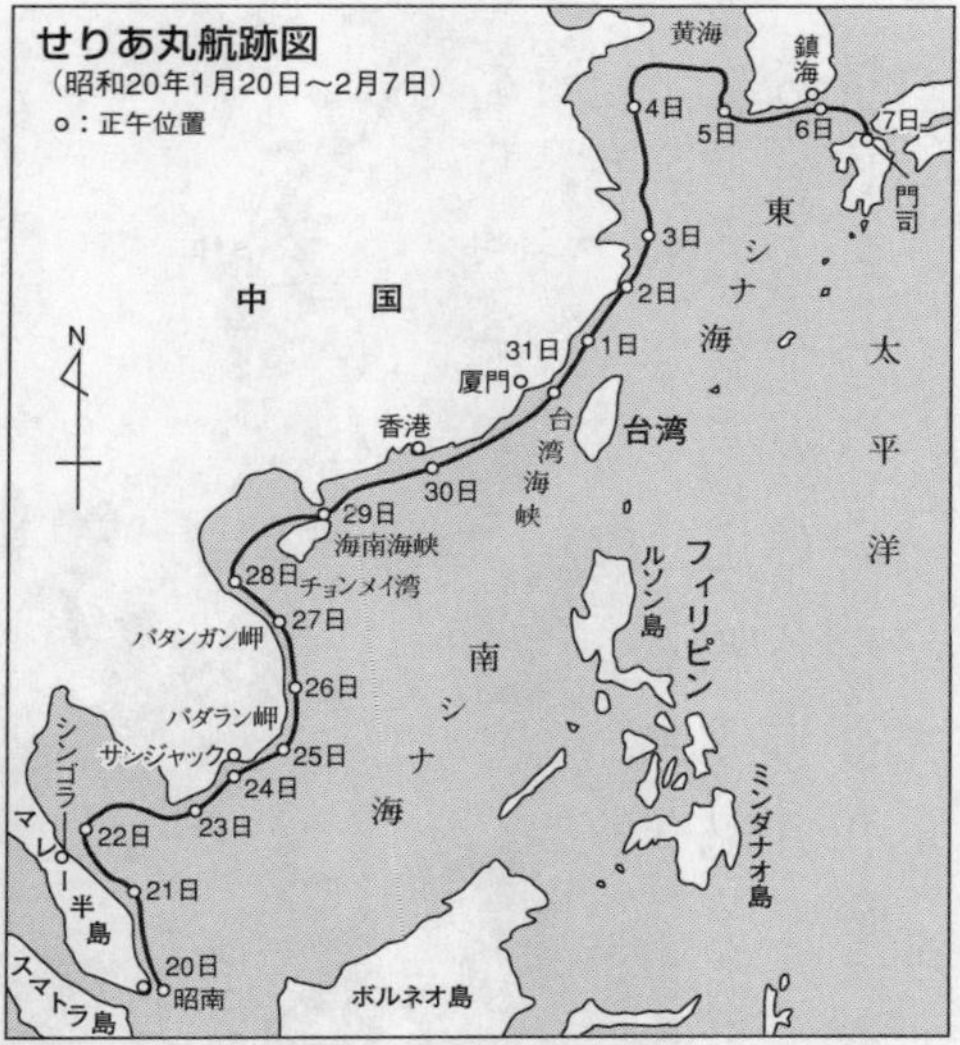

①護衛艦を二隻つける②低速のほかの貨物船を同行させない③船長（浦部）に船団の指揮権と航路の選定権を与えてもらう④軍機海図を貸与してもらう。

がぜん、会議は紛糾した。とくに、指揮権をめぐって激論となっている。

「おかしな会議になりましてねえ」

海軍当局は「民間人が軍の指揮権を奪おうというのか」と、たいへんな御立腹ぶりだ。

おしまいには海軍大佐が軍刀の柄に手をかけ、「たたっ斬る」ときたから、面白くなった。ダメ元の浦部船長はじめ、船側幹部船員たちは総立ちとなっている。

「戦争しているのは、アンタたち軍人だけじゃないんだ」「要は一万七千トンの油を無事に内地に届けるためなんだ」

出身地の新潟なまりのタンカながら、ここで耐えに耐えていた船員の感情が

「戦没船員の碑」——毎年5月15日、太平洋を望むこの碑の前で追悼式が行なわれている（横須賀市観音崎公園で）

爆発している。結局は仲裁案が出て、最大焦点の③指揮権はじめ、①②の要望も実質的に船側の主張が通ったかたちとなったから、言ってはみるもんだ。浦部、そのとき、三十二歳。

ただ、④の軍機海図に関しては、どうしてもウンといわせることができなかった。海軍が敷設した機雷原を記入した地図であり、安全航行のためにぜひとも必要なものだったが、「軍の機密である」との一点張りで拒否されてしまった。

「腹が立ちましたなあ。この期に及んでも、なお、機密を持ち出んですから」

せりあ丸がたどった航跡図をみると、実に極端な接岸航法をとっていることが分かる。敵潜の近づけない水深四十メートル以内の海域を選んで走っている。通常の輸送ルートは避けた。敵が手ぐすねを引いて待ち構えているところへ、のこのこ出ていくバカはいない。ここらあたり、軍の言いなりだったら、とっくに血祭りにあげられていたにちがいない。

「これまで敵潜敵機に追われながら、ほとんど無手勝流で戦い抜いて来た三年間の苦しい体験からにじみでた、死中に活を求める唯一の方法であった」（日本郵船資料）

それでも、敵機の襲来、敵潜の魚雷攻撃があった。機雷原を辛うじて突破したこともあった。航海の間、浦部船長は特製のイスを船橋に持ち込み、頑張り続けている。食事、用便のすべてを、ここで済ませている。花岡機関長もまた、陣頭指揮に当たり、エンジンルームから一歩も離れることはなかった。

こうして苦心に苦心を重ね、通常航海の倍以上の日数をかけ、三週間後にようやく門司港外に達することができている。

「奇跡というか、天佑神助というか、戦い抜いた乗組員たちの前には、二度と見ることもないと思った母国の山野が、いま、現実となって現れたのである」（日本郵船資料）

無事帰還した「せりあ丸」を迎えて、軍当局は「欣喜雀躍した」と記録されている。

せりあ丸は終戦間際の七月二十八日、兵庫県相生市近くの坂越湾で仮泊中、米艦載機の空襲により、坐礁。船体後半部を焼失した。戦後、引き揚げられて再生。日本油槽船のタンカーとして、たびたびペルシャ湾に重油積みに出かけ、日本の復興期を支えた。

浦部船長は戦後も長く海運界で活躍した。とつとつとした語りが、かえって新聞記者にも好かれた。東京高等商船学校（のち東京商船大学）航海科卒。柔道五段。

せりあ丸の航海については――、

「接岸航法ですが、じつは、いつでも陸地にのし上げるハラでした。どうせ、内地には帰り着くまい。そうした方が、乗組員の助かる確率が高いだろう。あとは海賊にでもなろうか、と」

あの戦争で二千五百余隻の船が沈み、六万三百余の船員が帰還しなかった。神奈川県横須賀市観音崎の高台に「戦没船員の碑」が建つ。毎年五月半ば、ここで戦没・殉職船員追悼式が行なわれている。

碑文に「安らかにねむれ　わが友よ　波静かなれ　とこしえに」とある。

●第三章

キセキレイを食わなかった兵隊

食われかけた兵隊

ソロモン諸島ガダルカナル島とニューギニアにおける戦いは補給戦でもあった。補給を絶たれた日本軍将兵たちの多くが飢餓と疾病で倒れていっている。

ガダルカナル島高地で戦った元陸軍伍長の日記——。

昭和十八年一月四日　食うや食わずやの腹ぺこでも戦闘は続行され、衰弱次第に悪化しヤセ衰え、肋骨が洗濯板同様にヤセ、骨がじゃまになってこれ以上はヤセられず。眼球のみ輝き、顔は土色。頭髪は生え変わり、薄茶色の細い産毛のようで、もはや体内には育毛する栄養もなく、まるで生きたミイラとでもいえよう哀れな姿。

一月五日　生き抜くためには（敵の）砲撃中といえど死を恐れず。大木に炸裂し、枝が折れ落ち、アリの巣、クルミ、青桐等の木の実の落ちるを拾うために探し歩いた。栄養失調で歩行できず、壕内でごろ寝の兵も炸裂音を聞くと周辺を這い回り探した。（中略）ビンロウ樹の芽、アリの巣、木の実、山菜等は日を追って少なくなり、野生食を獲得する行動範囲も狭められ、敵側斜面も禁止となり、死活問題となってきた。

一月八日　米軍の歩兵の攻撃激しく、我が防御陣地正面に接近し来り、応戦せり。昼過ぎ、指揮壕の一番近い二十一号掩蓋銃座より指揮班あて、米兵三名狙撃射殺したと報告が入った。（中略）敵側斜面を降り探し死体を見つけ、両足をモモの付け根より切断にかかったが、生きて立ったままの足は切りやすいが、死んで倒れている足は切りにくく、鶏と同じで黄色い脂肪が巻いており刃先にねばりついて刃先を締めつけて思うように切れず、軍刀の刃を欠かないように苦労の末、両足を切り落とした。（中略）隊長殿、准尉殿、S伍長、自分と四人分を先にとり、指揮班、一、二小隊にもお裾分けして食べた。

一月二十二日　俺が死んだら骨を頼むぞと軍歌演習で歌ったが、俺が死んだら食べてくれとはなんと情ない話だ。ウジムシ共に食われるよりも戦友に食べられる方がいい。俺を食べて最後の一人になるまで戦ってくれと固く誓い合い、口々に語り合った。空腹に耐え飢餓寸前の将兵はみな、銀飯（白い御飯）を腹いっぱい食べたい、大福餅やウドンが食べたいとウワ言を言い、死んでいった。（難解な漢字は平易に直した。以下同じ）

こうした悲惨な状況はニューギニア戦でも変わりなかった。

「生きているもの、動いているような動物、昆虫、鳥類はなんでも捕りまくり、手当たりしだい貪欲に食べた。ヘビ、カエル、ネズミ、トカゲなどは上等の御馳走であった。ヘビなどは初めのうちは怖がっていたが、しまいには手づかみにして生で食べてしまった。ミミズ、アリや便所のウジも食用にした。ウジは一晩中水につけておき、しごいて汚物を取り去り、飯盒のふたで炒って食べると、ハチの子のようにこりこりしてうまい」

「飢えの世界では人間は弱いものだ。生きんとするための食欲は、つい人間の肉にまで手を出す異常な事態が起きる。自分以外はすべて食糧に見えてくる。これが究極の飢餓の姿だ」

「二度の転進作戦の間、山中で、川辺で、海岸で、そして戦場で、しばしば『人肉食』の現場を目撃した。白ブタ(白人)、黒ブタ(現地人)という言葉や、その味のうまい話等が公然と語られた。しかも、そんなことに何の抵抗すら感じないほど当時は飢えていたのだ」

(元工兵連隊将校、手記)

ニューギニア戦線の南海支隊歩兵第百四十四連隊本部・森木勝軍曹(81)=写真=は、めざすポートモレスビーを一度は眼下にしながら、転進命令により、無念の撤退を続けている。

(拙著「失われた戦場の記憶」)

勢いに乗っての追撃戦に比べ、撤退戦は難渋を極めた。ふたたび立ちふさがるジャングル。高温多湿の密林。大木にはコケが生え、カズラが下がり、視野をさまたげた。倒れた巨大な老木を越すのも一苦労だった。軍服は破れ、軍靴も大きく口をあけた。食糧とて満足なものはなく、わずかに木の新芽を煮て空腹をごまかすしかなかった。

「どの兵隊を見ても、顔面血の気はなく、ほお骨が飛び出し目はくぼみ、頭髪、アゴひげは伸び放題に伸び、幽霊のような哀れな姿で、危ない足を踏みしめ、ただ生への一念に歯を食いしばり黙々と歩んでいく」（森木・手記）

ついに森木は疲労で倒れている。土佐の高知の同じ町出身の親友が「命がけ」で手に入れたイモを持ってきてくれている。

「勝ちゃん、たった一つしかないけんど、これ食って元気になっとうせよ」「死んではいかんぜよ。死になよ、死になよ」

その親友は戦死した。

森木は捕虜になった。負傷兵を担いでいて取り残され、豪軍の十字砲火を浴び、吹き飛ばされた。気がついたとき、敵軍の手当てを受けていた。友軍とは逆の方向へタンカで運ばれていく間、とぎれとぎれの意識の中で、森木は「殺せ、殺せ」を叫び続けている。

森木 勝

川にぶつかったところで小休止となった。やっと意識を取り戻したところで、あたりを見回すと、何人かの現地人が木陰に身を潜めてこちらの様子をうかがっている様子。手に手に荷物をくるためのような木のカズラを持っている。監視の豪州兵は追い払うが、次の休止地点でちゃんと待ち構えている。

あまりのしつこさに、監視兵が腰の拳銃を地面に向け、二発発射して脅かす事態にまでなったのだが、それでも立ち去ろうとはしない。

監視兵のゼスチャーと片言の英語の説明によれば、

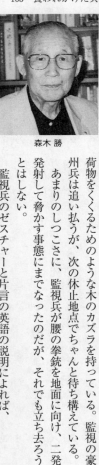

「かれらは食人種で、お前が死ぬのを待っている。お前の肉を分配して運ぶため、ああしてカズラまで用意しているのだ」

そうか、と、乾いた感情の中で森木は思っている。こちらは捕虜となった身を恥じ、ひたすら死を願っている。その一方で、周囲には、その死を待ち、食わんと欲している他人がいる。なんともマンガチック、かつ不条理の世界なのだが、死ぬ身にとっては、そんなことは「どうでもよいこと」のように思われた。

「死することのみをただ一途に思い、ひたすらその機会を狙う私としては、死したる後、彼等に食われようがどうされようが無関係のように思えて、悲しいことでも恐ろしいことでも決してなかった」（手記）

森木は監視兵に、これもゼスチャーで訴えている。

骨皮筋衛門のオレを食っても大してうまくないと思うのだが、ああして辛抱強くオレの死を待っている連中がいる。かれらのためにも「早く殺して」くれんか――。

この日、昭和十七年十一月十一日。同日付でもって森木の実家には「戦死公報」が届けられている。なお、ニューギニア現地人の食習慣についてだが、森木は古参兵からニューギニアには「食人種がいる」といわれていた。豪監視兵もそう言ったのは、そんなふうに聞かされていたのか、あるいは瀕死の森木にカツを入れるつもりであったか。

「昔の話になるが、死者の小肉片を口にすると、死者の人格や勇気が自分に乗りうつるとの言い伝えをもつ部族があった。栄養源としての食人とは全く別のことだ。この迷信も豪州の

渡辺義夫
（旧姓・久保田）

昭和19年、ラバウル基地があったニューブリテン島の海岸線で配備につく日本兵（「戦争と庶民③」から）

統治時代に実施を厳禁された」（奥村正二「戦場パプアニューギニア」）

　現地人たちは、ただの物見高い見物人だったのか。彼らが離さずに持っていた「木のカズラ」の意味についても分からない。

　十九年六月、こちらはニューブリテン島戦線――。

　やはり豪軍に追われ、苦しい「地獄の撤退行軍」を続けていた独立野戦機関砲第三十中隊・渡辺義夫少尉（旧姓・久保田、81）＝写真＝は、同じ中隊の米原豊曹長による「危機一髪」の脱出物語に、すこし笑い、大いに泣いている。のち中尉。

米原曹長によれば——、

ニューブリテン島の西端ツルブから東端の地ラバウルまでの撤退作戦は惨めを極めた。直線距離で約五百キロ。折からの雨季。悪路は飢えと疾病で悩む兵隊の足をとらえて放さなかった。米原曹長も木陰に倒れ込んだところを「十数人ほどの原住民」に包囲され、とうとう捕まってしまっている。

集落中央の広場に引き立てられ、「キングソロモン」の映画よろしく、ヤリぶすまの中で「奇声」をあげながら踊り狂う彼らに「いけにえにされる」と覚悟した。心が定まったところで、ひょいと思い出したのが、ポケットの中の化膿治療剤サルファミン錠のことだった。

そこで、モノは試し、と大声を出している。

「おれはドクトルだ。病人がいたら治療してやるぞ」

たまたま、酋長の一人娘が悪性の腫瘍に冒されていた。服用させると、患部が「予想もしなかったほど」早く完治したから、米原もびっくりだったが、相手側が「何倍」も驚いた。たちまち「ナンバ・ワン」の尊称をたてまつられ、しばらくは「下へも置かぬ」待遇で過ごしたという話であった。（渡辺「さらばラバウル」）

サメに食われた兵隊

「突然悲鳴のような音が風に乗って耳に送られてきた。はるか夕日を背に恐るべき光景を見たのだ。ボートに収容されている重傷者を狙って、フカ（サメ）の群れが襲っているのだ。血の匂いをつたって、このどう猛な海のオオカミどもが群らがっているのが目に入る。よろよろと立ち上がった負傷者がオールを持って格闘している」

「救助船が近づくと、誰もが力をふり絞って泳ぎつこうとする。群れを離れるとフカにやられる危険があり、順序よく上がれと指示する。やがて私の番がきたので、七〜八メートル泳いで舷梯にやっととつかまった。ほっとして上を仰ぐと手を振って歓声を上げている兵がいる」「私の周りを一匹のフカがぐるりと回って、今にも襲おうとしていたという。『分隊士、フカ！』とデッキから盛んに注意を喚起したという。こんなところでフカの餌食など真っ平だ」（元軽巡「那珂」乗組員、村上正秀海軍大尉「オールド・マリンエンジニアの覚書き」）

サメと闘う漂流中の乗組員（故大久保一郎画伯・画集「戦時徴用船の最後」から）

昭和十八年二月二十八日深夜、ラバウル――。

夜目にもはっきりと噴煙をあげているのが見える花吹山を後ろにして、八隻からなる輸送船団が密かに出港していっている。

「八一号作戦」と名づけられたこの大輸送作戦は、ニューギニア戦線の戦力増強に目的があった。増援部隊と兵器、弾薬、食糧などおびただしい軍需物資が満載されていた。しかし、目的港のラエ、サラモアまで「指呼の距離」というダンピール海峡で、敵機の大襲来によって船団は全滅した。護衛艦隊の駆逐艦八隻のうち、四隻もまた撃沈された。

海没した将兵、船員、三千六百余――。南太平洋ビスマルク海とソロモン海との間の海峡におけるこの一大痛恨事は「ダンピールの悲劇」として戦史に記録されている。

野戦高射砲第五十大隊第一中隊・志田《しだ》元治《もとじ》上等兵（84）＝写真、当時＝は船団一番船の「神愛丸」（三、七九三総トン）に乗船していた。のち軍曹。

出港前のラバウルでは景気のよくない噂が流れていた。「船団は全滅するだろう」「やられるのを覚悟で行け」。制空権はすでに敵側に移っていた。二ヵ月前に行なわれた五隻からなるラバウルからのラエ強行輸送作戦では、空襲により、二隻が沈められた。今回は敵もそうした戦訓を生かし、手ぐすねをひいて待ち構えているであろうというのである。

将兵の動揺は尋常ではなかった。

「(出港の)前日午後から、とつぜん発狂者が続出したことです。このたびの輸送作戦の安全率がわずか一パーセントであるといわれたら、誰しもが心が動揺するのは当たり前です。それにしても期を一にして発狂者が出るというのは、異常としか考えられません。われわれは皆無口になり、日頃の冗談も消え、いたずらにイラ立っていましたので、発狂が一概に仮病とも考えられませんでした」(駒宮真七郎「船舶砲兵」)

将兵たちは長さ一・五メートルの太い竹を背負っている。救命具代わりなのだ。竹の節に米を詰め、ロウで密閉した。水、カンパンも詰めた。細いロープも用意した。これに加えて志田上等兵の場合、腰の帯剣にたっぷりグリスを塗り、万一「ボカチン」をくって泳いでも塩水でサビないようにした。(これが、のち、モノをいうことになる)

志田元治
(陸軍上等兵当時)

三月三日、日本本土では「おヒナ祭り」というその日、ダンピール海峡にさしかかった船団は米豪軍百三十機による大空爆を受けて壊滅していった。志田が乗る神愛丸も午後四時三十分、直撃弾四発、至近弾六発により、船舶砲兵の敢闘も空しく沈没した。

志田上等兵は板ぎれにすがって漂流していた。空には硝煙、黒煙がたちこめ、なおも敵機が乱舞し、火に包まれた護衛駆逐艦が健気にも対空砲火を撃ちあげているのが見えた。周囲の海面には沈没する各船から脱出した「何千」という将兵や船員が浮いていた。

夕刻、辛うじて生き残った駆逐艦からカッターが下ろされ、漂流者を拾いはじめた。よくよく見ていると、白い服の海軍兵の救助が優先され、黄色（カーキ色）軍服の陸軍兵は後回しになっているのだ。ん野郎、こんな瀬戸際になっても、とは思ったが、こちらは助けられる身。「おーい、こっちだあ」と叫んでみたのだが、「すぐ迎えにくるから待っていろ」との怒鳴り声を残して向こうへ行ってしまった。

日が暮れた。南の海といえど、夜は寒い。隣りの兵隊が歯を「カタカタ」と鳴らしていたのを志田はおぼえている。「眠ったらダメだぞ」「お互いに起こし合え」。オシッコをちびちび漏らして、せめて海中の下腹部が冷えるのを防いだ。

二日目の朝。見回してみると、前日には二十人くらいはすがっていた板ぎれから「七、八人」の兵の姿がずるりと消えていた。兵隊の雑のうが流れてきた。カツオ節が入っていたのがありがたかった。（朝のちょうどその時間、志田の故郷の山形では、母親が息子の無事を祈って神棚に陰膳を供えていた）

三日目。志田と同じ板ぎれにしがみついていた同中隊の陸軍軍曹、菊地正悦（83）＝写真

＝が、ぶつぶつとウワ言をいうようになった。菊地によれば、「三日目あたりまで人間だった」が、それから先は「意識もうろうとしてきた」のだった。のち曹長。

だが、敵機の群れは、そんな菊地らをも許そうとはしなかった。連日にわたって漂流者に対する機銃掃射を繰り返すのだった。敵機が上空にやって来ると、菊地は反射的に海中に潜ってやり過ごさねばならなかった。無抵抗の漂流者に対する銃撃、また銃撃――。海面ではそのたびに「赤い花」が吹き出していっている。（拙著『ダンピールの海』）

漂流六日目――。板ぎれには志田、菊地ら四人が残っていた。もはや水なし、食べ物なし。長い間海中につかっていた手足の皮膚は「ぶよぶよ」であった。「自決しよう」「自然死でもいいじゃないか」。そんな切ない言い争いが交わされるようになっている。

南海の太陽は中天にあり、イカダにすがる四人の上半身をあぶっていた。と、志田のわきの海面に「中ぐらいの魚」がふつふつと浮いてきている。内臓を食われている。おや、と見回すと、板ぎれの左端でぐったりしていた菊地がぴくんと身を動かした。

菊地正悦

菊地のその辛うじて残っていた意識がピクンと反応したのは、海中にさらされている左足かかとに強烈な痛みを感じたからだった。あっと、どこにそんな力が残っていたのか、菊地は「夢中で」目の前を走る「丸太のようなヌルヌルとしたものに抱き」ついている。

志田は叫んでいる。

「サメだっ！」「全員、帯剣を抜け」

ところが、六日間も塩水につかっていた剣はすっかりサビついていて、みな、これが抜けないのだ。志田のものだけ、出港直前、グリスを塗っていたおかげでギラリと光った。その剣で志田は、さらに菊地に襲いかかろうとしていたサメを突いている。どこか傷つけたらしく、サメは海面に躍り出て逃げていってしまった。

しかし、なおも十数匹が取り巻いている。全員、唯一の武器を持つ志田の命ずるまま、

「来た、来た」「足をひっ込めろ」「足を縮めろ」をやっている。

「サメというのは、あれはどういうことですか、群れで取り囲んだあとは一匹ずつ、交互に突っ込んでくるんですな」

志田は三匹目までは空振りで失敗したが、そのうち相手の出方がすこし分かってきて、見事、四匹目の腹に剣先を突き立てることに成功している。

そんなこんなで時間が経つのも忘れていたのだが、やっとサメの群れがいなくなったところで、一連の騒動で残っていた力を使い果たしたのか、自動車運転兵だった兵隊が「トラックだ」「ニッサン・トラックが迎えに来た」なんてウワ言をいい始めた。

「バカ抜かすな」と、顔を向け、ひょいと目の先の海面を見たところで、こんどは志田上等兵が飛び上がる番だった。

「黒い潜望鏡」が、ぬっと海から突き出て、じっと、こちらの様子をうかがっていた。

こうして四人は味方の伊一七潜水艦に救助された。当初の目的地であるラエに運ばれ、そ

の後の苛烈極まりないニューギニア戦に投入された。菊地軍曹のサメに噛まれた左足かかとの傷はいったん化膿したものの、「戦闘にまぎれ」ているうちに直ってしまった。

余談だが、「海軍には妙な規則があって」艦の沈没直後にサメに食われて死んだら「戦死」として公認され、遺族もそれなりの扱いを受けるが、（ここんところ微妙なのだが）漂流中に噛まれた場合は「戦傷」扱いにすらしてもらえなかった。噛まれ損だったというハナシだ。（元重巡「加古」艦長・海軍少将、高橋雄次「鉄底海峡」）

いま、菊地のサメに噛まれた左足の傷跡はほとんど残っていないが、ときとして、菊地の思いをかつての戦場に連れ戻すことがある。

「敵機も怖かったが、サメの方がもっと恐ろしくありました」

ムササビ・ツルを食った兵隊

昭和十九年九月、北ビルマ戦線——。

方面軍が総力をあげて強行したインパール作戦は画餅のうちに終わり、各戦線は総崩れの様相を呈していた。第五十三師団（通称号・安）歩兵第百十九連隊機動砲小隊・緩詰修二中尉(83)＝写真＝もまた、小隊員とともに、勢いに乗る英印軍の激しい追撃を受け、食糧不足やマラリア、アミーバ赤痢に悩まされながら後退を続けていた。

以下、緩詰「最悪の戦場　独立機動砲小隊奮戦す」から——。（一部、平易な漢字に直した）

午後の休憩時に、三好上等兵が宿舎のかたわらに立っていたチークの大木の頂上にいるムササビを発見した。三好上等兵は、すぐさま、このムササビを小銃で狙撃しはじめた。が、なかなか当たらない。

「弾丸の無駄遣いをするな」と、川島軍曹が注意する頃になって、やっと急所に命中したか、ムササビはドサッという音を立てて落ちてきた。大きなムササビだった。良方上等兵は「今晩は、おいしいムササビの『スキ焼き』を食べさせるから、みんな、作業に精を出してくれ」と、隊員たちに夕食の献立を知らせていた。

作業終了後、村井一等兵がジャングルに入って、多量の芋づる（葉とツルだけでイモはないが、これに塩味をつけて煮たものは、当時、最高の御馳走だった）を採取してきた。おかげで、ムササビの肉と芋づるのスキ焼き（塩味だけの……）が、夜の食膳をにぎわすこととなった。

ようやく煮上がったスキ焼きを全員がひと口食べて、異口同音に、「うまいっ！」と、思わずうなった。意外にも、その味は、日本の鶏肉とまったく変わらなかった。

マラッカ以来の美味しい夕食をたらふく食べて、全員が「御満悦の体」だった。楽しい夕食が終わると、いつものように全員が、竹の床の上に天幕を敷き、そのうえに毛布を広げ、飯盒に戦闘帽をのせた枕で、「いざ寝よう」と横になった。

ちょうど、そのときのことである。

緩詰修二

全員の睡眠を妨害するかのように、チークの大きな枝が、ドサッと宿舎のテキ（ヤシの葉などの葉っぱづくり）の屋根に落ちて来たのだ。「風もないのにおかしい」と、全員が不審に思っているとふたたび、バサッと落ちてくる。

それ以来、夜明け前までドサッ、バサッが繰り返された。もちろん、ぜい弱なつくりのテキの屋根は、夜半までに破れ、チークの枝が落ちるたびに、屋根のテキの葉っぱがバラバラと落下、このため、全員がまんじりともせずに一夜を明かしてしまった。

朝を迎え、昨夜以来の奇怪な事件を探索していた隊員たちは、「あれはムササビの復讐だった」と断定した。番《つがい》の片方が殺される現場を目撃したもう片方のムササビが、一晩中チークの大枝を投げつけ、憎い人間たちに復讐したという推理だった。

――機動砲小隊が属した第百十九連隊は福井・敦賀で編成された部隊だった。敦賀連隊の名で知られ、ビルマ戦では随所で果敢な奮闘ぶりをみせた。右の綴詰書には「ビルマのカラスが鳴かない日はあっても、敦賀連隊に戦死傷者の出ない日は一日とてなかった」と記されている。

そのころ、第三十一師団（通称号・烈）歩兵第百二十四連隊第二大隊第二中隊・小島正一伍長（83）＝写真＝が、やはりビルマ戦線の「白骨街道」づたいに後退の道をたどっていた。のち軍曹。

コヒマ攻撃に加わった部隊だった。だが、補給なしの戦いでは如何ともし難かった。懸念されていた雨季がはじまった。陣地は泥沼化し、食のない兵はますます衰弱した。師団長の佐藤幸徳中将は苦渋の末、独断で撤退を決断した。

撤退路は進攻の時と同じく「一本道」だった。アラカン山系のその山道には進撃中に死んだ運搬用、あるいは食糧用の牛馬が白骨化して横たわっていた。いま、そのかたわらに傷つき、病魔に冒された兵が次々と倒れ込んでいっている。腐敗臭を放つもの、すでに半ば白骨化したものも見られた。文字通りの白骨街道であった。

小島はあの苛酷極まりないガダルカナル島戦の生き残り兵だった。ガ島は「餓島」だった。アリ塚をこわしてアリの卵まで食った。そのうえ、右足を敵手榴弾の破片でやられたが、戦い抜いた。そして、こんどはこのビルマ戦なのである。「貧乏クジ部隊やのう」といった戦友がいたが、まことに実感だった。

ひとつだけ、ガ島戦との違いがあった。ガ島は陣地戦だったが、ビルマの戦いではこうして「雨のアラカン」を、弱り切った身体で歩かなければならないことだった。泥道をたどる雨中の歩きはたいへんだった。身にこたえた。しかも、背後にはカサにかかって英印軍が迫っているのだ。

「栄養失調が兵を倒していった。ビタミンも蛋白源もとれない兵の中に脚気患者が出てきた。日なたに足を出して指先で押してみる。大きくくぼんだ穴が元に戻らない。ふくらはぎの皮膚が青白く腫れて出る。『歩行できない者はあとから来い』ということになった」「隊員がぽつりぽつりと欠けてゆく。歩かないと隊から捨てられる。隊は一人の兵を救う余力もなくしていた」（小島「れっぱく（裂帛）のいのち」）

やっとイワラジ河畔にたどり着いた。小島らは川沿いのビルマ人集落で、なけなしの軍票を集めての「食糧買い出し」に走

小島正一

り回っている。

さしもの雨季も上がっていた。久し振りに仰ぐ太陽があった。と、見ると、原野の上空を二羽のツルが舞っている。小島は反射的に銃に弾丸を込めた。低く舞いおりてきたところを狙った。一羽がくるくる小さな円を描きながら落ちてきた。走り寄り、片羽やられてばたばたと逃げ回るツルの長い首を棒切れでたたき折った。重かった。

空を見上げると、もう一羽があわただしい様子で舞いつづけている。それを、また撃った。二羽のツルの肉は大鍋に山盛りだった。戦友たちは、やはり塩味だけだったが、「油の多く浮かんだツル汁」に、うまい、おいしい、と大喜びだった。

小島は悔いていた。幼いころ、母親から「ツルはいつも番《つがい》で飛んでいる」と聞かされていた。だから、一羽が撃たれても、もう一羽は逃げなかったのだ。

「番で優雅に舞っていたツルの姿と、残った一羽の哀れを誘う鳴き声が、いつまでも心に残りましてねえ」「いまでも、ひょいと思い出すことがあります」

小島は「もう鬼になって」いた。「一匹の夜叉」となっていた。

直後に行なわれた「夜襲切り込み作戦」で敵陣に対して手榴弾を投げ続けている。敵手榴弾を拾っては投げ返している。中隊の援護射撃のない中、歴戦のこの男の血は逆流していた。次第に敵の機銃弾が集中しはじめている。

「瞬間、私の体は宙に舞い、そして激しく大地にたたきつけられた」「お母さん、さようなら、と心が、魂が叫んだ」

敵機銃弾が三発、両足の太ももを貫いていた。

小島伍長は書いている。

「無謀極まりない軍上層部のあがきにより、第一線の兵士は盤上の『歩』となって、捨駒のように消耗していった。死の影は兵士の肩に宿り、大半が雨の密林のアラカン山中に消えた」「よくもわれわれは酷使されたものだ。生き残った者の哀感は、いまなお、時として現《うつつ》となって忘れ得ない」

ムササビを食った先の緩詰中尉もまた、このように記している。

「(第一線の将兵たちは)こういう惨めな戦場に放置されながらも、ひとたび攻撃命令が下れば、祖国の繁栄と平和を願う、そのただ一念から、常に十五倍以上の敵と命の限り戦い抜いた」「重傷を負い、あるいは疫病の急激な悪化で最後を迎えた将兵は、うっ積していた作戦指導部への『恨み、つらみ』を、おくびにも出そうとはしなかった。そればかりではない。先行き負担をかけるという気遣いからか、見まもる戦友たちに『済まぬ』と詫び、この後、最愛の母を、あるいは、妻の名を呼びつつ、静かに散っていった」

カブトムシに食われた兵隊

昭和十九年、西部ニューギニア戦線――。

五月二十七日、赤道直下の小島ビアク島に米軍三万が上陸した。日本軍守備隊は陸軍一万四百、海軍二千の計一万二千四百。多くが飛行場建設のため動員された台湾やインドネシア出身者で占められていた。このため、基幹部隊である第三十六師団（通称号・雪）歩兵第二百二十二連隊三千五百人と野戦高射砲第四十九大隊第三中隊百余人は、圧倒的な空軍・海軍力と火力を誇る八倍以上の敵を一手に引き受けるかたちとなった。

これら戦闘部隊は二ヵ月にわたって天然の洞穴を活用して善戦敢闘を続けた。「（戦死者の）死体ハ収容セズ」「重傷者ハ自決」。そのすさまじいばかりの戦いぶりは米公刊戦史でも特記されているほどだ。

第二百二十二連隊は弘前で編成され、将兵の多くが岩手や青森の出身者だった。「雪部隊」と称した。かねて陸軍部内では、ねばり強く「実直な連隊」として知られていた。この

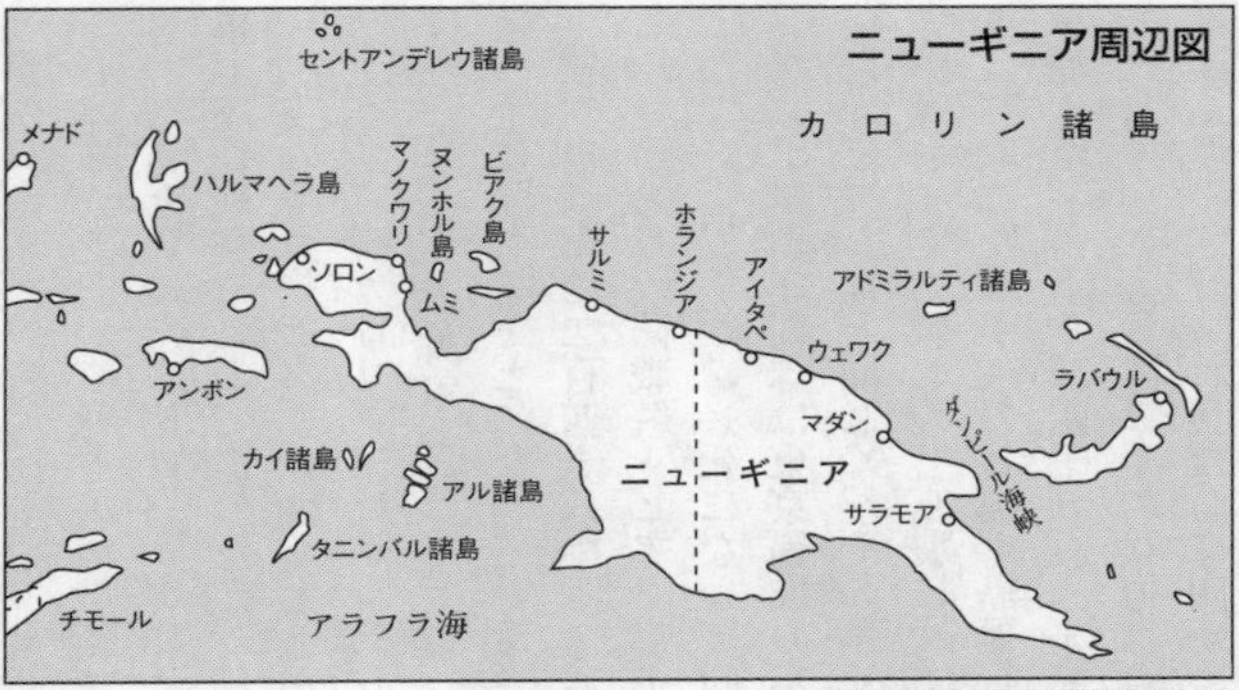

――戦史叢書「豪北方面陸軍作戦」から

ときの戦いで米軍側に死傷病者九千七百の損害を与えている（戦史叢書「豪北方面陸軍作戦」）。その後もジャングル内に潜み、「皇軍大挙再来の日に敵陣営攻撃の先導となることを期して自存持久に努めて」いる。戦後、捜索隊により救出された雪部隊将兵はわずか八十三人に過ぎなかった（ほかに他部隊の三人）。

岩手日報は昭和三十八年に連載した「郷土師団物語」の中で次のように書いている。

「ビアク島の土には郷土兵の血がにじみ、きっと赤い花を咲かせているにちがいない」

このビアク攻防戦真っ最中の七月二日、ビアク島西方約百キロ先にあるヌンホル島にも米軍が上陸してきている。ビアク島といい、ヌンホル島といい、米軍がこの二つの小島の攻略にこだわったのは、ここに日本軍飛行場があり、その奪取が狙いだった。この両島の飛行場を抑えれば、戦いたけなわのニューギニア戦線はもちろん、次の侵攻作戦地と予定しているフィリピン、マリアナ諸島あたりの制空権確保が容易になることがあった。

日本軍が乏しい資材と人海戦術で営々としてつくった飛行場が、完成あるいはその寸前に奪われるといった事例は、すでにガダルカナル島の戦いでもみられたことだった。今回の米軍上陸作戦もその伝であったが、精鋭の守備隊を配置してそれなりに警戒・準備はしていても比我の戦力差はあまりにも大きかった。

かくて「西カロリン海域からセレベス海域までを制する大航空基地」といわれ、奪われれば「(日本軍)南方軍全般にとつて致命的打撃を受けることは必至」とされた両島飛行場は敵の手に陥ちることになっている。

独立自動車第二百四十八中隊・原安夫一等兵(81)=写真=はこのヌンホル島で戦っている。島からは攻防戦続くビアク島上空で「青光りの砲弾が激しく飛び交う」のが目撃できた。「次はヌンホルか」。必死になって防御陣地構築に努めている。のち上等兵。

ヌンホル島守備隊は東京編成の歩兵第二百十九連隊を中核として総勢約二千人から成っていた。ビアク島と同じく、その多くが飛行場建設のための後方勤務部隊だった。だが、同島守備隊もまた力戦した。夜襲に次ぐ夜襲をかけ、一歩も引くことがなかった。手を焼いた米軍は奪取したばかりのビアク島飛行場からひっきりなしに飛行機を飛び立たせ、爆撃、銃撃を加えた。落下傘部隊千五百人まで繰り出して飛行場制圧にかかっている。

八月中旬、守備隊二千の兵力は百人以下に減耗していた。連隊長清水季真大佐は軍旗を土中深く埋没させ、将兵たちに向かってこれまでの健闘を謝したあと、ピストルを持ち、ただ一人、朝もやのジャングルに入って行った。銃声一発。「友軍はきっとやって来る。持久戦で生き延びよ」が最後の言葉となった。

これにより、生き残りの将兵たちは小グループに分かれ、友軍の逆上陸作戦を頼みとした自活生活に移っている。だが、飢餓やマラリア、負傷の悪化により次々と倒れていき、終戦まで生き延びた者は十一人のみであった。

原一等兵は自動車部隊の戦友九人とともにジャングル内をさすらっている。もっぱら食物を探す毎日だった。ヘビやトカゲは御馳走だった。現地人畑のタロイモも掘った。コケも飯盒で煮て口にしたが、こればかりは「腹の足し」にもならなかった。

そんな生活も「数か月後」には肉体的にも精神的にも限界に達してきた。このままでは死を待つだけ。米軍に殺されるか、餓死するか。「イチかバチか」で、原ら三人は米軍陣地に食糧を盗みに出かけている。陣地の周囲は三重の有刺鉄線の鉄条網が張り巡らされていた。その下を掘ってくぐり抜け、見当をつけていた炊事場に忍び込んだ。

原 安夫

暗い中、手探りで棚の上のカン詰類を携帯天幕に包み、無事抜け出すことに成功している。奪ってきた戦利品はミルク、マヨネーズ、ベーコン等、普段あまり食べたことのない物ばかり。

「みんな大喜びで雑談しながら二、三時間もかけて食べ、しば

しの間は戦場であることを忘れる一刻であった」（原・手記）

油断であった。突然「ジャップ！」という鋭い声と同時に自動小銃が撃ち込まれた。キャンプが荒らされたことに気づいた米兵の一隊が現地人の案内で密かに追跡してきたらしかった。原は辛うじて逃げ切ることができたが、あとの者はどうなったか――。

夕方、米兵らが立ち去ったことを確かめながら、現場に戻ってみた原は思わず棒立ちになっている。「そこには信じられない様な地獄図が繰り広げられていた」。これまで「辛苦を分け合ってきた」六人の戦友が朱に染まって倒れていた。鮮血の飛び散った顔という顔にハエが真っ黒にたかっているのだった。

やがて、これも逃げていた仲間二人と出会ったが、あと一人は現地人の毒ヤリに突かれて「全身ムラサキ色となって」戦死したということだった。朝には談笑していた十人のグループのうちの七人までが、こうして南海の孤島で空しく死んでいったことに、生き残った原たち三人は凝然として立ちすくむばかりであった。

翌朝早く、戦友六人の埋葬に出かけたところで、またまた驚くべき光景を目撃することになっている。なんと、それぞれの遺体には「何万匹とも思える」ほどのカブトムシの大群がとりつき、遺体が六つの「虫の小山」のようになっているのだった。カブトムシは長さ「五センチ、幅二センチ」はあったろうか。背中は暗い紫色をしていて光沢があった。ここらあたりの大型カブトムシは、動物の死体やフン、腐食植物などを食べて「森の掃除」役を果たしているのである。

「近づくと、虫たちはこちらを脅かすかのように、一斉にザワザワザワと音を立てて這い回るのです。なんとも異様、不気味で、手のほどこしようがありませんでした」

原たちは「戦争の悲惨さを身にしみて感じながら」、ただただ、「済まない、済まん」「許してくれ」と手を合わせ、その場を立ち去るほかなかったのだった。

このあと、原一等兵らはその後合流した仲間と計九人で、米軍が廃棄していたドラム缶六個を利用してイカダをつくり、対岸のニューギニア本島マノクワリに向け、七日がかりで「決死の脱出」に成功している。「戦場離脱」で罰せられるのではないかと懸念していたのだが、原らの報告により「ヌンホル島戦闘の経過が初めて分かった」として、事情聴取に当たった参謀から「御苦労であった」と、かえって慰労されたということだ。

一方、戦後、捜索隊によってビアク島で救出された日本兵については次のようなエピソードが語られている。

北原起明

通訳として米軍との折衝に立ち会った元海軍第百一燃料廠、北原《きたはら》起《き》明《めい》(83)=写真=は、「収容された東北兵たちのほとんどは若い純朴な農民だった。きちんとした謙虚な姿勢を保ち、無欲な態度がいじらしかった」と回想する。

これも捜索隊通訳を勤めた佐藤俊男「生と死と」によれば

――、砲兵隊中尉をリーダーとする元気いっぱいの十人組を収容したが、その潜伏先に行ってみて驚いた。米軍からかっぱらった「肉・豆類のカン詰が一年分も」蓄えられているのだった。「大した盗賊団」だった。さて、その盗品の山の処分方法だったが、「命がけでかすめ取ったもの」を正直に米軍に返すのは、いかにも惜しい。

彼らも自発的に残存将兵の捜索に加わったことから、盗品食糧を旧日本兵で編成されていた捜索隊メンバー全員の食糧に当てることになった。ところが、彼らはそれまでの盗品米軍食に飽いていて「日本式食い物」を渇望していた。そこで、いざ食事のさいには、捜索隊員が主食として持参していた「サツマイモをありがたそう」に食べ、一方の捜索隊員たちは盛んに盗品にパクつくという珍妙な光景が見られたのだった。

「イモの味にはなにか日本のふるさとをしのばせるものがあります」

彼ら東北兵たちは、つやつやした栄養十分の顔をほころばせながら、それはそれは喜び勇んでイモを口にしていたという話である。

キセキレイを食わなかった兵隊

「兵隊の間で俗に『南方春菊』と呼んでいたのは、春菊に似た強い香りの野草で、野原や田畑の近くなどに多く見られた。フィリピンでは飢えた兵士や在留邦人の命が、この草のお陰でどれほど助かったか分からない」「今では日本で『ベニバナボロ菊』という和名がつけられているが、もともとはアフリカ原産の植物で、（中略）日本では終戦五年後の昭和二十五年に福岡県で初めて発見され、たちまち九州四国に広がり、現在は関東以北まで北上しているという帰化植物で、今では時々野原等でも目にすることがある」「私にとっては『命の恩人』とも言うべきこの野草が、私の庭の隅で、三十数年前そっと生えているのを見つけたが、それ以来、毎年春には庭の何処かで芽を出し続けている。今でも年に一、二度はその葉をゆでて食べ、苦難の当時のことを偲んでいる」（金丸利孝「南十字星の煌く下に」）

昭和二十年初め、フィリピン戦線——。

ルソン島リンガエン湾に上陸した（一月九日）米軍は日本軍占領下の首都マニラに突入（二月四日）。さらに北上して後退を続ける日本軍を追撃した。圧倒的な空軍力と戦車を先頭とする重火器の前に、すべてに劣る日本軍はなすすべもなかった。

マニラを撤退した第十四方面軍司令官、山下奉文大将の司令部は北部ルソン・バギオ市の高地に移動した。バギオは高級避暑地として知られ、米軍人ベンゲットにより開設された。マニラから通じる街道はベンゲット道路といわれ、断崖の山腹をえぐるようにしてつくられていた。その「羊腸の道」の足下には深い谷間がなだれ込んでいた。

金丸利孝少尉（84）＝写真＝は、この方面軍参謀部情報課の情報将校として走り回っている。航空と艦船に関する情報を司令部に報告するのが任務だった。だが、入ってくるニュースというニュースが味方の悲惨な敗報を伝えるものばかりだったから、「二十五年の命、ついに比島に果つるこの身か」と思っている。のち中尉。

本文とは直接の関係はないが、フィリピン戦線周辺の状況を痛切に物語る資料としてこんな記述もある――。

戦艦「大和」「武蔵」を先頭とする栗田艦隊のレイテ突入作戦が行なわれ、さらには神風特別攻撃隊が出撃していた。

「ムサ公は、もういないんですね。堀部員！」

「なんだって？」と私は驚いて彼の顔を見返した。

「武蔵は沈んじゃったんですよ。フィリピンの、シブヤン海とかいうところで。航空魚雷が

沢山当たったらしいです……」（中略）
「フネにはいってくる電報を見ると、一機命中、一機命中といってきてるんです。一発命中じゃあないんです」（元海軍技術中佐・堀元美「続・鳶色の襟章」）

　北部ルソンにおける米軍の進出ぶりはゆっくりだが着実だった。ベンゲット道路のような険しい地形も、重土木機械を駆使して「崖を崩し谷を埋め」て戦車の通行を可能とした。日本軍の常識では考えられない戦法だった。分水嶺の峠を死守すべく、洞窟陣地やタコつぼ壕にこもって果敢に戦う将兵たちだったが、次々と倒れていっている。

「バレテの鉄」「サラクサクの撃」

　バレテ、サラクサクとも、こうした攻防が行なわれた峠の地名であり、ルソン島における代表的な戦場として知られる。「鉄」は姫路で編成された第十師団の通称号、「撃」は戦車第二師団。いずれも満州（中国東北部）から投入された部隊だった。途中、あのバシー海峡で敵潜水艦攻撃により、輸送船をやられて戦力を削がれながらも、バレテ、サラクサクの戦いでは乏しい武器を手にすさまじいばかりの死闘を続けている。

金丸利孝

　負傷者、マラリア・アメーバ赤痢患者もまた続出であった。それでも「死守命令」には変わりなかった。次のような撃兵団師団長の訓令が記録されている。

「患者といえども手足を存じ、息の続く限り、銃を執り、手榴弾を投じ、最後まで敢闘すべきものとす」（戦史叢書「捷号陸軍作戦②」）

ある夜、金丸少尉は、かれらの歌う哀調に満ちた「綏芬河小唄」を聞いている。綏芬河はウラジオストク北方のソ満国境にある町で、満州に駐屯した将兵だったら知らぬ者はいないといわれたほど愛唱された歌だった。

流れ流れて　綏芬河
月も冷たい　国境《くにざかい》
苦労しろとて　母さんが
生んだ　私じゃないけれど
（西条八十作詞　佐々紅華作曲）

満天の星があった。南十字星が光っていた。将兵たちはどんな思いでこの歌を口にしたことであろうか。

戦いも苦しかったが「最大の敵」は飢餓の苦しみだった。司令部付将校である金丸少尉の場合とて例外ではなかった。いや、金丸によれば、「食糧調達のための時間も、人員も、また交換物資もなかった」から、司令部であるが故に「飢えに飢える」ことになった。

そんな具合で、冒頭に記した南方春菊が「常食」となってきている。

「飯盒いっぱいにこの野草を押し込んでゆでると、蓋一杯のものが得られた。これに、各自が食べ延ばしてきた塩をほんの一つまみパラパラとふりかけて、三度三度の食事としたが、それだけで栄養の足りる筈はなく、病体は日一日とますます衰弱していった」

うまい、まずい、の問題ではなかった。とにかく腹に入るものだったら、なんでもよかったのだ。「塩の勢い」で飲み下すだけなのである。草食動物なみであったが、連日の爆撃下、その採取すらも命がけだった。

その日、金丸は、いつものとは異なる爆音に気づいている。

すでに日本軍機が飛ばなくなって久しいから、爆音は敵機のものにちがいなかったが、いつもの戦闘機の急迫したような爆音ではなくて「重々しい」のである。近くにあった防空壕に飛び込んだ。すでに満員だったが、「しゃにむに」体を押し込んでいる。とたん、爆弾が落ちてきた。大型爆撃機B24の初襲来だった。

少尉時代の金丸利孝（金丸氏提供）

大音響とすさまじい風圧があった。さらに第二撃——。体が震動でなんどもはじけた。このままでは危ない。爆撃の合間をみて壕を飛び出し、山の松林の中に逃げ込んでいる。硝煙はここまでたちこめていた。そんな中、ひょいと道ばたを見ると、一羽のキセキレイが転がっていた。爆風、風圧にやられたのか。スズメくらいの大きさだった。

「むしったら食えるにちがいない」

金丸はポケットの中に入れている。めったに手に入らぬ貴重な蛋白源であった。

空襲が終わったところで壕に戻ってみると、爆弾による土砂で埋まっていた。入り口近くにいた兵二人が戦死していた。間一髪の命であった。金丸は放心したように道ばたに腰を下ろし、ふと気づいてポケットのキセキレイを取り出し、しみじみと眺めている。

手の平の小鳥は、小さな両足を縮め、目を閉じていた。そよと、微風に吹かれる黄色の羽根があった。それは、ついぞ心を留めて見ることがなかった「色彩の世界」だった。命のやり取りの土くれの、灰色の戦場では無縁のものだった。

金丸は、長い間、見つめている。

やがて、ひょろりと立ち上がり、そのキセキレイを、松の根方にそっと埋めてあげている。栄養不良の衰えた目で見上げる青空がまぶしかった。

金丸少尉は長崎高等商業学校（現長崎大学経済学部）卒。第一回目の学徒動員で「校門から営門に」に入った組だった。豊橋陸軍予備士官学校で将校教育を受けた。原隊の福岡・第百十三連隊にいたところでフィリピン行きとなっていた。

中学時代から「趣味」で短歌に親しんでいた。ルソンの戦いの間にも小さな手帳に記し続けた歌は四百五十首にのぼった。

そのいくつか――。

「綏芬河小唄」聞かせてくれし将校の死闘の銃声もまじるかその音

爆死せる黄鶺鴒（キセキレイ）を食べなむと拾えどもまた山に埋めきぬ

刻々とその日迫りぬ自決して果つる命か病死する身か

フィリピン決戦六十三万陸海軍将兵のうち、五十万が還らなかった。多くが戦病死、餓死であった。在留邦人の動向に関する確たる資料はない。

●第四章

軍律きびしき中なれど

郡上《ぐじょう》音頭と「てるてる坊主」と

昭和十五年秋、中国大陸南部地域にある仏山鎮の警備配置についていた陸軍第三十八師団（通称号・沼）歩兵第二百三十連隊第三大隊第九中隊・中村進二等兵は、「来る日も来る日も」営庭での軍歌演習に追われている。

兵舎のある広い前庭で中隊別に分かれ、さらに小隊ごとのグループが輪をつくって大きな声で軍歌を歌いながら、ぐるぐる回るのである。部隊は進駐してまだ日が浅かった。このため、周辺の状況や地勢に対する不案内、不慣れが懸念されていた。その「弱みをカムフラージュせん」としたのか、「兵力の誇示をはかるためだったのか」は知らないが、毎晩の軍歌演習が行なわれている。

以下、滝利郎・ラバウルの戦友の会「ラバウルの戦友」（第十八号）に掲載された中村元二等兵の寄稿文によれば——、

とにかく、そんな調子で軍歌、また軍歌だったから、中村ら初年兵は「（命ぜられるまま）

なにもかも「ハイハイ」だったが、古参兵たちは「またかよ」とぼやき続きだった。

屋根に特徴のある中国家屋の上にまん丸い月が大きく出ていた夜のことだった。いつものように「目的以外の目的をもった」軍歌演習が行なわれていた。声が小さいとかなんとか気合いを入れられ、中村らは「蛮声」を張り上げている。周囲の各グループも、ざっくざっくざっく、と、大きく軍靴を踏み出しながら靴音に負けぬ大声で歌っていた。

旧盆には徹夜で踊り明かす郡上おどり（郡上八幡観光協会資料から）

そんなところへ、「蛮声の軍歌にまじって奇妙な音律」が聞こえてきた。「リズムの変わった一隊」が、まるきり軍歌とはかけ離れた歌をウタっているのだった。「中天高くかかった月に如何にもふさわしく、殺伐な我々兵隊の張り詰めた心にも、駘蕩たる春風が流れ込んでくるような感じであった」

歌は「郡上《ぐじょう》音頭」だった。あの郡上踊りで有名な岐阜地方の民謡である。

郡上のナアー　八幡出ていくときは
雨も降らぬに　袖しぼる

だれも思いつきもしなかった、まったく意表をつくその民謡を、その中隊全員がいくつもの輪をつくって回りながら唱和しているのだ。周囲の兵隊たちはあっけにとられ、思わず足を止めている。

「すっかり気勢をそがれた他隊の軍歌演習は尻つぼみに終わりとなり、果ては他隊の兵隊も郡上音頭の輪を取り巻き出し、岐阜県出身の兵隊は輪の中に入って踊り、踊りを知らぬ兵は取り巻いて歌い、さながら『郡上八幡のお祭り』が南支（中国南部）仏山の地にこつぜんと現出したかのようであった」

「こうして心中に故郷を恋いつつ、全員がすっかり熱中して歌い踊った郡上音頭だったが、残念ながら、それはその夜だけの一夜の祭りに終わって、その後二度と見ることはできなかった」「おそらく大隊本部からストップがかかったものと思われる」

「（しかし）当時の日本軍隊における規律の峻厳さに思いをいたすとき、そんな民謡を歌い踊らせた中隊長を立派な方だったと、今更ながら感服している」

言い忘れたが、この連隊は愛知・名古屋で編成された部隊だった。とうぜん、岐阜県出身の兵隊も多くいたのだった。

その後、同連隊は香港攻城戦、ジャワ攻略作戦、ガダルカナル戦に参加している。そしてほとんどの将兵が倒れていき、ふたたび輪をつくって郡上音頭を歌うことはなかった。

海軍第三十七震洋特別攻撃隊・二等飛行兵曹、城三男《しろみつお》（77）＝写真＝は、昭和二十年二月二十三日朝、佐世保軍港を離れはじめた輸送船上で、戦友といっしょに去り行く故国の山河に向かい、声を限りに「てるてる坊主」を歌っている。

隊歌、隊の歌であった。

てるてる坊主　てる坊主
あした天気に　しておくれ
いつかの　夢の空のよに
晴れたら　金の鈴あげよ
（浅原鏡村作詞、中山晋平作曲）

城 三男

いま、厳しい戦況逆転の「最後の切り札」として前線に向かうのである。もし、歌の続きのように戦地の空が「晴れたら」、即座に出撃命令が出されるにちがいなかった。しかし、それもまた「本望」ではないか。

「死こそ我が行くべき道」

このとき、城二等兵曹、わずか十八歳。（終戦時、上等飛行兵曹）

城は第十三期甲種飛行予科練習生の出身だった。一年間、初歩の飛行訓練を受けたのだが、どうも、ほかの練習生と比べて「体格的に劣る」ことを自覚させざるを得なかった。そんなところへ「新兵器が完成した、搭乗員を募集している」という話が出た。即座に募集用紙にあった「熱望」「希望」「しない」のうちの「熱望」の箇所に大きく二重丸をつけて提出している。

「こちらの方が早くお国のために尽せるだろう」「向いていない飛行機に乗って不様な姿をさらすより、新兵器で戦死した方が親や親類に恥をかかせずに済む」

ところが、長崎県の佐世保大村湾・川棚訓練所に着き、じっさいに新兵器なるものを見て「がっくり」だった。開戦当初、華々しく報道された真珠湾攻撃の特殊潜航艇の改良艇みたいなものを想像していたのだが、これが、全然あてはずれ。モーターボートに爆弾を仕込んだだけの代物のように見えるし、船体もベニヤ板でつくられている。

「へえ、これがオレの最後の死に道具か。こんな船に乗ってオレは死ぬのか、と」

おまけに船体全体が青く塗装されているため、「青ガエル」と陰口をたたかれていると聞いたものだから、なおさらのことだった。一緒に到着した予科連仲間は「五百人」はいたろうか、いずれも似たような感想であった。

「新しく開発されたという新兵器は一人乗りのベニヤのボートに自動車エンジンを搭載し、爆薬を装備して高速で敵の艦船に体当たり、損害を与えるというお粗末な物で、それに搭乗するのが成人前の私たちであった。日本の能力や技術の現実がこれかと思うと、寂しく、不安で悲しくなった」（城・手記）

防衛庁資料によると、この爆装ボートは㊃（マルよん）または震洋と呼称されるもので、艇長五・一メートル、幅一・二メートル。重量一・四トン。トヨタの自動車エンジンをつけ、最大速力二十五ノットで航走した。船首に二百五十キロの爆薬と十二センチ・ロケット弾二発を装備していた。外板はベニヤ板、骨組みも木製だった。

訓練航走中の特攻艇「震洋」

戦後の話になるが、戦友会で同席した元整備兵が次のように語ったということだ。

「こんなフネに乗って、なんにも知らん若いモンが死んでいく。たまらなかった。せめてもの気持を込めて艇の整備には全力を上げたが、かわいそうで、かわいそうで。ほんとヤになることもあった」

しかし、そんな若者たちの戸惑いも感慨もなんのその、以降、二ヵ月間の特攻艇震洋の乗艇訓練は峻烈きわまりないものとなっている。無我夢中で走り回ることだけを要求する「連日連夜の過酷で厳しい」ものだった。航海術から操舵、信号、通信。動力機関から爆薬の扱い、さらには機銃や噴進砲（ロケット砲）発射――。

教官は「鬼」との異名がつくほど、手荒いシゴキで有名な海軍少尉の熱血漢だった。大正大学出身の学徒動員組の将校で、からっとした人物でもあった。「なんにも知らん」予科連の若輩相手にこんなことまで言っている。

「貴様たちはこの戦争が勝てると思っているのか。負けるよ。しかし、我々の役目はこの戦いを、いかに面目よく終わらせるかにある」「我々は喜んでそのための捨て石になろうじゃないか」

そして、軍刀を抜いて「同期の桜」を歌い、さらにオレが一番好きな歌だと「てるてる坊主」を大声でウタって、最初はあっけにとられていた予科連の若いモンの大喝采を浴びている。以来、この「てるてる坊主」は隊歌となっていったのだった。

いま、遠去かりゆく緑に包まれた故国。いつしか春雨は止んでいた。城二等兵曹ら第三十七震洋特攻隊員たちはいつまでも船上にたたずんでいる。

隊長はあの「鬼教官」(中尉になっていた)だった。城は今にして思うのだが、この学徒出身の教官は、それなりに未成年ぞろいの予科連隊員に対する教育のあり方に心を砕いたにちがいなかった。それが、厳し過ぎるほどの訓練につながり、意表をつく「日本は負ける」とのご託宣であり、「てるてる坊主」の歌ではなかったか。

若い隊員たちの前途は「死」以外にはないのだ。ならば、せめて必殺の猛訓練によって死に花を飾らせ、あるいは「死」の意味を納得させ、しかも明るく振る舞わせよう――。「たしかに、死ぬる生きるは別として、あの『てるてる坊主』を歌っていると、明るく透き通るような透明感で心が満たされましたなあ」

第三十七震洋特攻隊は中国南部アモイの海軍特別根拠地隊を基地として、台湾海峡を通過する敵艦船撃滅の任務についたが、出撃待機中、終戦を迎えた。鬼教官も無事に復員したが、戦後間もなく、惜しくも結核のため亡くなったということである。

「恩賜の兵器」の非合理性

昭和十八年暮れ、陸軍第五師団（通称号・鯉）通信隊の土網輝男《どあみてるお》二等兵（旧姓・藤本82）＝写真＝は、中国大陸中部・当陽に駐屯している師団本部に合流すべく、広島宇品を離れている。終戦時、陸軍少尉。

広島の留守部隊で初年兵教育を受けているうち、幹部候補生試験に合格した。こうした合格組の学徒出身兵四十人に対する集合教育は当陽の師団本部で実施されることになり、全員で輸送船に乗ったのだった。すでに「敵情の極めて悪い海路」であった。いつ敵潜水艦による雷撃を食うか分からぬ。一方で「望郷の念」もまた止み難きものがあった。そんな不安定な心情でいた船上の土網二等兵らは、たったいま聞いた突然の船内放送に耳を疑っている。それは次のような、にわかに信じ難い、驚くべき内容だった。

「対米和平交渉が成立した。軍は戦線を収拾する」「諸君は間もなく原隊（出身部隊）に復帰できる見込み。君たちは帰れるぞ」

口をポカンと開けていた土網ら学徒兵だったが、爆発的な喜びようをみせている。

「みんな一様に我が耳を疑って聞き入ったが、伝達が相違なきものと確認ができるや、船内のあちこちから、どよめきが起こり、やがて一つの歓声となって船内にとどろき渡った」（土網・手記）。万歳、バンザイの声もあちこちで聞かれた。「『平和になった。みんな帰れる』の喜びが若者たちのほほを紅潮させていった」

ところが、である。ところが、であった。しばらくして流れた次の放送が、頂点まで達した船内の高揚感をどん底へ陥れている。

「ただ今の放送はデマであった。大御心（天皇の心）の期待を受けた諸君学徒兵の戦意の覚悟を試したところだ」「残念ながら諸君の本心は見届けることができた。ただ今から入魂の鉄槌を加えるから覚悟を決めるように」

なんとも情けない、身もフタもない仕打ちがあったものだ。

たちまち船内は修羅場と変わった。二列に向かい合っての対抗ビンタであった。兵隊同士が向き合い、交互にぶん殴り合うことを強制された。延々と長時間にわたる「無制限の懲罰」が続き、失神する者が続出している。

土網輝男

また、当陽での候補生教育中、こんなこともあった。
野外演習のある日、馬に乗った教官（少尉）の元に駆け寄り、「土網候補生、命令受領に参りました」と三八式小銃を両手で

「菊の御紋」が刻印された三八式歩兵銃（小銃）の手入れを行なう陸軍兵士たち

捧げ持って不動の姿勢をとった。次の瞬間、なにを慌てたのか馬上の教官が手綱の操作を誤り、馬は大きくいなないて跳ね、さらに後ろ向きとなって「馬蹄を宙に上げ」て土網に蹴りかかってきた。

土網は「とっさの機転」で、手にしていた小銃で目の前まできた馬蹄を「ハッシ」と受け止め、その猛烈な蹴りを防いでいる。「そのままの姿勢で居続けていたとしたら、肋骨かアゴの骨を粉砕されていた」。まず確実にアゴは「飛んで」いたろう。

それからが面白かった。

馬から降りた教官が「済まん、済まん。ケガさせずに済んでよかった」とかなんとか、頭をかきながら言うのかと思ったら、これが真っ青になり、おまけに腰の軍刀を抜いて「貴様、いま、何をしたのか分かっておるのか」なんて迫って来るのだ。「恐れおおくも陛下から賜った銃をタテに身を防いだ、その不届きは万死に値する」

小銃には「菊の御紋」といって天皇家の菊の花をあしらった紋章がついていた。こうした銃器や大砲は戦場に出て行く兵士たちに天皇が特別に御下賜下さったものだから、決して粗略に扱ってはならないとされていた。

教官はそこんところを言っているらしかった。刀を振りかざして迫る。部隊全員が「息をのんで注視」している。あわやというところで、教官が冷静になってくれて助かった。「このことだけは、いかに戦時の真っただ中とはいえ、命に対する条理の倒錯に際限のない憤怒を、いまもって禁じ得ない」（土網・手記）

ここんところ、いまの時代となっては分かりにくいとおもわれる。兵器を大切に扱うのは当然としても、兵の命と比べれば、命の方が大切に決まっている。だが、当時の軍隊では「かしこくも天皇陛下からお貸し出しになられた兵器に対し奉り、なんたる不忠であるか」てなことで、手入れを怠ったり、まして部品を失ったり、紛失でもしようものなら、それこそ半殺しにされるほどの制裁が待ち受けていた。

銃の部品をなくした初年兵が、制裁を加えられ、あるいは制裁を恐れ、兵営内の井戸や寂しい林の中の弾薬庫周辺で自殺したという類いのハナシは、いくつかの連隊史に記載されているところだ。失った部品を捜す兵隊の亡霊が現われたという軍隊怪談も少なくない。

兵隊だけではなく、陸軍特別操縦見習士官第二期生の熊谷陸軍飛行学校館林教育隊でもこんなことが起こっている。いまも戦友会でよく話される「航空眼鏡紛失事件」である。「陛下の兵器をなくしたという理由にてその班だけなら仕方がないが、関係のない者まで寒い三月の半ばの日曜日に十二時間、営庭で直立不動の姿勢を強いられ、食事はおろか生理現象の処理にも困り果てるほど立ちっぱなし」「倒れる者が続出」したということだった。（特操二期生会「学鷲の記録――積乱雲」）

中牟城守備隊長時代の寺前信次中尉（寺前氏提供）

さて、そんなこんなの土網候補生だったが、頑張り抜いた。やがて「本土決戦」要員として日本内地に戻り、愛知・豊橋陸軍予備士官学校で教育を受け、めでたく見習士官となっている。だが、やっと晴れ姿で広島の原隊に帰隊できるとなったところで、ここでも終生忘れ得ぬ出来事に出くわしているから、よくよく苦労がついて回った軍隊生活だった。

二十年夏、いざ懐かしの原隊復帰という直前、同じ広島師団出身の見習士官約三十人のうち、どうしたことか、とつぜん土網ら五人の見習士官だけが九州・久留米にある連隊行きに命令変更となったことだ。

「がく然とした。われわれ五人は地団太を踏んで悔しがり、人事の教官を恨んだ」

だが、運命はなんたる皮肉――。土網ら久留米組に同情の声をかけ、喜び勇んで広島に着任した約二十五人の同期生たちは、母親の命日の墓参りで帰郷していた一人を除き、残り全員があの原爆投下によって爆死したのだった。

第五十六師団（通称号・龍）歩兵第百四十六連隊第二大隊長、寺前信次大尉（84）＝写真、当時＝の場合は、到着したばかりの「恩賜の速射砲」を目の前にして、うーむ、と、うなるばかりとなっている。

昭和二十年一月半ば、敗色濃いビルマ戦線――。第二大隊は追撃して来る米国、中国連合軍を食い止めるべく、ビルマ北部にある交通の要所モンユウに陣地を構築していた。国道三叉路東方に位置し、国道上をやって来る敵主力を迎撃することを命令されていた。

物量を誇る敵は戦車多数を先頭に立て、大量の大砲による砲撃の援護のもと、押し包むようにしてやって来るであろう。それをこの速射砲で撃滅せよ、と連隊本部はいうのだ。激戦を予想しての心遣いはありがたい。だが、一門の砲でどう対抗せよというのか。

おまけに連隊長は「恩賜の速射砲であるから、陣地を守り切れず、万が一でも敵の手に渡るようなことがあれば、大隊長、たとえ貴官が自決しても追いつかないぞ」。そんな物騒なことを、わざわざ電話をかけてきていうのである。

この速射砲は最新式の「口径五十ミリ（四十七ミリ?）の対戦車砲」でキャタピラのある牽引車によって移動できた。それまで歩兵連隊には対戦車砲として三十七ミリ速射砲があったが、敵戦車の厚い装甲を貫徹する能力はまるでなく、このような破壊力のある速射砲の登場が待たれていた。しかし、いま、たったの一門。それも特別に菊印のついている「恩賜」物だからハレ物扱いせよとあっては、作戦もなにもあったものではない。

とにかく「宝の持ち腐れ」「無用の長物」とあって、寺前大隊長はこの速射砲をずっと陣

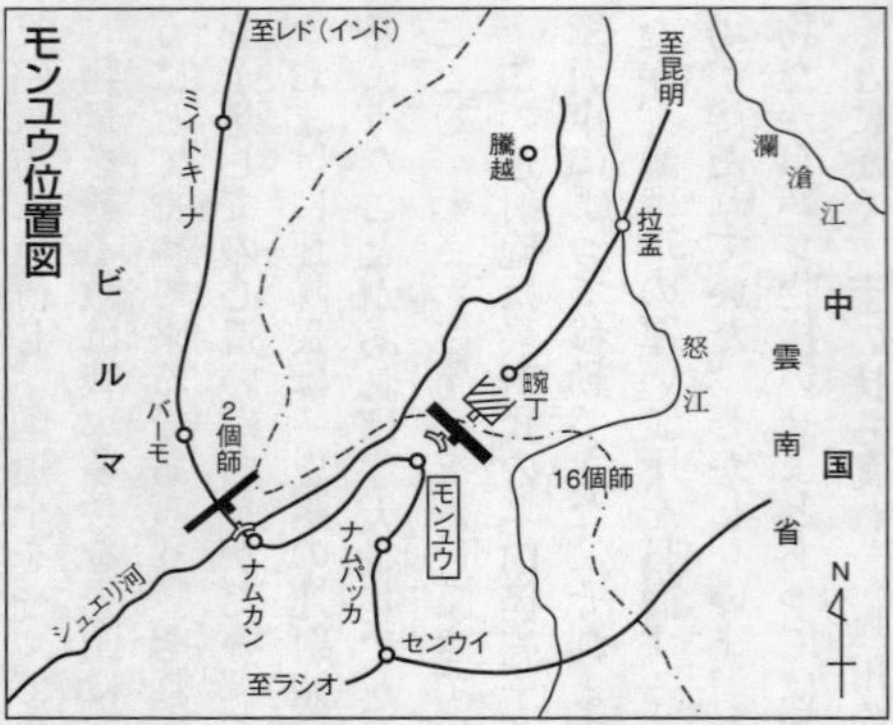

地後方の「撤退の容易な」地点に配置している。陣地を突破して陣内深く突進してきた敵戦車に一発でも撃てれば、御の字であろう。「敵に痛撃を与える威力を持つ兵器を積極的に使用できないことは指揮官として実に断腸の思い」であった。

そうこうしているうち、いよいよ敵戦車群がやって来た。二、三十台はいたろうか。大隊には「恩賜の速射砲」以外に大砲はない。だが、その砲は使えない。代わって決死隊で編成された肉薄攻撃班が「携帯地雷（通称アンパン）」を抱え、黙々として出ていく。寺前大隊長は「無茶な突進」をくどいほど戒め、眼前に間近に迫った戦車だけを攻撃せよ、と訓示するのが精いっぱいであった。

そして、長い長い一日が終わった。すさまじい戦いであった。ともかくも陣地は確保された。その夕、連隊本部から「恩賜の速射砲」に対して撤退命令がきている。

「いんいんたる砲声を耳にした連隊長は危機が切迫したと判断したのだろう」「一弾を撃つこともなく、なんのために前線に配備したのかと激怒・憤慨する」（寺前「両忘」）

寺前は陸軍士官学校出（五十四期）の本チャン将校だった。それまで中国戦線で戦い、二度負傷し、陸軍大学で一年間勉強し、軍隊組織とはなんであるか、命令とはなんであるか。肌身にしみついているはずだった。そんな人物がカンカンなのである。

「(今回の出来事は)兵士よりも兵器が大切であるという思想が軍にまん延し、兵器を使う兵士を軽視して消耗品の如く扱い、人命尊重をみじんも考慮しない我が軍の思想の現象であり、最前線に立つ者として憤慨の至り」「軍の将来が思いやられる心境になったことは、いまなお、明瞭に脳裏に残っている」(同)

昭和16年10月、中牟田城外太仙廟を占領した寺前中隊。下左から4人目、寺前中尉(寺前氏提供)

その後、寺前大隊長は、もはやこれまでと先頭に立って突撃していき、首に敵弾を受けて「瀕死の重傷」を負って倒れている。三回目の負傷であった。だが、一ヵ月後、包帯姿のまま、ふたたび戦線に戻り、優勢な敵軍に対してゲリラ戦で対抗し続けている。

「寺前信次大隊長は中国戦線以来の実戦将校で、敵情偵察のため攻撃の一日延期を三度にわたって具申したが、これを容れなかった山本参謀長は鉄道司令官から転出してきた男だ」「寺前大隊長は、多くの部下を死なした痛憤で翌日弔い合戦の先頭に立ち、自らも頸部盲管の重傷を負った」（元ビルマ戦兵士・毎日新聞ＯＢ、品野実「異域の鬼」）

歩兵第百四十六連隊は長崎・大村駐屯地で編成された主として長崎、佐賀、福岡などの九州北部の将兵で編成された部隊だった。ビルマ戦では北部の中国国境を越えて拉孟、騰越、ワンチンを転戦。再びビルマ国内に戻ってからは、ナンパッカ、ラシオ、シャン高原などにおける激戦を戦い抜いた。戦死者「三千有余名」と伝えられる。

「恩賜の速射砲」のその後については、連隊史に次のような記述があるところだ。

「二十年二月二十二日、ナムオン山岳地帯に優勢な敵が我が速射砲隊『恩賜の速射砲』を包囲したので、今岡連隊長の命によりこれを援護すべく、栗林中尉の指揮下に入り、約三百の敵に、数十名で攻撃中、敵前三十メートルにて林庄平伍長が戦死し、ほか数名の死傷者を生じた」（戦友会編連隊誌「想い出」）

番兵・歩哨の守則

昭和十七年八月、堀豊太郎海軍整備兵長は航空母艦「翔鶴」に乗艦していた。当時、空母翔鶴は第三艦隊の旗艦であり、司令長官南雲忠一中将が幕僚とともに艦上にあった。

堀整備兵長は甲板係だった。ある日の夕方のこと、「大変な事を仕出かした」――。中甲板通路を浴衣を着た小柄な男がタオルを頭に草履ばきで歩いて来る。艦には民間人の散髪屋（床屋）、コック、洗濯屋のような人が三人ほどいた。堀は、てっきり、この連中だと思った。艦内の風紀を取り締まるのも甲板係の役目である。

「こら、待て」。振り向いたのは五十歳くらいの人。「本艦をなんと心得ているか。ここはシャバとは違うぞ」。巡査のような態度で説教をして、一発食わらした。でも、この年配者は動じない。悠々としている。そして「わしは南雲だよ」。はて、聞いたような名前だな。心臓がどきんとした。長官は「あとで長官室に来い」と行ってしまった。

覚悟を決めて長官室の前に立った。「堀整備兵長、参りました」。長官はもうアイロンの利

岡田政明

いた防暑服に着替えていて、ひじ掛けイスに背をもたせ、腰かけていた。背中から冷や汗が吹き出す。「掛けなさい」。「はい」と答えたが、座れるものではない。

一兵長と機動部隊の総大将、ハワイ真珠湾奇襲作戦の功労者。相手があまりにも偉すぎる。「掛けなさい」「はい」。針のムシロに座るというか。どんな宣告が下るのか。長官は応接テーブルの二つのコップにビールを注いだ。そして「一杯、飲まないか」。そう言って、じーっと堀を見つめる。堀豊太郎は男でござる。死刑を宣告された囚人のようだ。古代ギリシャの哲人ソクラテスが毒杯を仰いで死んだ。その杯のようだ。「飲みっぷりがいいなあ」。長官はにっこりして、また注いだ。

堀は長官の意図をさとり、大声で叫んだ。「申し訳ありません」

「その翌朝、とつぜん総員集合の命があり、飛行甲板に士官、下士官、兵が集まった。台上に立った人は、艦長でも副長でもなく、長官その人である。長官は、いきなり帽子をとり、『私は当艦隊の長官の南雲忠一であります。帽子を取ると、こういう頭です。よく覚えておいて下さい』。台上から降りて艦内に帰ってしまわれた」「私は分隊の誰にも話すことができず、（みんなも）何が何だか分からずじまいになった」（堀・手記）

十七年一月七日、岡田政明海軍三等工作兵（83）＝写真＝もまた、番兵勤務についていて

「大過失を仕出かし」ている。終戦時、上等工作兵曹。

佐世保海兵団から横須賀の海軍工作学校を出たところで、仏印（現ベトナム）のサイゴンにある海軍第十一特別根拠地隊に配属となった。入隊して三日目のことだった。ここの木工金工場と自動車整備場兼車庫に通じる大門の警備を兼ねた番兵の任務が与えられた。なぜか嫌われている任務らしく、新任の岡田に押しつけたような印象が気になった。

近くの大通りわきに海軍集会所があった。夜間は警備上の見地から、大通りから門までは現地人の通行は禁止となっていて、日本軍人も「特定の者」以外は徒歩は禁止。士官以上は乗用車、下士官兵たちはトラックで出入りすることになっていた。准士官以上と自動車運転員の服装は白い防暑服で白長靴下だった。

その夜八時から十時までの当直についていた岡田は、そろそろ交替の時間かと思われるころ、懐中電灯をちらちらさせながら近づいて来る一人に気づいた。防暑服と白長靴下姿である。懐中電灯を向けながら接近して来る。運転員の当直交替なのか。

それにしても、不作法にも真向かいから照らすとは——。直感だが、こっちを若い三等兵だとみて「なめやがったな」と思い、腰の拳銃を取り出して撃鉄を起こし、男のエリ首をつかんで怒鳴りつけようとした。瞬間、男は懐中電灯の光を自分の階級章に向けた。

見ると、なんと「海軍大佐」の階級章だったから、岡田は飛び上がった。そして、二、三歩さがり、「失礼しました」「勤務中、異状ありません」とかなんとか、しどろもどろに言上している。相手は「オレの顔を知らんのか、いつ来たのか」と尋ねる。「三日前に着任しました。お顔は存じ上げません」と答えると、「そうか」とだけ言い残して司令部の方角に立ち去った。どこの部署にいる大佐か、聞くどころではなかった。

翌朝のことだった。

まだ「総員起こし」がかかる前、先任一等兵が寝ている岡田を起こし、「お前、昨夜の当直で、うちの司令を締め上げたのか」と聞く。隊でいちばん偉い大佐司令かどうかは知らないが、「こんなことがありました。罰せられるのでしょうか」と詳しく報告すると、日ごろ怖い先任一等兵は「にこにこ」して笑うばかりだった。そのあと、班長、先任下士官、さらには掌工作長といった直属の上官が入れ替わり立ち替わり、同じことを聞いてくるものだから、その朝、岡田は落ち着かないことおびただしかった。

やがて課業整列となったさい、分隊長が笑い顔でこんなことをいうのである。

「今朝、司令が士官室に来られて『本日から大門の番兵勤務を中止せよ』『そうしないと、オレは殺される』なんていわれるんだな」

そんな次第で歓迎されない番兵当直はパーとなり、分隊員一同、喜ぶまいことか。「よくやったのう」「よくブン殴ってくれた」と尾ひれ、ハひれまでつけて感謝され、岡田は盛んに照れている。

「以来、部隊内外で大評判となり、工作科の人気者として、また、恐れられもし、なにかにつけて良い結果となりました」（岡田・手記）

これが、第一線にあって、常に敵との接近戦・遭遇戦が想定される陸軍兵の場合となると、すこしばかり状況がちがってくるようだ。

十四年一月、中国大陸中部の漢水戦線――。第十三師団（通称号・鏡）歩兵第六十五連隊第二大隊第八中隊、丹野美登里一等兵（写真）は、分隊位置から百メートル前方の堤防上で、同じ初年兵の同年兵と二人で歩哨任務についている。

前夜から敵中国軍の渡河作戦がみられ、日本軍陣地に対する総攻撃が間近かなことが予想された。こちらは一コ小隊約三十人の兵力が小隊長指揮する陣地を中心に散開しているだけだった。このため、決死の連絡兵が中隊本部まで駆けたが、「応援不可能」「明朝まで陣地を死守せよ」との返事しかもらえなかった。

まなじりを決した小隊長は、丹野一等兵ら歩哨位置に向かう二人に対して「勤務中、一歩も後退するを許さず」と厳しい口調で訓示している。

「前方より来る者は、みな、敵。誰何することなく、発砲及び突くべし」

丹野美登里（負傷後闘病中）

夜間における歩哨一般守則では三度誰何し、合言葉等による答えがなければ発砲、あるいは刺殺すべし、と教えられていた。「夜間歩哨ニ近ツク者アラハ銃ヲ構ヘ『誰カ』ト問ウ呼フコト三回ニ至ルモ尚答ヘサルトキハ直ニ殺スヘシ」（陣中要務令）

中国大陸の戦線で歩哨任務につく日本兵

しかし、いま、非常時態である。小隊長は、即、実戦に入れ、と言っているのだ。「闇は濃く。不気味に犬の遠吠え。前方の集落から集落へ合図らしい音や光が交錯。対岸から威嚇の銃声もこだまする」「と、朝まだき濃霧立ちこめる堤防の彼方より、大軍の来るがごとき草ずれの音。目をこらせど姿は見えず、音ばかり」（丹野・手記）

撃て！　丹野と同年兵は同時に発砲している。とたん、草むらの向こうから「会津」との合言葉が飛んできた。あっ味方か。しまった。「白虎」と応答しながら駆け寄ると、「うーん、やられた」と悲痛な声。草むらで中隊長と二人の先兵がうずくまっていた。

幸い、大した傷ではなかったが、中隊長は怒りで真っ赤だった。「お前たち初年兵か」「はっ」「なぜ誰何せずに発砲したか」「緊急の場合、誰何することなく発砲し得ると習いました」「バカもーん。そんな守則がどこにあるかーっ」

この中隊長は、昼間は「応援不可能」と返事したものの、心配になって先頭に立ち、一隊を率いて夜道を駆け抜いて来たのだった。たった今のいままで考えてもいなかった状況の激変に丹野ら初年兵二人は、かわいそうに真っ青になって震え上がってしまっている。

「二発で三人を傷つけてびっくり。本物の敵を倒せば大手柄。友軍なれば軍法会議。悔しいけれど生き恥をさらすよりは自決して、と銃口をのど元に突きつけた」（手記）

しかし、心配して見守っていた戦友たちに、たちまち銃を取り上げられ、一室に閉じ込められてしまった。中隊長は連絡不履行だし、小隊長も命令者だから、お前らに死なれたらオレたち二人も生きてはおられない、と、厳重な監視つきとなっている。

一週間後、やっと監禁が解かれた。だが、自分が仕出かしたことに対して、まだモヤモヤが残っている。そこで同郷の古参兵に心の内を打ち明けた。すると――、

「戦場では後ろ弾も珍しくないんだ。そんなことで死んでは命がいくつあっても足らんぞ、と、さとされ、立ち直ることができた」（同）

丹野一等兵の歩兵第六十五連隊は「会津」「白虎」の合言葉からも推察されるように福島の会津若松で編成された部隊だった。中国大陸中部における第一次・第二次宣昌作戦など多くの激戦を戦い抜いている。丹野一等兵もまた、先の事件の責任を取るかのように懸命に戦い、一年後、兵隊としては名誉である「勲八等白色桐葉章」を授与されている。

しかし、その一ヵ月後の十五年六月九日夜、当陽・石子嶺の戦闘で突撃中、右太ももを撃ち抜かれ、重傷を負った。中国、日本内地の陸軍病院を転院したが、症状好転せず、ついに兵役免除となり、除隊となった。写真はその闘病中のものである。元上等兵。

敵国人を戦友として

「中隊には（元中国兵の）呂小隊長以下七名いる。彼等は捕虜として扱われておらず、彼等の自由意思でついて来ているのだ。なかには負傷したのを手当てし、助けてやった者もいる」「終戦後、（中略）今後どうするかと聞いたら、軍隊には入りたくない、土匪になるから武器をくれと言う。（中略）中隊の武器は武装解除までやることはできない。別の部隊から盗め。わが百六大隊から盗んではいけないと話した。翌朝、（中略）六時出発整列のとき、もう彼等はいなかった」「中隊全員で声をそろえ、『ろー（呂）ちゃーん』『……』と捕虜一人一人の名前を、夜明けの薄暗に、見えない彼等の姿に向かって大声で叫び、さようならを言った。彼等は必ずこの近くで、私たちの『さようなら』を聞いたはずである」（元独立歩兵第百六大隊第六中隊長・内田国次中尉の手記）

昭和十六年十二月半ば、中国大陸中部戦線――。第一師団（通称号・玉）直轄の独立中隊

である渡河材料中隊は駐屯地の武昌を出発して洞庭湖ほとりの岳州（岳陽）に向かっている。湖南省の省都・長沙を拠点とする中国軍撃滅をめざして開始された第二次長沙作戦を支援する目的があった。

第四小隊第三十二班長、田口盛男伍長（82）＝写真＝によれば、このときの作戦行動は「たいへん」だった。道路はすべて中国軍によって破壊されていたから、部隊は田んぼの泥田の中を進軍しなければならなかった。

白布を掲げて投降する中国兵。昭和16年5月、黄河渡河地点で（「戦争と庶民②」から）

いよいよ総攻撃開始というとき、「たいへんな命令」が出ている。軍事機密を保持する必要上、各隊にいる「中国人苦力を始末せよ」というのだ。苦力（クーリー）というのは荷物運びや雑役などに雇われている中国人労務者のことで、「始末せよ」とは平たくいえば、殺せ、という命令であった。たしかに苦力たちは占領地から無理やり連行されてきたり、酷使されていたケースが多く、逃亡すれば内通される恐れは十分にあった。

田口を長とする第三十二班では「王途《ワント》連《レン》」という名の十七歳になる少年を使っていた。「駐屯中の雑役」

田口盛男

が約束だった。よく働き、人なつこい性格だったので班員たちも可愛がっていた。それが、今回の作戦で部隊が移動することになったため、いやがる王少年に「十分な謝礼金」を渡して解雇することにした。そのさい、自分の実家が部隊の通り道にあるというので、途中までの同行を許した。

そのうち姿が見えなくなったから、なんだ挨拶もなく離れて行ったのかと思っていたところへ、両親がやって来て、息子が帰らない、息子を返せ、と、えらい剣幕なのだ。「ウソついて連れて行くか」なんて言い出す始末。責任上、田口班長らも手分けして捜したもののダメだった。見つけたら必ず戻すからと、「どうにかこうにか説得」して帰ってもらったのだが、おかげで野営地到着が二時間ほど遅れてしまい、小隊長からドヤされた。

おそい晩飯をかき込んでいるときだった。どこからか王少年が現われたものだから、みなが仰天している。親に見つかると家に連れ戻されるから、村を大きく遠回りして部隊を追ってきた。そして、「ワタシ、ドコマデモツイテイク。先生、ワタシ、ムラニカエリタクナイ」なんて懸命な表情でいうのだった。

「（敵国）中国人とはいえ、彼は班にとって必要な人間である。彼の熱情にほだされた私は、両親との約束をたがえることを承知で、一緒に連れて行くことにした。王途連は陰日向なくよく働き、土地の事情にも通じていたから、彼がいてくれることで私たちはどれだけ助かったかしれない」(田口「陸軍輜重兵を命ず」)

そんなところへ、こんどの中国人苦力に対する「始末命令」なのである。いかが、すべきか――。田口班長は大いに悩むことになっている。

「両親の元にも帰らず、骨身惜しまず働いてくれたこの十七歳の中国少年を殺すわけにはいかない」「しかし、最前線で上官の命令に服さないということになれば、明らかに反逆罪である」(同)

悩みに悩み、いくどかためらった末、えいやっと、田口はハラを決めた。余計なことだが、東京・下町の育ちである。

「私は逡巡した。そして、逡巡したあげく、王途連を助けることにした。最悪の場合は、自分で責任をとろうと肚を決めた」

その決心を密かに班員たちに話すと、「よくぞ」と、全員が軍法会議覚悟で賛成してくれたから、これはうれしいことだった。さっそく予備の日本軍の戦闘帽、軍服を着せ、軍靴をはかせて「兵隊さん」のように見せかけた。王もまた、それまでの苦力生活で日本兵の所作・行動になじんでいたから、やることにソツはない。

「われわれの偽装工作は成功した。まさか軍服を着た中国人労力がいるなどとは銃殺隊も気がつかず、王途連は射殺されるのを免れることができた」「このことは終始バレず、王途連も私も無事だった」

その後の激戦でも、田口班長ら渡河材料中隊第四小隊第三十二班の面々は敵軍に囲まれて

△白井丈夫
▽米駆逐艦に拿捕された陸軍病院船「橘丸」。戦後、伊豆大島航路に復帰

進退窮まったところを、やはり中国人苦力による本隊への決死の連絡で助かったりしている（拙著「兵士の沈黙」）。また、戦後、元の班員で中国軍に抑留されていた兵隊たちは、中国軍の軍人となっていた王途連に「ずいぶん世話」になったということだ。

「ひょんなことから敵地の人たちと、いくつかの妙な付き合いができ、随分と助けてもらいました」「あの国の広大さそのものを物語っているのかもしれませんなあ」

ひょうひょうとした表情の田口・元曹長（進級していた）は、そんなふうに、いま、しみじみとした口調で語り続けるのである。

終戦間際の二十年八月三日、南太平洋バンダ海で陸軍病院船「橘丸」が二隻の米駆逐艦により拿捕された。陸軍第五師団（通称号・鯉）歩兵第十一連隊第一、第二大隊の将兵ら千五百六十二人が「白衣の傷病兵」に偽装して乗船していた。全員が捕虜となった。いわゆる「偽装病院船事件」である。

このとき、一人の中国人少年が第一大隊の「日本兵」として乗船していた。米軍のたび重なる尋問に対しても「日本兵である」と押し通し、ついには日本に「復員」し、そのまま日本で暮らしたことはあまり知られていない。

元第一大隊速射砲中隊、白井丈夫中尉（81）＝写真＝によると、この中国人少年は中国海南島出身の本名「呉和盛」といい、終戦時、十九歳だった。部隊では、最初、ふざけて呼んでいた「吉良仁吉」のアダ名がそのまま定着していた。吉良仁吉とは時代物講談で語られる有名な任侠の親分のことである。

以下、白井元中尉の話と歩兵第十一連隊史によれば――、

家族とともに海南島からマレー半島マラッカに出て来た呉少年は、マレー半島に絶大な権力でもって君臨していた英国勢力が日本軍によって駆逐されていくのを目の当たりにして「すっかり日本軍ファンになった」らしかった。第一大隊がマラッカに駐屯すると、さっそく大隊酒保（隊内の日用品や飲食物販売所）の給仕になった。「ワタシ、キラノニキチ。ナニスルカ」と注文取りに走り回っている。

連隊が転進するさい、兵隊の「こんどは戦地行きだぞ」といった忠告や家族の制止にも耳を貸さず随いて来た。やがて、その健気さと働きぶりに感じ入った大隊長は、丸坊主の頭に戦闘帽をのせてやり、軍服も支給してやっている。のちには、さらに偉い階級の連隊長から、

もちろん正規ではなかったものの「陸軍上等兵」を称することが許された。

「帝国陸軍広しといえども無階級から一躍、上等兵になった外国人は仁吉をもって嚆矢とするであろう」（連隊史）

さて、第一大隊の将兵とともに病院船橘丸の偽装患者となって乗船した呉少年は、軍医から与えられたニセの所属部隊名と出身地、氏名などが記されている「病床日誌」を必死になって暗記している。周りの兵隊も懸命になって教え込んでいる。

「おい仁吉、ええか。お前の病名はオレと同じマラリヤ兼脚気。原籍は山口県宇部市。分かったな。分かったら復唱してみろ」（同）

捕虜になってフィリピンの収容所に抑留されたのだが、ここでカタコトが多い日本語をいぶかった米軍当局から「中国人ではないか」「もう日本軍に義理立てることはないぞ」と再三にわたって、脅し、すかしで尋ねられている。しかし、呉少年は「自分は日本軍人であります」を言い通している。なぜ、そんなにまで、については分からない。

終戦直後の混乱していた当時、将兵たちの間では偽装病院船事件の国際法違反行為により「豪州で死ぬまで重労働させられる」「キン玉を抜かれる」といったウワサがしきりと流れ、尋常な雰囲気ではなかった。そんな状況の中にもかかわらず、この中国人少年は断固として「日本軍人である」との主張を曲げなかったのである。

日本に復員（？）後、元将兵たちに支えられ、中国料理を修業し、中華料理店を開いた。商売繁盛で日本人女性と結婚。二女を得た。台湾籍を取得したが、やがて中国籍に変え、日本華僑代表団の一員として中国を訪問している。そのさい、故郷の海南島も訪れたのだが、マラッカから引き揚げていた両親はすでに亡くなっていたということだ。

「その後」については取材していない。以前、元将兵に尋ねたことがあったが、「そっとしておいてくれまいか」。そんな返事があったことによる。

推察するに、少なくとも第一大隊には「陸軍上等兵」の位を与えるよう上層部に働きかけたり、軍医さんが徹夜して員数外の中国人少年にも病床日誌をつくってやったり――。そのような心遣いをする人が多かったのではあるまいか。広島、山口の兵であった。

敵負傷兵を見捨てられず

ビルマ戦線――。

「参謀が曹長から情況聴取していた。タバコを吸いながら聞くともなしにその方へ注意を向けていると、昨夜から今朝にかけての戦闘情況を話したあと、曹長はつけ加えた。

『（中略）敵中に残した味方の遺体を、敵が逃げた今朝になって収容に出かけましたところ、真新しく伐った木で十字架をつくり、戦死者の鉄カブトをのせて、それが日本兵を埋めた土まんじゅうの上に立てかけてありました。一つだけじゃなしに、三ヵ所に同じことがしてありました』

私が従軍服のポケットから手帳を取り出すのを見ると、兵団長が言った。

『書いちゃいかんぞ藤井君、いまの話は！』

そうだった。敵愾心――米英はすべて〝鬼畜〟のはずだった」

「退却する途中、敵はテケジン西方のわが秘密飛行場を襲い、（中略）そのとき負傷した日本兵の一人が、兵舎に敵が侵入しているのを知らず後退してきた。敵兵が日本兵を見つけて射ちかけると、かたわらの将校が射撃中止を命じ、

『ヤア、キミ。ドコ、ケガシマシタカ』

明瞭な発音で将校が話しかけ、負傷兵のところへ寄ってきて、貫通銃創をうけている右腕に手ぎわよく止血と仮包帯を施してから、

『ケガ、タイシタコトナイ。ゲンキニナッタラ、マタ、一ショケンメイ、タタカイマショウ。デハ、サヨウナラ!』

挙手の礼をのこして、将校は兵舎を出ていった……という。

ちょっと信じられそうもない話だが、私はその日の午後、藤原副官のもとへ戦闘報告にきたテケジン警備隊の将校から、じかに聞いたのである」(元朝日新聞陸軍報道班員・藤井重夫「悲風ビルマ戦線」)

昭和十八年六月、ビルマ領から中国国境を少し越えた雲南省遮放で、第五十六師団(通称号・龍)衛生隊、鶴九郎上等兵(80)=写真=は約一ヵ月間の討伐作戦を終わり、部隊に帰り着いたところで、留守部隊による思わぬ手柄バナシにびっくりしている。

さんざん悩まされている敵機の一機を、なんと軽機関銃で撃ち落としたというのだ。そのころ、制空権をにぎった米軍機、英軍機は日本軍陣地や街道を「わが物顔」で銃撃を加えていた。

鶴 九郎

アッキンソン米空軍中尉の墓——日本軍撤退後、米軍の知るところとなる（「雲南の山ビルマの河」から）

「街道荒らし」である。こちらに満足な対空火砲などあろうはずもなく、ひたすら逃げ回るしかなかった。だが、九州の部隊だ。血の気の多い連中がいる。

その日、二機の戦闘機カーチスＰ40（単座）が飛来し、いつものように陣地の機銃掃射をはじめた。すっかりナメ切ったのか、低空でやって来る。そこで「ン野郎くたばれ」と二人の兵が飛び出した。小隊長の制止も聞かばこそ、地上戦にしか使えないはずの軽機関銃を持ち出し、空に向けて連射している。立って向き合う姿勢で、一人は軽機の脚を肩に置いて両手で支え、一人が機影を追って引き金を引き続けた。

「対空火器の劣勢をみた敵機は、壕をかすめる超低空で攻撃していたが、上昇間際の一機が一筋の煙を引きながら南方へ下降していく。『やったあ、命中だ』。墜落現場へ急行すると、疎林をなぎ倒して機首を突っ込み、機体は半壊」（龍兵団衛生隊戦記「雲南の山ビルマの河」）

敵操縦士は重傷の身を衛生隊に収容されたが、首の骨を折っていて間もなく死亡した。所持品から中国奥地の中国軍昆明飛行場から発進してきたことが分かった。部隊は、師団長から「士気を鼓舞すること大なり」として賞詞（表彰状）と「一日の休暇」をもらったというハナシだった。ビルマ戦線では三八式歩兵小銃で撃墜した極めて珍しい事例があるが（拙著「兵士の沈黙」）、軽機による戦果も例外的だった。

翌朝、鶴上等兵（のち伍長）は、戦死した敵操縦士を埋葬したという場所に出かけている。ビルマルートを見下ろすその丘の一角に、木の香も新しい墓標が建ててあった。

「米国空軍一等中尉、ロバート・エドワード・アッキンソン之墓」

墓前には白い野菊の花が供えてあった。

こちらは中国大陸中部戦線――。

昭和十三年秋、支那（当時）駐屯歩兵第三連隊通信隊、玉木繁一等兵は、揚子江をさかのぼった湖北省武漢近くの山中で戦っている。のち伍長。

敵は頑強に抵抗を続ける。日本軍の猛攻にもがんとして陣地を退かない。指揮官が「友軍（日本軍）と衝突しているのではないか」と疑い、ラッパを吹いて合図してみたが応答なく、やはり敵であることが分かった。そんな話もあったほどだった。

戦闘が一段落したとき、玉木一等兵は水の補給のため、戦友の分の水筒も下げて小さな谷間の小川に出かけている。水筒に水を満たし、二、三歩前に出たときだった。右後方の茂みで人の気配がし、敵兵らしい姿がちらと見えた。銃を陣地に置いてきた玉木は反射的に腰の帯剣を抜き、やみくもに突進している。敵兵は傷つき、倒れていた。

「敵は銃をとろうとしたのであろうが、その気力もつきたのか。倒れたまま私をにらみつけている。左腰骨あたりに多量の血がにじみ出ており、右ひざにも包帯をしていた。年齢は私と同じくらいの若い兵だった。渋紙色に日焼けした顔のほほが落ちくぼんでいる。お互い食うものも食わず戦っていたのだから、相手から見れば私も同様だったろう」

「近くにセンを抜いた筒型の水筒が転がっていた。拾い上げて逆さにしてみると、一滴もこぼれず乾いている。もう大分前から水がなくなっていたのだろう。私は自分の水筒の水を、その小さな水筒に満たした。閉じていた目を開いたかれは、けげんな面持ちで見つめていた。私がその水筒を目の前に差し出すと、表情が和らぎ、ほほえんだ。汚れた手で水筒を受け取るや、『謝々』と言って口に当てがった。のどぼとけが大きく、二、三度動いた」「それから私の顔を見上げ、大きくアゴをしゃくって謝意を表した」

「負傷して歩行が困難なために敗走する仲間に見捨てられ、進攻してきた日本軍の中に取り残されたのだろう」「食物は何も持っていないようだった。そのとき、ふと、背に負った鉄帽の中に、今朝の食い残しの焼いたイモが入っていたのを思い出した。鉄帽を下ろして大きい方のイモをかれの手に握らせ、他の一つを弾帯の上に置いた」

「イモを見たかれの顔が、急にゆがんだ。口がへの字になり、黙ってイモを見つめていた。両眼に涙があふれ、耳の方へほほを伝って幾筋か流れた。その濡れた顔を、もう一度大きくしゃくると、何か分からぬ言葉をうめくように言い、片方の腕で目を覆った」

――陣地に戻ると、分隊は交信中だった。敵兵に遭遇しながら、これを殺さず、水やイモを与えたことが「何かやましいことをしたようで気がとがめ」、玉木一等兵はずっとこのことを誰にも話していない。

敵最大の根拠地・武漢が陥落したのは間もなくのことだった。（玉木「兵卒の哀歓」）

二十年六月半ば、第五十八師団（通称号・広）独立混成第五十二旅団独立歩兵第五百十七大隊衛生隊、川崎春彦兵長（80）＝写真＝らの討伐隊約二百人は、激戦があった湖南省衡陽からさらに南下したところで敵の大軍数千に囲まれている。

「先陣を勤める臨時中隊は射撃戦で包囲網の一角を崩し、逃走路を開いた。よく繁った松林の中を、突破口ができると、討伐隊は一団となって移動した。遅れると敵陣内に取り残され、本隊の進路さえ不明となる」（川崎「日中戦争――一兵士の証言」）

脱出する途中、負傷して倒れている敵兵を見た。しかし、こちらは逃げるのに忙しいのだ。見捨てるしかないと先を急ごうとしたところで、川崎衛生兵長の赤十字のついたカバンを見たのか、なにごとか訴える様子があった。以下、「日中戦争」によれば――、

川崎春彦

制服を着ているところをみれば、下士官らしかった。右足が血に染まっていて動けないようだった。「かわいそう」だが、かまってはおられない。でも――。ちょっと迷ったあと、えいくそと、相手のズボンのすそをめくっている。太ももを銃弾が貫通していた。

患部を見てしまえば、衛生兵としての意識が働く。アクリノ

ール外用薬（リバノール）の黄色い液をガーゼに浸したものを二枚と包帯一個を渡し、手真似で治療法を教えてやっている。相手は「謝々、多々謝々」といっている。

わずかな時間だったが、これで本隊から取り残されたかたちとなってしまった。あわてて立ち上がり、赤十字のカバンを肩にかけたところで、後方から追尾してきた敵の銃撃を浴びた。衛生兵は武器を持っていない。どうすればいいか、姿勢を低くして思案していると、敵負傷兵が「ブシン、ブシン……」と言い出した。

なにが「ダメ」なのか。そして、近くの松の木を指差すから、這っていくと、なんと、そこには中国軍が使用しているチェコ式軽機関銃と弾薬が隠されてあった。

「手当てしてやったことへの恩返しなのか」

立ち上がった川崎は後方に向け、景気よく連射している。さらに連射――。敵はよほど手強いと思ったのか、前進を止めた気配だった。

その間隙をぬって川崎兵長は走り出し、危ういところで本隊に追いついたのだった。

伊藤桂一「兵隊たちの陸軍史」には、独立混成旅団は師団よりも編成が複雑でなく、身軽に動ける戦闘部隊として「思い切り使われた」とある。果たして川崎兵長の記述によれば、同年兵一千のうち、終戦により生還し得た者、わずか三人。

●第五章

戦場の慰安婦

東雲のストライキ

あれは昭和十四年秋のことだったか、中国大陸中部の武昌近くに駐屯していた野戦重砲第六旅団輜重隊第三中隊、藤本秀美衛生伍長（86）＝写真＝は、部下である上等兵からの「お門違い」の報告に戸惑っている。

「看護長殿、慰安所の従業婦たちが待遇をよくしてくれ、といって座り込んでいます。どうしたらいいでしょうか」

おいおい、なんでそんなハナシをオレのところへ持って来るんだ、どこかよそへ報告してくれ。そういったのだが、上等兵は「これは看護長の仕事だ」といわれたと頑張るのである。そりゃあ定期検診の軍医さんのお伴をして、ちょくちょく慰安所に出かけてはいる。だが、そのことと「待遇改善」の話は関係ないんじゃないか。

二人で押し問答していても始まらないとあって、ともかく中隊長に報告することにしている。で、上等兵を連れて中隊長室まで行ったが、これが、とんだヤブヘビだった。「以上、報告終わり」で、ぱっと逃げ出すつもりだったが、「おい待て、逃げるな」てな具合で、即、つかまってしまった。

この件に関しては軍医たちも逃げ回っている。「そんなもんで看護長、問題解決の適任者は君しかいないんだ」。全権を委任するから頼む、と、こうだった。中隊長の「頼む」は命令と同じ。次は「オレの頼みが聞けないのか」とくるに決まっている。手土産にウシの前足一本と野菜を「たっぷり」持って行け、倉庫番の責任者には連絡しておくからなんて、調子のいいことをいわれ、止むを得ず説得役を引き受けている。

馬を飛ばして行ってみると、慰安所の入口は内からカギがかけられ、「オトウサン」と呼ばれていた経営者の「金」という朝鮮半島出身（以下、朝鮮人）の男が、表でおろおろしている。その金と一緒に裏口から入ってみると、「座り込み」とはよくいったもので、十二、三人の女が事務所の床にべったりと座り込んでいた。「二十歳から四十二、三歳」くらいの「ほとんど」が朝鮮からの女性だった。

藤本秀美

ここで藤本伍長は「別に取り締まりに来たわけではない、安心してくれ」と前置きして「一世一代」の熱弁をふるっている。
ここらあたり、当時の女たちの周辺事情がよく分かるとおもわれるので、すこし長くなるが、藤本の弁を紹介してみる。
「誰にも不満はあるものです。だが、あなた方は少し考え違いをしているようです。話は変わりますが、日本の内地でも貧しい農家の娘たちで百円か二百円のお金で身売りをして、皆さんのようなお務めをしている人たちがいます。日本の場合、待遇はひどいものです。皆さんと違って、雑穀の混じった御飯に、肉や魚はときどきしか食べられません」

「あなた方は兵隊と同じに白米を一日六合も食べられます。このへんのことは理解していただきたいと思います。たぶん、そんなことよりも皆さんの不満はお金のことだと思います。詳しいことは私にはよく分かりませんが、実際には毎日、確実に入っているのではありませんか。あ、すみません。発言は後でうかがいます。搾取のことですね、その点はオトウサン（経営者）の金さんの方によくいっておきます」

「たぶん問題になっているのは分配のことだと思います。確かに管理が不十分で不公平な面がないではありません。是正するように、これも金さんに強くいっておきます」「皆さんはよく働いてくれております。今日のこと、金さんにはいえず、誰かが何とかしてくれると思って実行手段に訴えたのでしょうが、これは改めて下さい。上の方に知れると、これからは金さんでなく、軍の管理下に置かれ、状況はもっと厳しいものになるかもしれません。私はそれを心配して飛んできたのです」（藤本「戦場に於ける看護日誌」）

藤本は十二年五月の入隊だった。前年二月、あの二・二六事件が起きている。この事件では一部青年将校が農村出の部下兵隊の訴える農村の困窮ぶり、とくに東北地方の農家の窮乏にひどく同情しての決起といった側面があった。人身売買も公然と行なわれていた。そんな

途中で野次もまじったが、お終いにはパチパチパチと拍手さえ起きている。

当時の日本の貧困農村女性のことを藤本は演説の中で話したのである。
かつて「満期操典」という兵隊ソングがあった。
その中に次のような文句がある。

一汗かいたそのあとで　可愛い彼女のいうことにゃ
私はもともと女郎じゃない　家が貧乏その故に
田地売るにも田地なし　家を売るにも家はなし
親族会議のその上で　娘売ろうと相談で
あわれ　この身は三千両
（伊藤桂一「兵隊たちの陸軍史」）

日本の植民地政策下にあった朝鮮の人たちの生活は、さらに大変なものだったに違いなかった。九州北部の炭鉱の町出身の藤本伍長は、そのことも肌で知っていたのである。

本書第四章「軍律きびしき中なれど」の項の「『恩賜の兵器』の非合理性」で登場してもらった寺前信次元大尉（84）＝写真＝には、次のような記憶がある。

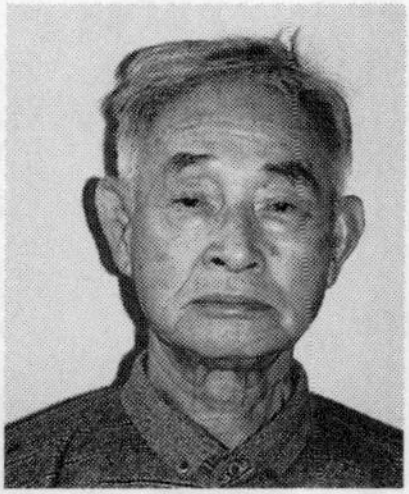
寺前信次

十六年十一月、中国河南省中牟の陣地で敵軍とにらみ合っていた歩兵第二百十九連隊の中隊長（中尉）をしていたときだった。この最前線に「朝鮮ピーの親方」がやって来て、慰安所を開設したい、と申し出た。当時、中牟警備隊の兵力は四百人くらいだった。「魅力ある兵員の数に目をつけて、誰よりも早く開設の許可だけでも取り付けたいと願い出てきたのであった。たくましい商魂である」（寺前「支那戦場余話」）

弾雨飛来して毎日犠牲者を出している戦場である。寺前隊長は「一喝して追い返した」の だが、以下、「支那戦場余話」にある寺前警備隊長と朝鮮人親方との問答が興味深い。親方は「名刺代わり」として「いろんな品物」まで用意してやって来ている。そこで寺前隊長が、大隊長や連隊長、さらに師団参謀長の許可を取ってきたのかと質したところ、「軍の許可なんて必要ない」という返事だった。

寺前「軍は関与していないのか」

親方「ピー屋の女たちは軍が連行してきたのではなく、我々が連れて来たので、開設の許可だけお願いしたい」

寺前「女は強制的に連れて来たのか」

親方「隊長さんもご存じの通り、現在は公娼制度ですからそんな必要はありません」

――ここでいう「ピー屋」とは、中国語の女性自身という意味とか、英語のProstitute からきた兵隊隠語とかいう説があるが、いまひとつ、はっきりしない。いずれにせよ、当時、兵隊たちは「朝鮮ピー」「満州ピー」「チャン（支那）ピー」などといっていた。日本人慰安婦の場合、「内地ピー」とは呼んでいたという資料もある。

なお、この項の題名「東雲のストライキ」は、明治三十年代はじめ、熊本・二本木の遊廓にあった日本亭（のち東雲楼）の遊女たちの身分解放騒動を題材にした「東雲節」の一節からである。

祇園山から二本木見れば　金はなかしま家も質
東雲のストライキ　さりとはつらいね
てなこと　おっしゃいましたかね

「なかしま」「も質」は経営者の中島茂七、「さりと」は東雲楼で女たちの恨みを一身にかっていた斉藤帳場主任の「さいとう――さりと」であり、うまく織り込んである。なお「東雲」とは、暁、夜明けを意味するとの説もある。（岡崎柾男「洲崎遊廓物語」）

寺前元大尉は書いている。

「昭和の初期の世界恐慌時代に、農村の不作と相まって、東北地方の娘たちが東京の遊廓に売られていった。このことは二・二六事件のときに一般に公表されており、我々も知っていることである」「親は一家の生活を維持するために売るものがなく、誰も知らない間に可愛い娘まで女郎に売る契約を済ませ、いざ娘を連れに来たとき、娘は何も聞いておらず、無理にでも連れて行かれた」

「日本内地でさえも上記のような状態であった。まして内地よりも一層厳しかった朝鮮半島のことは想像に難くない。親の金銭取引のことは娘は知らないから、悲惨な結果を生んだとしか思えない」(「支那戦場余話」)


冒頭の藤本看護長による演説の結末だが、最後に経営者に頭を向け、「いいですね、金さん。これからは公明正大にやること。これは約束していただきますよ」。そんなダメを押して話を終えている。すっかり座は「うちとけて」きたようだった。

「看護長さん、すてきーっ」「好きよーっ」。そんな黄色い声もあがっている。

女たちは誰かに日頃の不満を聞いてもらいたかったのだ。うっぷんのはけ口が欲しかったのだ。持ってきたウシの前足と野菜は無駄にせずに済んだ。その後、全員参加のスキ焼き会となって、藤本は大いに面目をほどこし、女たちは「大喜び」であった。

白蘭の歌

「満州東寧の町は兵隊であふれていました。各部隊が内地からの召集兵を毎日外出させていました。牡丹江から東寧に着いてまだ日が浅かった私は、歯の治療のため、二年兵の横山さんと四キロ先の陸軍病院に行きました。帰りに東寧の町に立ち寄りました。ピー屋がいっぱいありました。

横山さんが『上がろうか』といったので、私はなんの気なしに『うん』といいました。上がって、さてと、巻脚絆（ゲートル）を解いていたら、慰安婦さんが慌てて来て『いま、憲兵の巡察が来たと知らせがあったわ、あんたたち三角部隊〈五十大隊は左胸に黄色いセルロイドの三角マークをつけていた〉は今日は外出日じゃないんでしよう！　早く逃げなさい』と、いってくれました。

二人は大いに慌てて、巻脚絆と編上靴をつかむなり窓から飛び下りて、裏口から逃げて助かったのです。捕まれば『重営倉』間違いなしでしたから、いま思っても『ぞーっ』とします。それにしても当時の慰安婦さんたちは、よく各部隊の外出日を研究し、我々を慰め、また助けてくれたなあ――と、感謝しております」（野戦高射砲第五十大隊第二中隊戦友会「戦友だより②」）

秋葉精一

昭和十九年五月、中国北部の河北省泊頭鎮警備隊、秋葉精一一等兵（80）＝写真＝の任務は天津へ抜ける津浦線の装甲列車の警乗だった。中国共産党軍のいわゆる八路軍がしきりと出没し、列車妨害や線路破壊行為を繰り返すのである。すでに昼間は米軍機の襲撃が激しく、列車は夜間運行のみとなっていた。

勤務には辛いものがあったが、それでも行き交う国際列車や多彩な乗客の姿、駅舎の灯は十分に「目の保養」になった。最大の楽しみは、三ヵ月に一回の車両検査で大都会の天津に下車し、しばしの休養が取れることであった。天津にはまだ空襲はなかった。

その日、一年上の先輩兵二人とともに天津の街を歩いている。行き先は「軍人の家」だった。（慰安所のことを秋葉は「軍人の家」といっていたと記憶している。「倶楽部」と称していたとの資料もある）。ともあれ、秋葉は「甘いと評判の汁粉屋」に行くつもりだったが、「バカもん。お前、男か」とどやされ、つき合うはめになったのだった。家に入ったところの壁に女の写真が数多くはり出されていて、そこから選んだ女の名前を告げ、部屋に上がる仕組みになっていた。

「白雪」という名前の女が最も美しかった。

「彼女は高級将校さん用だ。オレたち兵隊には高嶺の花だよ」

そんな先輩兵のハナシだった。そして待ち合わせの時間を打ち合わせると、そそくさと上がっていく。取り残された秋葉一等兵は、なんとなく気勢をそがれた感じで、ちょっぴり「寂しい気」もするが、ま、いいやと、汁粉屋へ行くことにしている。

出口に足をかけたところで、「兵隊さん、帰るの」と声をかけられた。中年のオバさんだった。「まごまごしていたら皆に逃げられた」と話すと、「可愛そうに、ちょっと待って」。しばらくして戻って来て「お出で、お出で」と手招きする。そして、とんとんと、三階まで案内するから、びっくりした。

兵隊用の部屋は二階までで、三階は下士官、将校用と聞いていたからだ。かまわずオバサンは一室の前に立ってノックし、「では、ごゆっくり」と笑顔を見せて下りていった。その部屋の名札を見て驚いた。あの入口の写真にあった超美人の「白雪」とあるのだ。

「どうぞ」といわれて入ってみると、やはり女性は白雪だった。部屋もまた、真っ赤なぶ厚いフトン、洋服タンス、戸棚。美しい手箱。それに大きな三面鏡。これまで秋葉一等兵が知っている田舎の慰安所の「せんべいブトン、手箱ひとつ」の女の部屋のたたずまいとは「雲泥の差」なのだ。どうなってんのだろう。

「トウシマシタ」

発音で朝鮮半島出身と知れたが、そんなことよりも秋葉は戸惑い続けている。

「いや、あまりにも立派な部屋なので面食らっております」

「兵隊さん、天津じゃないのね」

「遠い田舎勤務の兵隊です。天津は初めてです」

「そう、まず巻脚絆（ゲートル）を取りましょうよ。お話は、それから」

そして、女の方で足に巻いた脚絆を取ってくれたから、もう秋葉一等兵は舞い上がってしまった。隊では最下級の兵とあって、古参兵の巻脚絆を取らされることはあっても、ついぞ取ってもらったことはなかったのだった。

で、これから、と聞くから、「あのう、汁粉屋へ」と答えると、汁粉屋さんは先輩兵とちがって逃げないから「ごゆっくり」という。頭の回転もよさそうだった。「あのう、お金が」というと、「呼んだのは私、心配せずに」ときた。ここらあたり、まるで講談の紺屋高尾――。これでは秋葉ならずとも、でれっとなっても仕方がない。

「入隊以来、このような気持ちになったのは初めて。白雪は歌も好き上手だった。自分も好きというと、多くの歌を聞かせてくれた。全く夢うつつとは、このことか。これまでの苦しみ、また悲しみが、温かなフトンの中で消えていく思いだ」（秋葉・手記）

じっと目を閉じれば、入隊前、東京・江東の楽天地で見た「白蘭の歌」の映画が浮かび上がってくる。たしか長谷川一夫、李香蘭主演で、この中国が舞台だった。

白雪はその懐かしの歌もウタってくれている。

あの山陰にも　川辺にも
尊き血潮は　しみている
その血の中に　咲いた花
かぐわし君の　白蘭の花
（久米正雄作詞・竹岡信幸作曲、山口淑子・歌）

別れの時間が来た。白雪はお金を取ろうとしなかった。そして「死なないで下さいね」と、首にかけていたお守りを渡すのだった。朝鮮語のハングル文字があるお札だった。「おそらくは故郷から、ずっと持ってきたお守りだったのでしょうが。なぜ、そんな大切なものを、つい先ほどまで見も知らなかった私にくれたか分かりません」「田舎、田舎した若い兵隊になにか感ずるところがあったのか。自分の境遇とを重ね合わせたのかもしれません」「ああした仕事をするようになった理由は聞きもしませんでしたが、よそ目には華やかに見えても、心の奥底には別の感情があったのでしょうか」

その後、秋葉は当の白雪と会うことはなかった。八路軍との戦闘が激烈を極め、天津に行くどころではなかったのだ。お守りを首にかけて戦い続けていた秋葉上等兵（昇進していた。終戦時、兵長）だったが、激闘の中、そのお守りを失った。命運尽きたかと観念したとき、終戦の報が飛び込んできている。

駐屯地で美人のほまれ高かった慰安婦の「よし子」（次広勝氏提供）

「彼女の育った家は別に貧しくもなかったが、町の世話人のすすめで、満州女子奉仕隊に応じた。そのとき、十九歳。仕事は日本兵の衣類のつくろい物から洗濯などで、月給は住つきで百円。支度金の欲しい者には三十円の前渡しという触れ込みであった」

「来てみて、事の意外さに動転したが、何事もあとのまつり。泣いて訴える彼女に、楼主はせせら笑っていったそうだ。『ほら、これがお前の支度金三十円也の借用書だ。いまこれに利子がついて六十円になっとる』（中略）。二年たったが、もう故郷に帰りたくない。仕事にも慣れてきたからと彼女はつぶやいた。

『日本人にも人買いという悪い奴がいるんだ。そいつにダマされたんだな』

『（朝鮮人の）パクよ。パクという怖い人間、朝鮮いるよ。おんなちね』」

「『おれもしかし、同じ境遇だからな』

『トウシテ』

『同じ捕らわれの身なのさ』

その意味が分かったかどうか、彼女は私の胸元をいつまでも見つめていた。彼女も私も大日本帝国の消耗品にすぎない——そう思いながら、私はつい涙をこぼしてしまった」（友清高志「ルソン死闘記」）


もっとも、こんな話もある。

十九年の夏のことだったか、第百四師団（通称号・鳳）経理部主計課の次広勝主計伍長（80）＝写真・当時＝は、中国南部の広東省広州・太平場近くにある西村集落の慰安所には十一人の従業婦がいたのを覚えている。

次広 勝

人柄がよいことから人気があって稼ぎ頭だった中国人慰安婦がいたのだが、あるとき、「マスター」と呼ばれていた親方（中国人だったか）が「相談がある」とやって来た。この慰安婦の十四歳になる妹が「家出してきた」というのである。
広東西方にある村落の出だったが、姉による親元への仕送り額の大きさが村の評判となり、「私も」と飛び出してきた。

いくら説得しても、帰ろうとしない。そこまでいうのならと、店に出したいのだが、「一応、相談しようと思って」というのだった。

うーむ、と、次広はウナっている。十四歳である。それにしても村の困窮ぶりは相当なものらしい。よそへ行って乱暴な扱いをされても気の毒――。なんどかウナったあと、こんな話はなんだが、マスターの了解を得て経理課の兵隊に試させることにしている。

次の日曜日、選抜された兵隊が出て行く。「大丈夫か」と聞くと、「潤滑油にメンソレータム」を持っていく。任せておいてくんなはれ、と、こうだった。ところが、その日の夕方、兵員室がやけに騒がしいので顔を出してみると、なんと「任せてくれ」の兵隊が首うなだれ、しょぼんと座っている。顔中、絆創膏だらけだ。

「妹の娘が痛がって暴れ出し、両手のツメで引っかかれちゃって」

そんなハナシをするものだから、またまた居合わせた者は大笑いだった。

次広伍長は「申し訳なかった」と、妹に「お金とコメ」を持たせて実家に帰している。

「いまでも救急箱のメンソレを見ると思い出します」「日本の田舎もそうだったのですが、そのころ、みんなが貧しかった。だれもが必死で生きる道をさがしていたんです」

独身教官と妻帯補充兵

本章の「東雲のストライキ」で紹介した元野戦重砲第六旅団輜重隊第三中隊、藤本秀美衛生伍長（86）には、もうひとつ、なんともはや次のようなケッタイな記憶がある。

昭和十二年十二月半ばのことだった。「看護長殿、助けて下さい」と二人の兵隊が医務室に駆け込んできた。いきなりズボンを脱いで下半身を丸出しにする。おいおい、と、よく見ると、「牡馬が二頭現われたか」と思えるほどただでさえ大きなオチンチンがさらに大きくはれ上がっている。花柳病である。それも悪質とみた。

「看護長殿、どうか軍医殿に内緒で治して下さい」

「お前たち、それがどういう病気か分かっているのか」「外出のときはいつも注意しているだろう。必ず、『突撃一番』を持って行けと！」

二人の説明がすこし変わっていた。

三日前のこと——。馬つなぎ場の当番をしていたときだった。姑娘と呼ばれていた若い中国人女性二人が「兵隊さん遊ぼう」と近づいてきた。そして「金も取らずにさせてくれたのです」というのだった。藤本は怒鳴りつけている。

「バカ野郎、お前たちはそのまま日本へ帰れ。そして馬と結婚しろ。お前らはスパイにひっかかったのだ」

部隊では藤本の軍医を通じての報告に大いに驚き、そうした女性には厳に警戒するよう徹底させる一方、念のため、慰安所の従業婦全員に対する検診を開始したのだった。

スパイ話については、伊藤桂一「兵隊たちの陸軍史」に次のような記述がある。

「戦場における性の対象として、もうひとつ、当時の中共軍の女密偵というのがある。中共軍は日本兵の女好き（別に日本兵ばかりとは限らないと思うが）を利用して、いたるところで女兵を密偵に仕立てて日本軍に送り込んでくる」

この二人の性病兵の場合、いわゆる日中戦争のごく初期のころの出来事だから、相手は中共軍（八路軍、新四軍）ではないのだが、もうこのころから中国側はあの手この手の作戦で日本軍陣地への潜入を図っていることが分かる。

なお藤本伍長の話に出てくる「突撃一番」とは、いわゆる衛生サック、コンドームのことである。また、ここでの出来事は「十二年十二月半ば」のこととされるが、いくつかの資料によると、慰安所が初めて開設されたのは「昭和十三年初め」と記され、ほかにも同様の資料がある。だが、時期的にさほどの差がないので、本書ではそのまま採用した。

兵隊は大別して現役兵と補充兵（召集兵）に分けられた。

現役兵は年齢二十歳で徴兵検査をパスしてすぐ兵役に就いた者で、ほとんどが独身だった。補充兵は現役兵としての資格はあったが徴集されなかったり、いったん兵役に服務したあと除隊となっていた相対的に年配の兵で、多くが世帯持ちだった。

「たいていが（中略）三十歳がらみの兵であった。初めは、陰で彼らを〝おっさん〟と言い、彼らは私たちを〝現役さん〟と呼んだ。私たちは、上等兵などには、恐る恐る無心を言ったが、私たちの古年次兵と違い、ちっともいばらず、対等に口をきいてくれるのがうれしかった。二十歳を過ぎたばかりの初年兵が、彼らには弟や息子を見るように思えたのだろう」（玉木繁「兵卒の哀歓」）

慰安婦に接する意識についても、両者はずいぶん違っていたようだ。

たとえば、こんな資料がある。

「現役兵の彼女たちに対する意識は、純情派で女性に憧れており、母性信仰派である。補充兵は女房子供の有る体験派で、兵隊生活の長い禁断生活の切実な本能であり、処理道具である。だから性の悩みは、前者よりはるかに強烈であろう」（独歩三九会「独立歩兵第三十九大隊史」）

徳増長五郎

十八年九月、中国南部の広東市郊外にある大山頂陣地にいた第百四師団（通称号・鳳）歩兵第百六十一連隊第一大隊第三中隊・徳増長五郎少尉（83）＝写真＝は、日本内地からやって来た未教育補充兵五十人を迎え、ガク然としている。のち中尉。

「年齢は三十五歳から四十二歳まで、会社の重役、官公庁の課長、農業、商人と職業も雑多である。学歴も九州帝大、東京商大（現一橋大）出身という超エリートから小学校卒まで、字も読めない書けない者、さらに体格の貧弱なこと目を覆うばかりで、不動の姿勢をとったとき、足がぴしっとそろうことはなかった」「なかに夜盲症で、俗に鳥目といって夜はぜんぜん目が見えない兵もいた。このような補充兵を教育して精強な兵隊に仕上げるのはたいへんなことであると感じた」（徳増「南支最前線」）

連隊は三個大隊で編成され、それぞれに四個中隊があったから、全体で十二個中隊に分かれていた。そこに、この五十人の初年兵がばらばらに配属されるのだが、人数があまりにも少ないため、一括して集合教育することになっている。

そのうちの一般中隊の教育担当教官が徳増少尉、機関銃中隊をもう一人の少尉が当たることになったから、右のようなボヤきが始まったのだった。上司の部隊長も「四苦八苦のもてなしになるぞ」「とんだ客人が来たもんだ」と、二人の少尉以上に頭を抱えていた。だが、おっさん兵だからといって手を抜くわけにはいかぬ。二人の教官は先頭に立って走り回っている。古参兵の教官助手（助教）、助手にも汗をかいてもらって、「まあまあ兵隊らしく」仕立てたころだった。隊で一番エラい連隊長（大佐）から連隊本部に出頭せよとの呼び出しがきたから、なにかヘマをやったかな、と、徳増は少々びくついている。だが、連隊長の話は案じたほどでなかった。初年兵に対する教育の進展具合をたずねられた程度だった。もっとも帰り際に、こんなことをいわれたのが少し気になった。

「補充兵は全員妻帯者であり、内地を出てからもう二ヵ月も経過している。そういうことにも配慮して間違いを起こさないようにやってくれ」

　連隊長の話の内容や如何に、と、待ち構えていた機関銃兵教育担当の少尉にこのことを伝えたのだが、この少尉も「『そういうことにも配慮』という連隊長の言葉の真意がつかめない」と首を傾げるばかり。そのうち、この若い二人も、さすがに「あ、そうか、あのことか」と気づいたのだが、気づくまでにはかなりの時間を要した。

　ある日の朝、二人の教官は、初年兵たちに「非常呼集」をかけている。

　なにごとかと緊張の面持ちで営庭に整列した全員に対して、まず「所持品検査」を始めたから、初年兵ならずとも助教、助手の古参兵たちも「目をぱちくり」だった。金を持っていない兵には「取りに行って来い」だったから、なおさらだった。

　再整列を終わったところで、徳増少尉は告げている。

「広東市内で暴動が発生した。部隊は直ちにこれが鎮圧に向かう」

　あまりにも早い初陣に声もなく、粛然と

徳増長五郎（少尉時代）

行進する初年兵の隊列――。ところが、広東郊外まで来たところで「情況終わり」となり、演習のひとつだったことが分かって一同、気が抜けた。そこへ、おっかぶせて徳増が「ここで作戦命令を解き、外出命令に変更する」とやったもんだから、ずうーっと外出なしだった全員、うわーっとなっている。

「それぞれ部隊には、慰安所というところが設置されており、各中隊ごとに休務日をちがえてここに通い、コトを処するという仕組みになっている。そうすることによって、兵隊の士気高揚と現地婦女子への乱暴を防ぐということである。しかし、初年兵教育を受けているときに、そういうところに出入りすることは許されることではない」

「さて、連隊長からじきじきの指示があったといっても、教育期間の初年兵を（表立って）部隊の慰安所へ行かせるわけにはいかず、（中略）さてどうしたものかと、機関銃兵教育担当の少尉と鳩首協議した（結果が、これだった）」（「南支最前線」）

徳増はこちこちの本チャン将校でなく、旧制浜松師範学校卒だった。軍隊に召集されてからは幹部候補生の試験を経て豊橋陸軍予備士官学校を出ていた。そんな徳増だったが、先の連隊長の真意がようやく分かったときは、思わずウナったものだ。

「歩兵学校の戦術教官をやり、作戦の鬼といわれた連隊長清水大佐に、こんな細かい配慮があろうとは、考えてもみないことであった」（同）

さて、喜び勇んで広東市内に素っ飛んで行った「おっさん初年兵」たちのことだった。

兵たちが置いていった銃器監視当番のため戻って来た交替兵に聞くと、やはり大多数の初年兵が別名「第十三中隊」と呼ばれていた部隊慰安所に向かったという報告だった。二人の教官少尉から、あの「突撃一番」を渡されていたことはもちろんである。

それはそれで結構な話なのだが、留守番役の徳増ら二人の若い少尉は「心配で心配で」たまらない。半日という外出許可時間の長かったことといったら——。集合予定場所の公園で、腕を組んだり、軍帽をかぶり直したり、小石を蹴ったりして時間を潰している。「初年兵たちは目的を達することができたであろうか」「帰営がイヤになって脱走する者はいないだろうか」「道に迷って集合時間に遅れないだろうか」

以降、初年兵教育が大いに進展したことはいうまでもない。言い忘れたが、当時、二人は独身だった。童貞だったかどうかは、話の内容にひきずられているうち、うっかり聞きもらしてしまった。

戦後、復員した徳増は静岡県で長く小学校の先生をし、校長先生にもなった。地区の人の話によれば、随分と「ハナシの分かるいい先生」だったそうだ。

船工一一連隊の丸子島

本書冒頭の「日本のシンドラーたち」の項でユダヤ人難民を乗せてブラジル・サントスに向かった大阪商船「ぶらじる丸」のことを紹介したが、同船には藤本寛司厨員＝写真＝がいた。やがて戦争が始まり、ぶらじる丸は陸軍輸送船となっていたのだが、あるとき、神戸港を出港したさい、神戸の福原遊廓から来たという慰安婦五百人を乗せている。

藤本によれば、たいへんにぎやかな一行だった。船内での行動は制限されていたはずなのだが、なにせ大人数である。赤信号、みんなで渡れば――てな具合で、「手伝いましょうか」なんて船の台所である司厨室にも平気でやって来る。

司厨部は男所帯なのに、ぜんぜん気にもしない。当時、駆け出しの藤本も適当にからかわれている。果ては身の上話なんぞも聞かされ、大いに同情したものだった。「からっとした気っぷ」がなによりだった。

「どこか、はっきり行き場所は聞いてないけど、南方に行くの」

「支度金がよくってね、二千五百円もくれた」「親の借金を払ってやった」「抵当に入っていた家の田畑が買い戻せた」（なお「慰安婦五百人」という数字について、藤本は「数字は確か。食事を世話する関係ではっきりと記憶しています」といっている）

昭和十八年五月——。

ビルマ南部のタウンガップ基地にいた船舶工兵第十一連隊・和田寅吉一等兵（82）＝写真＝は「朝鮮からの慰安婦が十人くらい来るらしい」との噂にいささか驚いている。ここまで船で来るにしても、マラッカ海峡を通り、アンダマン海をマレー半島沿いに北上し、ベンガル湾まで出なくてはならないのである。

「こんな辺境の地へ」「うれしい話だ。顔だけでも拝みたいものだ」

船舶隊はタウンガップからさらに北上したところにあるアキャブ基地への兵員物資の輸送に従事していた。すでにこのアラカン山脈西方アキャブ第一線への補給ルートは敵の制空、制海権下にあった。輸送船や漁船改造船による輸送は「アラカン荒らし」と呼ばれていた英軍機の格好の標的だった。このため、船舶隊の大発（大型発動機艇）や小発による「アリ輸送」が唯一の頼り

藤本 寛

和田寅吉

となっていたのだった。(アキャブは開戦当初、あの加藤隼戦闘隊の華々しい活躍が伝えられた基地である)

その日夕、和田一等兵は揚陸場に係留されている大発艇機関室に潜り込んでエンジンの調整をしていた。夜に入ってアキャブに向かうことになっていた。物資の積み込みは終わっていた。そのうち、表がにぎやかになったので、機関室から出てみて驚いている。

「日本語を話す女人が十数人、四十歳半ばの夫婦者に連れられて乗り込んできた」「わが舟艇は戦闘部隊の兵員を乗せての敵前上陸が主な任務だと思っていた。女を乗せることなぞ夢にも考えていなかった」(和田・手記)

彼女たちは朝鮮人慰安婦だった。夫婦者は「オトウサン」「オカアサン」と呼ばれていた慰安婦の親方だった。大発に同乗してアキャブへ行くというのだった。

やがて出港——。和田はふたたび機関室に戻ってエンジンの調子を見ていた。機関室の大きさは「四畳半」くらい。真ん中にエンジン、後ろに燃料タンク。天井は低い。狭い室内では身体を「くの字」にし、薄暗い作業灯で見て回ることになる。

そこへ、とつぜん、一人の女が入ってきて「兵隊さん、これを食べて」と、果物(パンの木の実だったか)を差し出したからびっくりしている。どうして、こんな狭い機関室に兵隊がいるのが分かったのだろう。

「それから毎晩、私が機関室にいるときにやって来ては約二十分~三十分くらい話し込んでいった。エンジンの音がやかましい。お互い耳元に口を近づけて大声で話し合った。年は二十歳前後か。面長のお世辞なしの美人だった」「二人はお互いに身の上話など、仲のよい戦友同士が話すように話し合った。名前はたしか日本名による源氏名を名乗っていたように記憶しています」

なまりのある日本語だったが、こうしてアキャブに到着するまでのあいだ、別にヘンなこと（?）をしたわけではなかったが、和田にとって「一生忘れられない楽しい思い出」となっている。ふつう三日でアキャブに着くのだが、このときは艇長がコースを間違え、五日もかかるというオマケもあった。

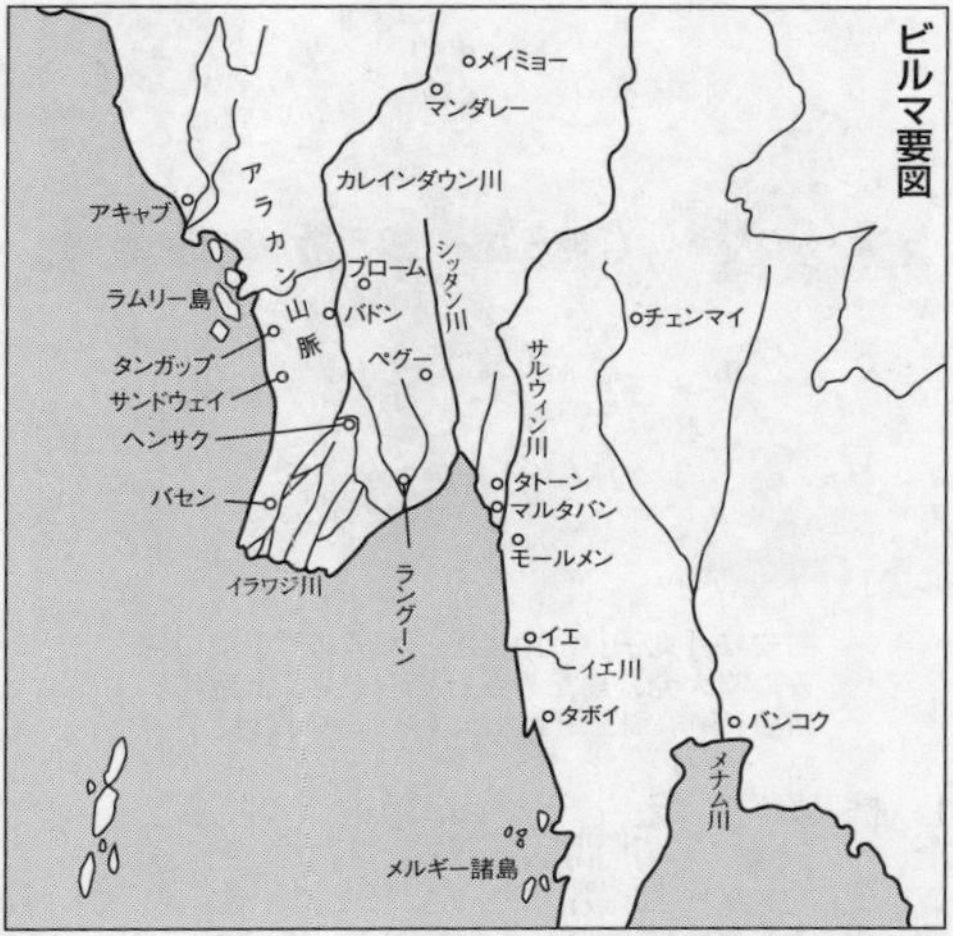

――中島周三遺稿画集「ビルマ回想」から

「五百円か六百円かでオトウサンに買われた」「年季は五年だが、頑張れば三年で故郷へ帰れると聞かされている」

女はそんな話をしている。和田はちょっぴり「うらやましく」思っている。

兵隊の和田には、いつ帰れるというアテはない。この戦況では果たして生きて帰れるだろうか。そんなふうに思ってい

慰安婦「丸子」に由来する丸子島。手前に沈みゆく大発、島をめざして泳ぐ兵、上空には敵機（中嶋周三遺稿画集「ビルマ回想」から）

たからだった。

だが、そうした慰安婦との淡い触れ合いも、このときの一航海かぎりで終わっている。アキャブに上陸させたあと、翌朝、訪ねて行ったのだが、折あしく女は出かけていて留守だった。二人の馴れ初めを知っていた同僚の女たちが気の毒がって歓迎はしてくれたのだが、物足りない思いはどうしようもなかった。

間もなく、そのアキャブ基地も英印軍の圧力を支え切れず、ついに撤退することになった。タウンガップの船舶隊は総力をあげて撤収作戦を支援している。うち一隻には女性陣が乗艇していたのだが、敵機の銃撃により沈没した。兵隊も含めて多くが海没した。それでも一人の女性が近くの小島に泳ぎ着いたが、残念ながらすぐ死亡した。

名前を「丸子」といった。本名がなんであったのか、朝鮮半島のどこの出身だったかなどについては分からない。船舶隊の兵隊たちはその非業の死を悼み、手厚く葬っている。

このことを、別方面に出動していた和田一等兵（終戦時、兵長）は、しばらくして聞いている。例の彼女ではないようだった。しかし、なん人が生き残ったのか。その後も随分と消息を聞いて回ったのだが、撤退作戦の混乱の中で、さっぱりだめだった。

「丸子」が埋葬された小島は、やがて船舶隊の兵隊の間で、誰いうとなく「丸子島」と呼ばれるようになっている。掲載の絵は、当時、船舶隊の材料廠長だった中島周三中尉が描いたものだ。それほど印象に残る慰安婦の最後だったのであろうか。

中島元中尉（故人）は島根県出身。召集前は建築技術者だった。絵をよくし、ビルマの戦地でもスケッチを続けた。隊が敗退の道を歩むようになっても決して絵筆を捨てなかった。書き溜めたものをなんども失ったが、その都度、復元した。復員して「出征・駐留・転進・流転・帰還・明妙（ビルマ・メイミョウ）と建築」の六部作を完成させている。題して「ビルマ回想」。この掲載絵画の説明には「かつて部隊の艇が撃沈され便乗の日本婦人が死んだ。丸子といった」とある。兵隊たちの記憶とはすこし違うが、いまとなっては戦友会の集まりの中でもとくに異を唱える者はいない。

林直

船舶工兵第十一連隊はビルマ方面における「唯一の船舶隊」だった。「陸の海軍」として重宝がられ、言葉を代えていえば、いいように使われた。隊員の戦死場所が広範囲にわたっているのがそれを物語っている。常に死と隣り合わせの「敵前輸送部隊」であった。そのひとつ——。

多田富蔵

第三中隊、林直上等兵（81）＝写真＝は、二十年四月、清水靖少尉が指揮する大発三隻により、撤退部隊の重傷患者百人と慰安婦たちの救出に向かっている。「このままでは敵中に取り残される」「是が非でも拾ってこい」。そんな命令だった。

以降、この清水小隊の消息は絶えた。小隊が向かったデルタ地帯の水路は、ことごとくを英軍艦艇によって封鎖されていた。やはりダメだったか、と誰もがあきらめかけていたところで、なんと約一ヵ月後の五月末、患者と慰安婦たち全員を収容し、ひょっこり戻ってきたから、部隊では「夢かとばかり」に驚いている。

林上等兵の話や連隊関係資料によれば、敵パトロール艇が来れば岸近くの茂みに潜み、遠回りしてやり過ごした。全員を収容後は「敵の意表」をつき、水路を避けて遠くベンガル湾に出て大きく迂回し、「大胆決死」の大航海を続けたということだった。この壮挙に対して、連隊長・石村卓中佐（故人）は「豪胆沈着にして周到なる行動は驚嘆に値する」「永く青史に明記せらるべき」と書き残している。（「我らは船舶工兵第十一連隊」）

そのときだったか、同連隊兵器掛・多田富蔵曹長（84）＝写真＝は若い朝鮮人慰安婦のことを記憶している。ともかく間一髪のところで救出されてきた一人だったが、兵器掛の多田に向かって「私たちにも手榴弾を下さい。帝国日本の臣民として戦いたいのです」と申し出たことだ。「その健気さとひむきさには感動めいたものを覚えましてねえ」

和田寅吉元兵長もまた、こんなふうにいうのである。

「あのころ朝鮮の人も台湾の人も、みな、日本人だった。それが、だまされたり、高額の支度金につられ、戦地の第一線まで連れて来られた。気の毒というより、われわれ下っ端の兵隊と同じ境遇の女性という共感の思いが強かった」

拉孟玉砕部隊のニギリめし

「蔣介石総統の重慶政府に連合軍の軍需物資輸送は、もっぱらビルマを経由して陸路により行うことになり、首都ラングーンに揚陸し、鉄道により中部の古都マンダレーを経て東北部シャン高原の鉄道の終点ラシオまで輸送し、その先は自動貨車によって滇緬《てんめん》公路を通り、国境を越えて雲南省の首都昆明まで延々一千キロの行程を運ばねばならなかった」「日本軍は昭和十七年三月、ビルマに進攻し、この補給路を遮断するため、一挙に同年五月、（国境を越えて中国側）滇緬公路の要点である雲南省『拉孟』を占領した。それから二年後、昭和十九年五月ビルマ奪回を企画する雲南遠征軍の反攻を受け、島嶼ならぬ大陸の一角で百日間死闘を続け、守備隊千三百が玉砕した」（木下昌巳「玉砕」）

この「玉砕」（平成十四年九月発表）を記した木下昌巳元大尉（82）＝写真＝は拉孟守備隊の数少ない生き残りである。将校としてはただ一人の生存者となった。当時、陸軍中尉。ビルマ派遣軍第五十六師団（通称号・龍）野砲兵第五十六連隊第三大隊第七中隊の小隊長をしていた。陸軍士官学校卒（五十六期）の本チャン将校だった。

掲載の本人写真は福岡県久留米市にあった野砲兵第五十六連隊留守隊の隊付として教育を受けていたときのものである。右の文の中に出てくる「滇緬公路」は援蔣ビルマルートとも呼ばれ、「滇」は中国語で「雲の南」の「はるかに遠い地」という意がある。「緬」はビルマ。「雲南遠征軍」とは蔣介石直系の米軍式装備の中国精鋭軍のことである。

木下中尉は昭和十九年四月、この「地の果て」の拉孟に着任している。三月にはインパール作戦が始まっており、ビルマ・雲南の各戦線は風雲急を告げていた。このため、このビルマ派遣軍最先端の陣地の強化が叫ばれ、木下中尉らが増派されたのだった。

木下昌巳

拉孟陣地には歩兵第百十三連隊を主力に野砲兵第五十六連隊第三大隊、輜重兵第五十六連隊、衛生隊など約千三百人が展開していた。福岡、佐賀、長崎らの兵だった。陣地は山岳地帯の中腹にあり、深く切れ込んだ谷間を流れる怒江をはさんで敵陣地とにらみ合っていた。眼下に雲を見ることもあり、兵たちは「おどんたちは雲上人ばい」としゃれた。

ここにも慰安婦たちがいた。

そのいきさつについては、戦後、元第百十三連

敵陣地を眼下に見て元旦の遥拝式。昭和18年1月1日、拉孟にて（興龍会編「ああ滇緬公路」から）

隊長・松井秀治大佐（のち少将）が記した「ビルマ従軍・波乱回顧」に次のように述べられている。（難解な漢字は直した）

「（陣地構築後の）次に若い兵のために考えてやらねばならぬことは慰安所である。上司よりも十七年の末には話があり、将兵からも申し入れがあった。私は拉孟は最前線であり、敵に長射程砲があれば着弾距離内にあり、かつ陣地外には置く所がないので、最初は置かない方針で（後方基地の）鎮安街までは許し、兵は鎮安街まで外出させた」

「そのうちに拉孟にぜひ置くように要望され、致し方なく場所を、記念碑高地と裏山との中間を切り開き、各部隊に割り当て作業人員を出させて二軒を建築させた。作業員の努力は非常なもので、わずかの日数で拉孟で最も立派な建物が完成した」「十七年も押し詰まったころ（朝鮮）半島人慰安婦十名が軍の世話で到着した。十八年の夏ごろ、また（日本）内地人と半島人合わせて十名が派遣された」

この記述に従えば、拉孟には朝鮮人十人以上、日本人十人以下の総勢二十人の慰安婦がいたことが分かる。男の「抱え主」が二人随いていた。日本女性の「大半は年増」だったが、朝鮮人の一行は「若うてきれい」

それにしても守備兵千三百（うち三百人は傷病兵だったが）に対して慰安婦二十人とは、いかなるものか。

ここらあたり、長年、中国戦線で戦った直木賞作家伊藤桂一（元伍長）によれば――、「北支那の筆者がいた駐屯地には、兵員六百に対して、朝鮮人慰安婦が四人いた。全部現役兵の部隊である。若いから、さぞかし慰安所がにぎわったろう、と思われがちだが、事実はそうでなく、混むということはめったになかった」「かれらにとっては慰安婦は、性欲の対象であるよりも、むしろ部隊の一員のようなものであり、部隊の装飾品として大切だったのである」「討伐に出かけて行くときは、彼女たちは旗を振って見送るし、帰ってくるときも出迎えてくれる。（中略）戦況の悪い、僻遠の地の、しかも荒涼とした風物の中の中国部落にともに生活していると、女たちもまた、兵隊たちの連帯感の一環につながってくるのである」（『兵隊たちの陸軍史』）

ともかくも、そうした慰安婦たちを迎えて兵隊たちは、さだめしうれしかったに相違ない。そんな拉孟の山岳地一帯が硝煙に包まれたのは十九年五月のことだった。たちまちのうちに陣地の中で「最も立派な建物」をつくり上げたことからも分かる。

五月は敵機による空爆と対岸からの砲撃で明け暮れた。日本軍も野砲六門を中心に対抗した。同月下旬には敵歩兵部隊の怒江渡河作戦も始まった。折から雨季――。激しい雨が敵味方の上に容赦なく降り注いでいる。

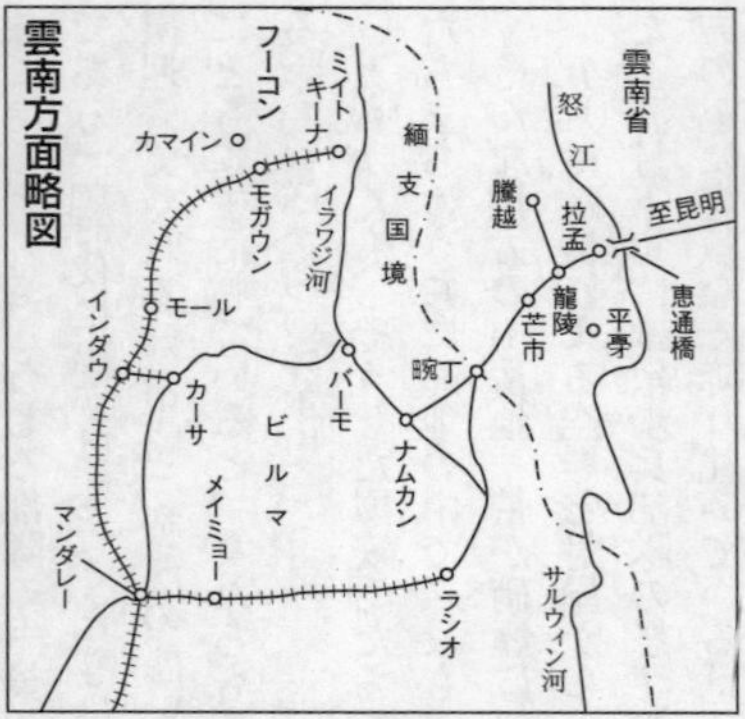

雲南方面略図

六月に入ると、本格的な地上戦となっている。敵の一部が拉孟と後方基地の龍陵との間の滇緬公路に進出したため、以降、拉孟の日本軍陣地は完全に孤立状態となった。七月、孤立した守備隊への敵の攻撃はすさまじかった。重砲、迫撃砲、新式のロケット砲も加わった。加えて米軍機による爆撃、機銃掃射があった。守備隊側は砲爆撃の間は壕内に身を潜め、地上軍の攻撃には陣前でこれを撃退し、夜襲でもって陣地を確保し続けた。

そんな中で、慰安婦たちはどうしていたのだろうか。

「本当に頭が下がることがあった。それはあの弾丸の雨が降る中をかいくぐり、乾麺包（乾パン）の空き缶にニギリめしを入れ、二人一組となって守備隊将兵の食事を運んでくれた朝鮮人慰安婦の姿である」「炊事場はずっと拉孟の山の下の谷間にある横穴の中に設けてあったとはいえ、少しでも煙を出そうものなら、あの不気味な敵迫撃砲の集中攻撃を受けるのである。そのため、夜でも火の灯りが漏れないように、横穴の入口に軍用毛布を幾重にも張りめぐらせて炊事するのであるが、この苦労は大変なものがあった」（元歩兵第百十三連隊、早見正則上等兵・手記「拉孟玉砕の真相とわが脱出記」）

関連して、拉孟陥落の一週間後の九月十四日、隣接する騰越守備隊二千八百人がやはり玉砕しているのだが、ここでも慰安婦の行動について同様の記述があるところだ。

「この猛爆下の惨場で二、三十名の慰安婦たちの姿が目に止まった。切り落とした黒髪に鉄帽をかぶった軍服姿の女たちが、炸裂する弾雨の中で炊き出しや負傷兵の救護に駆け回る姿は、また感涙胸を衝くものがあった」「思ってもいない食糧が届いた。握り飯一個とカンパン一袋あてであった。慰安婦たちの決死の炊き出しで握った飯だと聞いた。瞼がジーンとして胸がつまる」（元第五十六師団衛生隊、吉野孝公上等兵「騰越玉砕記」）

ふたたび拉孟戦線に戻って——。

「負傷した兵が後退して火砲の周りに横たわり、痛みにあえいでいる。重傷の兵に混じり、兵隊の服は着ているが女らしい姿が二、三人いる。拉孟には慰安婦十数人いたが、ここまで落ち延びてきたのだろう」（「松崎軍医が『守備隊長から最後には飲ませよ』と（渡されたと）いう（毒薬）昇汞の包みを見ながら思い悩んでいた」（木下「玉砕」）

「本部の下士官が〈慰安婦を殺せ〉といってきて昇汞の包みを十個ほどくれた。〈おなごをみな殺してしまえ、握り飯のなかに毒を入れて食べさせろ〉という。〈そんなバカなことをすんな。どうせ助からんし、捕虜になってもええじゃないか〉といったら、〈そんならお前が死ね〉といわれた。私は女に毒薬はやらず、水の溜ったドラム缶のなかに捨てた。朝鮮の女は〈捕虜になったがまし〉といっとった。女を殺せなんちゅう命令など腑に落ちんことが多かった」（品野実「異域の鬼」所載・里美栄伍長談話）

「手榴弾は足らなかったから、慰安婦が一個ずつもらって死ぬことなんかない。（殺すとし

ても）一ヵ所に集め一、二発の手榴弾で殺すか、昇汞錠を飲ませるかだ。青酸カリなどありゃせん」（同、鳥飼久兵長談話）

「吉武伊三郎伍長は慰安婦たちに大声で泣きつかれた。慰安婦たちは看護婦がわりに働いている。手足のもげた兵たちが、うめき、毎日々々死んでいく。彼女たちの神経がもてている方が不思議なくらいだ。『どこでもいい、この場から一緒に連れて逃げてえ』とすがりつくが、どうにも仕様がない」（同）

なお、引用書「異域の鬼」の著者・品野実は拉孟で玉砕した歩兵百十三連隊出身で、やはりビルマ戦線に従軍した。復員後、同年兵の多くが倒れた拉孟戦の実相を知るべく、数少ない生存者の消息を訪ね、取材を重ねている。元毎日新聞記者。

さて、八月以降の拉孟戦のことである。

陣地前は一木一草もなくなり、赤茶けた一面の荒地と変わっていた。周辺の松林もすべては焼け、裂けた。砲は破壊され、撃つに弾なく、飢えと渇きがあった。それでも日本軍は頑強に抵抗し続けた。夜は挺身破壊班が出て敵陣をかき回した。だが、敵も頑張る。地下坑道を掘り、爆破作戦に出た。日本軍陣地三ヵ所で大爆発が起こり、多くの日本兵が硝煙の中に消えていっている。

そして九月七日、わずかに生き残った将兵が「突撃」を敢行――。すべてが終わった。

「日暮れ前になり、砲撃も止み、戦場に静寂が戻ってきた」「中央の壕付近から薄い白煙が立ちのぼってきた。軍旗を焼いたのか、壕が破壊されたのか」（『玉砕』）

その煙を木下中尉は、陣地から少し離れた山の中腹で「身を切られるような思い」で見ている。「連隊本部に戦況を報告せよ」との命令により、玉砕直前に脱出していたのだった。兵隊二人が随いていた。

「煙はまっすぐに立ちのぼり、あたかも戦死者の霊を弔うかのようでした」

木下中尉は七日間にわたって敵中深く潜行。包囲網を突破して本部にたどり着き、使命を果たした。二人の随伴兵のうち、一人は中尉と終始行動を共にし、戦後、復員した。もう一人の兵は途中ではぐれ、中国軍の捕虜となったが、こちらも、のち復員した。

慰安婦の消息についてだが、先の品野実『異域の鬼』には、引用文の中に登場した師団衛生隊・吉武伊三郎伍長に関する記述の続きがある。玉砕の日、九月七日のこと──。

「そのとき（吉武伍長らが脱出する三、四時間前）、二、三人の慰安婦が飛び出すのが見えた。水無川の方へ転げ落ちるようにして逃がれた」「（壕には）すでに息のある者はいないようだった。将校もいただろうが見分けはつかなかった。手榴弾で自決した者もおり、そば杖を食ったらしい慰安婦の死体もあった。兵と仲良しになっていた慰安婦もいたから、一緒に死んだのかも知れない」

また、陣地崩壊後、本隊合流をめざして後退中、捕虜となって昆明収容所に入れられていた第百十三連隊・森本謝上等兵は、復員後にまとめた『玉砕──ああ拉孟守備隊』の中で次

「龍部隊」の復員を伝える新聞記事
（昭和21年6月9日付西日本新聞）

のように伝えている。

「拉孟の慰安所にいた慰安婦たちが、この昆明収容所に送られてきた。その連中は、私が拉孟守備についていたころの顔馴染みの女たちばかりである。彼女たちのテントは、私たちのテントの近くにあったが、（中略）私は顔馴染みで以前からよく知っていたので、彼女たちとよく四方山話をした」「夜になると割合、落ち着いた話もできた。話が始まると、やはり拉孟の話でもちきりである。お互いに長い、長い、苦闘の日々であった拉孟の思い出話は、いくら話してもつきなかった」

こうして無事脱出し得た慰安婦数については「十人」説が強いが、日本人・朝鮮人の国籍別は分からない。守備隊千三百のうち、果たして何人が生き残ったかについても「十数人」「数十人」など諸説あって定かでない。

余談をひとつ――。

拉孟の砲兵陣地に「石松」とアダ名されていた若い元中国兵がいた。部隊が拉孟めざして進撃中、足に負傷して倒れているところを兵隊が見つけた。手当てしてやったことに恩義を感じてか、ずっと随いてきた。素直な性格で料理や指圧の心得もあったことから、兵隊たちにかわいがられた。

進撃の途中、さばけた小隊長の指示で兵隊が日本軍の軍服を着せ、中国人慰安所に連れて行ったことがあったが、「いままで見たことのない喜びの表情」をして帰隊してきた。そんなこんなですっかり馴染んで日本語も上達した「石松」は、拉孟攻防戦が始まったときも「部隊に残る」といって炊事に精を出していたが、「友軍は大丈夫か、負けることないか」と、なんどか木下中尉のところまで聞きにきている。

玉砕の数日前に姿を消したが、終戦後、昆明の収容所に現われ、兵隊たちに「自分が中国人であることをいわないでくれ」と小声で頼んでいたということだ。どうやら利敵行為で自国に罰せられるのを恐れ、これも収容中の民間日本人の一員になりすましていたらしかった。その後の消息は不明である。（元野砲兵第五十六連隊・太田毅軍曹「拉孟」）

木下元大尉は、これまで十回にわたり自費でもって雲南地方慰霊の旅に出かけている。九月七日の「玉砕の日」には毎年、福岡・久留米で慰霊祭を催している。

拉孟雲南地区戦没者之碑
（福岡市・護国神社で）

「駐屯以来約二年の拉孟は平和そのものであった。山には柿の実がみのり、梨もあり、胡桃もあった。山桜がほころび、これを拉孟桜と名づけ内地の春をしのんだものである。とくに秋は美しかった。内地の気候に似て萩の花が咲き乱れ、谷間には清楚な白百合の花を見ることがあった」（森本「玉砕——ああ拉孟守備隊」）

そんな中国大陸最奥の山間地で、日中の若者たちが、日本、朝鮮の女性たちをも巻き込んで戦い、多くの血を流し合ったのだった。

アリランの歌

昭和十九年六月三十日午前三時すぎ、山下汽船の貨物船「鶴島丸」（四、六五二総トン）は、フィリピン・マニラ湾西方沖で米潜水艦による魚雷三発を左舷に受けて沈没した。仏印（現ベトナム）サイゴンを出港し、マニラ経由で日本内地に向かう同船には「多数」の慰安婦が乗っていたが、その多くが海没した。

「慰安婦の一隊はビルマ戦線から仏印にたどり着き、一日も早く国に帰りたいと熱望する若い女子の群れであって、オトウサン、オカアサンと呼ばれるボス夫婦に率いられて、数年を戦場に送っていたものである」（「山下汽船殉職者追悼録」）

以下、追悼録に寄せられた五條橘夫船長の手記によれば――、

深夜の闇の海に投げ出された五條船長は、おびただしい木材類が浮かぶうねりの向こうで、若い女たちの「胸を締めつける悲鳴」を聞いている。

「トーチャン」「オトウサーン」「カーチャン」「オッカサーン」

さらに友を捜すのか、「ハルチャーン」「シズチャーン」といった叫びもまじってきたが、やがて、それらの声は闇の海に遠去かっていっている。

のち、護衛艦に救助されてマニラに着いた五條船長は、やはり着の身着のままで助かった数人の慰安婦を見たが、彼女たちは友を失った悲しみに加え、「悲嘆のどん底」にあった。なぜなら、それまでビルマで稼ぎ貯めた「全財産」を託していたオトウサンの行方不明が伝えられたからだった。

鶴島丸は船齢二十六年。「船体のサビの厚さ」ですぐ分かるような老朽船だった。エンジンのパワーも落ちていて速力はせいぜい九ノット程度だったから、船員たちは「本船は始終九（四十九）ノット」と、しかめっ面をしていた。それでも、たびたびの空襲、雷撃にもかかわらず、なんとか切り抜けていたから「便乗するなら鶴島丸」といわれていた。

マニラ沖で沈没した山下汽船の貨物船「鶴島丸」

慰安婦たちは、そうした鶴島丸に「数奇な」運命の締めくくりを託したのではなかったか。五條船長は「稼ぎ貯めて故郷に錦を飾り、人並みの結婚をも熱望したことであろう」に、と一盞の涙を注いでいる。

第五十八師団（通称号・広）独立歩兵第百七大隊重機関銃中隊、平田省実《ひらたしょうみ》軍曹（83）＝写真＝は、中国南部の湖北省漢口（武漢）の慰安所で、馴染みの朝鮮人慰安婦から「内緒のハナシだが、戦争は終わりに近いそうよ」と聞かされ、がく然としている。のち曹長。

二十年はじめ、平田の部隊は漢口飛行場の警備に当たっていた。戦局全体の推移についてはなにも知らされていなかったが、南方戦線の調子があまりよろしくないことは漠然と感じていた。それでも中国大陸の戦いでは日本軍は常に攻勢に出ており、負けるなんて思ってもいなかった。

だから、平田は女のささやきに「そんなバカな」と一応はいってみたものの、ひやりとしたものを感じている。なぜなら、対戦車攻撃法や飛行機上からの機関銃発射訓練などの「特攻訓練」を受けていた。「全員特攻」なんて掛け声もかかっていたからだった。それにしても（あとで考えてみると）、慰安婦たちの情報伝達のなんと早かったことか。

漢口は思い出の多いところだった。

平田省実

飛行場警備についた当初、日本人在留民に「領事館はどこ」と尋ねられたさい、「そげな旅館は知らん」と答えて、あとで馬鹿モンと大目玉を食ったことがあった。日本租界には日本人経営の高級料亭もいくつかあって、九州宮崎の「田舎育ちの兵隊」の口をあんぐりさせた。そんな男が「特攻訓練」の特訓を受けるようになって「居直ったような覚悟」もでき、えいやっと、軍指定外の、より高級の慰安所の門をくぐるようになっている。「民族衣装の朝鮮半島出身の美女、江戸城大奥の女官を思わせる高貴な顔が笑顔で迎えてくれた」「週に一度の逢瀬が、兵と慰安婦との交わりだけでなく、春宵、純真な愛が芽生えるようになり、荒涼とした大陸で激しい空飛ぶ訓練に明け暮れた私の心に安らぎを与えてくれた」（平田・手記）

てな味な気分でいるところへ、四月、朝鮮半島大田飛行隊基地への転属命令がきた。女（ミチコといった）が仲間を誘って「心からなる」送別会を開いてくれた。アリランの合唱があった。平田はその哀調あふれる切々とした調べに「不覚の涙」を流している。

女たちが平田の朝鮮半島行きを知り、「連れていって」と、なんどもせがむのが哀れであった。そして出発の朝、全員（約十五人いた）が日の丸の小旗を手にし、漢口市循礼門駅に見送りにきてくれている。駅弁の差し入れがあった。ミチコは別れの涙とともに「順賀神社のお守り」が入った手紙を渡している。

「慰安婦と下級兵士とは境遇面で共通するところがあり、戦友のような気持で接しておりました」「倒れていった若い兵隊にとって、それが最初で最後の出会いだったことを思えば、胸がいっぱいになります」

ミチコの手紙には「武勲を祈ります。神よ、もういちど二人を会わせて」とあった。しかし、間もなく終戦。混乱の中で平田とミチコが再び会うことはなかった。

若い兵隊と慰安婦との出会いといえば、こんなハナシもある。

日本内地の話だが、岡崎柾男「洲崎遊廓物語」によれば――、
新兵として入営という前には、かならず職場の同僚と連れ立ったり、先輩に引っ張られるようにして遊廓に来た。女たちは、自分の意思でもないのに赤紙（召集令状）一枚で戦地に連れて行かれる男たちには、精いっぱいのサービスをした。抜け出したくても、金がなければ抱え主に拘束されたままの我が身の運命と重ね合わせていたのだろうか。

変わったところでは、志願して開拓義勇軍として旅立つ少年の客が来たそうだ。十六か十七歳であったろうか、父親が同道していた。

「遠い土地へ行くのに、日本の女も知らんのじゃ可哀いそうだから、てな話だった」

「どうなりましたかねえ、あのセガレ。朝の晴ればれとした顔ったらなかったですわ。花魁に『行ってまいります』なんて敬礼しちゃってぇ」

二十年八月十五日、終戦――。

第二十軍電信第五連隊第一中隊長、藤井徹大尉は中国湖南省汨羅で敗戦の報を聞いている。あの二・二六事件のとき、「昭和維新の歌」として声高に歌われた「汨羅の淵に水さわぎ」の汨羅である。折から豪雨、汨水には濁流が渦巻いていた。

以下、著書「中国戦線私記」によれば――、
終戦直後のある日、洪水で汨水駅に到着した列車が動けなくなって、乗っていた女性の一

群を中隊に宿泊させることになった。まだ中隊は、中国軍の監督下ながら、鉄道警備と通信線の保守に当たっており、軍隊としての組織を保っていた。食糧の備蓄もあった。

一行は祖国に引き揚げる途中の約三十人の朝鮮人慰安婦たちだった。姉さん格の中年の女性が「中隊長殿に敬礼。よろしくお願いします」と軍隊式に日本語で挨拶する。昨日まで「文字通り身を捧げて危険な前線にまで進出していた」女性たちである。中隊では、感謝といたわりの念をこめ、精いっぱいの応対をしている。

数日後、鉄道は復旧した。明日は運航再開という日の午後、例の姉さん格が隊にやって来て御礼の言葉を述べている。そして、なにも出来ないが、お世話になった兵隊さんたちの夕食時に「せめて、お酌ぐらいはさせてほしい」と申し出るのだった。

その夜、急きょ彼女たちの送別会となった。兵隊各班の食卓には中隊炊事班が頑張ってつくった料理が並べられた。女たちも班別に分かれ、食事に加わった。中隊長特配の酒も出ている。だが、華やいだ声の中にも、兵隊たちには「なるべく戦争のことにふれまい」と努力している様子があった。すべてを失ったいま、長い間の「彼女たちの労苦に報いる」には、せめて、それくらいの気遣いはさせてもらいたかったのだ。

藤井中尉と将校たちは中隊長室で、姉さん格と二人の若い女性と一緒に食事していた。将校連も気を遣って話しかけているようだった。いささか酒が回ったころだった。とつぜん、姉さん格が居住まいを正し、こんなことをいっている。

「中隊長殿、あなた方はどうして最後まで戦わなかったのですか。南方では、みな、玉砕しているではありませんか」「ここへ来るまで戦車や大砲やたくさんの兵器を見てきました。あれだけあれば、まだ十分戦えると思いました。兵隊さんと一緒に、私たちも玉砕する覚悟でこの苦界に身を投じたのです。どうして最後の一人まで戦ってくれなかったのですか……」

あとは言葉にならず、女は絶句し、泣き崩れている。そばの若い女性が「姉さん、姉さん」といってなだめている。

翌朝——。藤井中尉は「どうか無事に故国へ帰還できればよいが」と、ただ、ただ祈りの気持を込め、会釈しつつ去り行く女性陣をいつまでも見送っている。

●第六章

日本の原爆と米模擬原爆

ウラン鉱石を求めて

昭和十九年秋、中国東北部・満州の新京（現長春）にあった関東軍参謀部無線調査隊の隊舎に二十人ほどの一隊が「間借り生活」するようになっている。間借りというのもヘンだが、とにかく、ある日突然、隊舎の一角が仕切られ、ドヤドヤと入ってきたのだった。

無線調査隊（以下、無線隊）の土谷鉄雄一等兵（83）＝写真＝によれば、一団は臨時召集の新兵なのか「星一つ」の二等兵ばかりなのだが、これがまあ、およそ規律のない雑然とした集団だった。やって来たその日朝から、軍服姿で「一升瓶」をかかえて酒を飲む始末。班長というのが一人いたが、制止しようともしないのだ。

無線隊員たちには、あらかじめ、隊長から「隣りに新しい隊が来るが、行き来することは禁ずる」「なにがあっても放っとけ、決して相手にしてはならぬ」と申し渡されていた。そんなもんで隊員の間には、たるんでやがる、ぶん殴れ、なんて物騒な声もないではなかったが、手を出すことは一切まかりならぬとあって、みな不平たらたらだった。

ところで、土谷一等兵らの無線隊二十八人たちにしても、他隊からみれば「お前らの仕事はなんなんだ」と不審がられるような特殊任務に就いていた。表向きは軍通信隊（グンツウ）として部隊間の有線・無線による通信が任務となっていたが、その実、関東軍司令部建物の地下室でソ連軍の「通信を傍受」し、その動きをさぐることにあった。

「ソ連の通信兵はなんとも不器用でした。日本軍の通信兵なら、まず、一分間に八十字は打電できるのが普通だが、連中ときたら、よくて六十字。平均で日本軍の半分の四十字程度でしたから、比較的容易に傍受できました」

そんな土谷一等兵のハナシにも興味しんしんたるものがあるのだが、申し訳ないが、ここでは話を急いで先の「朝から一升瓶」の一団のことを語らねばならない。

とにかくヘンな兵隊ばかりだった。

みな年をくっていて四十歳から五十歳台だった。当時二十歳とちょっとの無線隊員たちから見れば、「おっさん」兵隊ばかり。すっかり頭がハゲ上がった者、白髪まじりの者。動作態度も、お世辞にも軍隊の飯を食った者とはいえない。それでいて夜の点呼で巡回してくる規律にうるさい週番将校らも決して一団のそばに寄ろうともしないのだ。

土谷鉄雄

ある日、一団の班長というのが土谷ら無線隊の班に「これから出張しますので、よろしく」と挨拶にきた。見ると、全員がいわゆる登山姿でピッケルを持ち、リュックサックを背負っている。それが、一週間か二週間ほど経つと、「留守中、ありがとうございました」と帰隊してくる。そして仕切りの向こう側でぼそぼそ話し合っては大酒を飲み、また「出張しますので……」。そんなことの繰り返しであった。

これでは、連中ナンなんだ、と興味を持たない方がおかしい。しかし、尋ねることすら厳禁されている。もどかしいかぎりであった。

ある日曜日、古参兵たちが外出して、土谷一等兵らが班内でハネを伸ばしていると、仕切りの向こう側で一人で飲んでいた「おっさん」兵が、「退屈でしょう、飲みませんか」と一升瓶を下げてやって来た。

おっ、であった。もらい酒の勢いもあって、土谷らは日ごろの疑問をぶつけている。

そして、なんと、そのおっさん兵が「自分らは大学教授か、研究所の先生です」と自己紹介するから、みな、口ぽかんだった。そして、次のような驚くべき話をたんたんと続けるから、はじめは「お前ら二等兵のくせに」と腕を組んでいた無線隊側は「先生、先生」と固くなって耳を傾けている。

一団は極秘のうちに組織された「参謀部直轄の地質調査班」でウラン鉱床探査隊だった。満州の興安嶺のふもと付近に有望な鉱脈があるいう情報から探索にかかっている。いまだ発見されていないが、もし出てくれれば、万々歳。ウラニウムを精製して新型爆弾をつくることができる。その新型爆弾の威力たるや、あんた、これまでの常識を打ち破るものがあり、マッチ箱一個くらいの分量で戦艦一隻をぶっ飛ばすことができる――。

土谷一等兵は旧制弘前工業学校を出ていた。そんな土谷にもウラニウムの話は初耳だった。そんなにすごいものなのか、と、びっくりしている。まして周りの無線隊員らは、もうすっかり興奮気味だった。そして、口々に勝手なことをいっている。

「早くその新型爆弾をつくって敵をやっつけてください」「パナマ運河を爆破すればアメリカさんも手を上げるにちがいない」「早く戦争を終わらせてくれ」

――探査隊のその後のことは、土谷一等兵は知らない。間もなく終戦。シベリア奥地のソ連収容所に連れていかれ、やっと帰国できたのは三年後の二十三年五月のことだった。

「新型爆弾のことは、米国に先を越されて、広島、長崎に落とされたと収容所で聞き、先生たちの努力も水の泡だったか、と、くやしく思ったことでした」

福島県石川郡石川町の旧制石川中学校（現学法石川高校）三年生・有賀究《ありがきわむ》（73）＝写真＝は、二十年四月、約六十人の同級生とともに地区にある石川山での「石掘り」作業に勤労動員されている。

有賀 究

当時、全国の男子学生生徒に対する食糧増産・国防建設・輸送力増強ための動員令が出され、続いて十四歳以上の女子学生生徒たちも女子勤労挺身隊として動員されるようになっていた。それにしても、有賀ら石川中学校三年生の場合、なんとも重労働だった。

福島・石川町の石川山でのウラン鉱石採掘現場（町教育委員会所蔵）

「石山をツルハシで掘り崩して、その石を級友と二人でモッコで担いだ。初めての仕事で肩が痛いし、手にはマメができる。日曜日も休めない。粗末なカーキ色の服に、巻脚絆（ゲートル）をつけ、戦闘帽をかぶり、ワラジばき姿で『お国のため』に頑張った。しかし、掘っても掘っても石英、長石などの石は出たが、それらしい石は出なかった」

「石掘りをすると腹が減った。私は母が作ってくれた、大根と麦がたくさん入った弁当が待ち切れず、隠れて食べたこともあった。ある日、担任の先生からキャラメル五、六個が配給されたときは、うれしくて家まで持ち帰った」（有賀・手記）

この手記に出てくる「それらしい石」とは、もうお察しのように「ウラン鉱石」のことである。作業に先立ち、陸軍技術将校が中学生相手に次のように説明している。

石川鉱山で原料掘りをした石川中学校３年生。昭和20年５月15日、撮影（第１回学法石川高卒業生ら編「私の8・15」から）

「君たちに掘ってもらいたいのは、希元素を含んでいるこの石だ。この石を原料にして爆弾を製造すれば、マッチ箱一つの大きさでアメリカの大都市を一瞬にして破壊することができる。だから、頑張ってくれ」

将校は生徒たちに見本の石を見せながら話している。そして比重の大きいことを分からせるため、石を生徒たちに持たせたのだが、有賀によれば、石はモナザイト、サマルススカイト、コロンビットなどだった。総称して「ウラン鉱石」といわれるもので、ほんの微量ながらウラン、トリウムなどを含んでいる。当時は希元素鉱物と呼んでいた。

それにしても、なぜ、福島・石川だったのであろうか。

ここらあたり、防衛庁資料は次のように述べている。

「陸軍航空本部では希元素研究の権威である理化学研究所飯盛里安博士の指導のもと、ウラン含有鉱物であるフェルグソン石、サマルスキー石などを産出する菊根鉱山（朝鮮黄海道）の開発を行っていたが、同鉱山の産出分だけでは所望量に到底達しないので、内地（日本本土）、満州を始め南方全域にわたりウラン鉱石の資源調査と開発を行うことになり」「（命令を受けた第八陸軍技術研究所は）内地における数ヵ所のウラン鉱石産地のうち、最も有望と思われる福島県石川郡石川町の川辺希元素鉱床の開発を重点として進めることにした」（戦史叢書「本土防空作戦」）

かくて（現在でいうと）東北新幹線新白河駅からバスで約一時間の山間の地・石川は、がぜん、軍部と関係研究陣の注目を浴びることになった。比重選鉱作業に必要な清流が二本、町の中を流れているのも大きな決め手だった。石川地方は岐阜県苗木、滋賀県田上とともに日本三大鉱物産地だった。地域周辺にはラジウム鉱泉の温泉郷がある。

そのころ、先の石川中学校の生徒たちが「石掘り」作業に動員された昭和二十年春ともなると、戦局は絶望的な様相を呈していた。三月、硫黄島玉砕。四月、沖縄本島に米軍上陸。東京、名古屋、大阪といった大都市は連日のように米機B29の空襲を受けていた。

そんな緊迫した情勢の中で、石川中学校の三年生たちは、ほかの鉱山労働者といっしょに勤労動員で働いていたことになる。

「石山はどこへ行っても光った石がごろごろしていた。爪先を切り、血がなかなか止まらなかった。放射能を出す石を掘るのにワラジばきの作業をさせるとは——。今思えばあまりにも無謀であった」（有賀・手記）

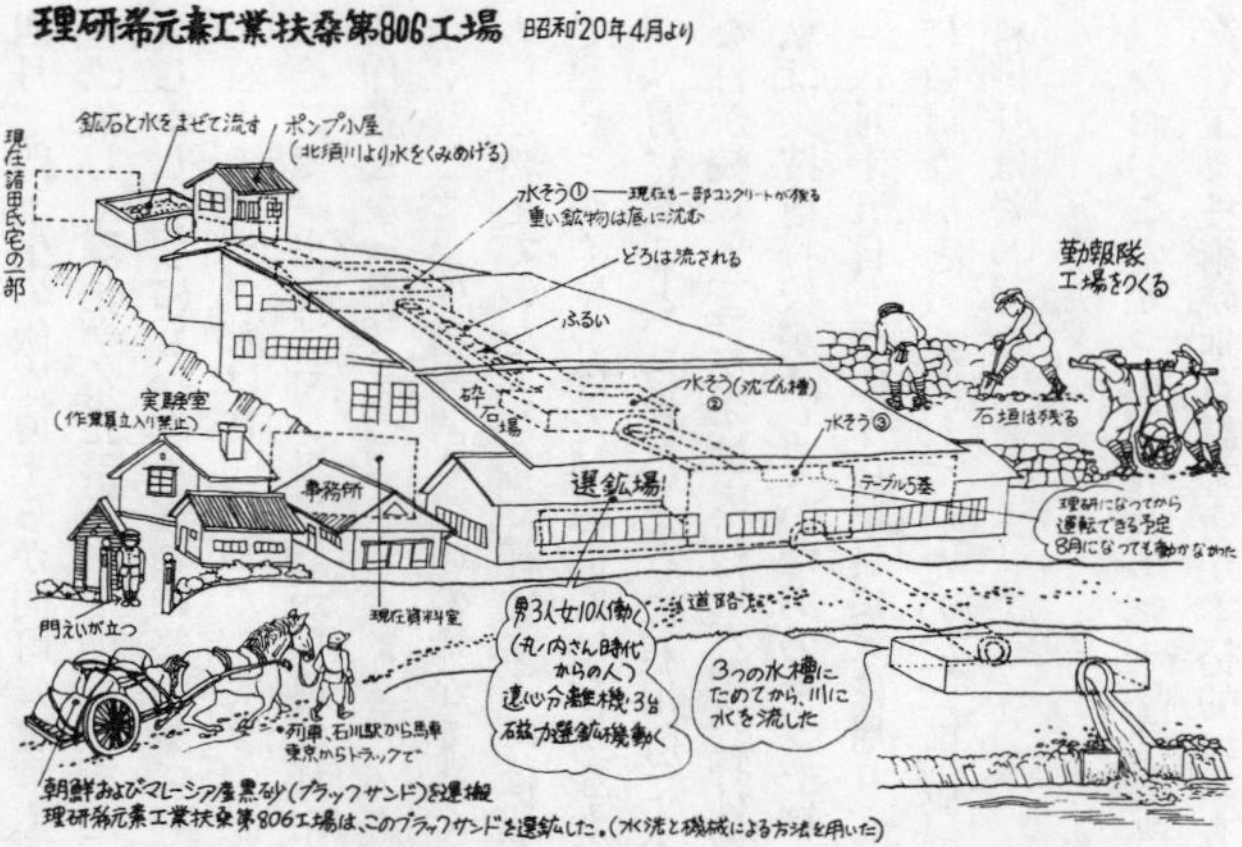

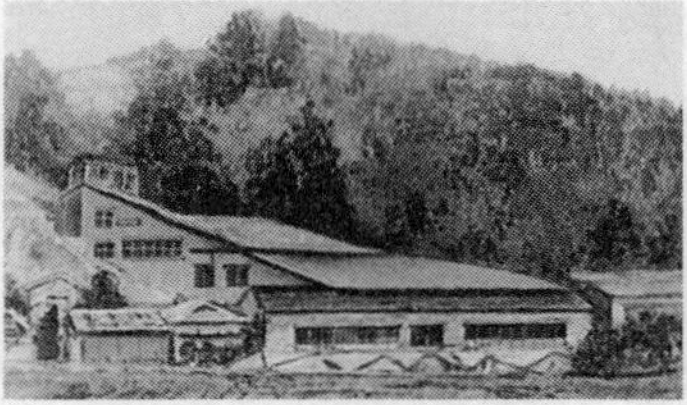

理研原料選鉱場スケッチ（三森たか子「いしかわの石の物語」から）

石川町につくられた理研原料選鉱場（石川町「石川の鉱物と岩石」から）

有賀究少年は長じて県内小学校の教諭となり、校長先生を最後に第一線を退いた。その後、かつての級友とともに文集「風雪の青春」をまとめたが、「石掘り」に関連する関係者の貴重な談話もいくつか収録されている。以下、同書から、ごくおおざっぱだが、石川町における一連の動きをたどってみると――、

陸軍は、そのころの日本における原子物理学の大御所である理化学研究所の仁科芳雄博士に「石川鉱山に行って新型爆弾をつくってくれ」と依頼した。二十年

四月、門下生の飯盛博士らが同町に実験室を建てて研究体制をスタートさせた。旧鉱山会社を改装した理化学希元素石川工場もできた。

しかし、なにもかも手遅れに終わっている。

「石川のウラン鉱は貧弱だった。実験の設備も材料もないから実験も進まなかった」

そこで、当初はマレー半島から運ばれたオイルサンドを使ってウランを含む鉱石を取り出す作業となった。

やっとマッチ箱一個くらいの量ができた。顕微鏡で見ると、放射能が「炎みたいに」めらめらと燃えていた。さらに純化するには遠心分離機が必要なのだが、空襲下にある交通混乱で、せっかく見つけた関係機器はなかなか手元に届かない。

「八月になると、毎日のように石川町に米軍グラマン機が来襲」「いつ空襲されるか、不安な日が続く」「ラジオは広島に大型の特殊爆弾が投下され、多数の死者が出た、と報じた。私は〈技術将校が話していたあのマッチ箱の爆弾のことだな〉と直感した」

「八月十五日、石山から早目に家に帰り、玉音放送を家族といっしょに聞いた。日本は絶対に負けないと教えられていたのに、敗戦。ショックだった」「この日で、私たちの原爆の原料掘りは終わった」

なお、このせっかくの石川産「ウラン鉱」なのだが、終戦から十年を経て昭和三十年、通産省工業技術院地質調査所が本格的に調査した結果、「ウラン含有量は高いものの、品位が

低いのでウラン資源としての開発は困難」とされた。（石川町教育委員会資料）
有賀はその手記を次のような言葉で締めくくっている。
「日本製原子爆弾の製造が人口二万人余のわが町で幻に終わったのは幸いだった」

日米情報戦たけなわ

もうちょっと石川町の話が続くが、ひとつだけ、妙なことがあった。終戦の日から三週間後の昭和二十年九月五日ごろだったか、この山あいの奥地に突然、米軍の車がやって来て「ウラン」研究に関する一切合切の資料を持ち去っていったことである。

「工場にあったブラックサンド（選鉱した砂）の布袋、研究用鉱石から書類を一切持ち去った。他の蔵に預けてあった鉱石、軍人や技術者の専用宿舎をさがしあてた。放射線測定器を持って来てウラン原材料も製品もすっかり没収された」（同町教育委員会資料）

驚くべき迅速な行動だった。終戦が八月十五日。米軍の先遣隊第一陣百四十六人が神奈川・厚木飛行場に到着したのが八月二十八日。続いて連合軍最高司令官マッカーサー元帥が同飛行場に降り立ったのは八月三十日。そして東京湾の米戦艦ミズーリ艦上で日本政府が降伏文書に調印したのが九月二日のことだった。その直後、間髪入れず石川町に現われたことになる。（教育委員会資料には米軍が来町した日付を「終戦の日から一週間後」といった証言も記

載されているが、記憶違いと思われる）

また、関連して、東京・文京区にあった理化学研究所の重要な建物が、二十年四月十四日、空襲により焼失したのだが、半ば予想されていたことだった。なぜなら、この理研建物が焼ける前、十九年末、撃墜したB29の機体を調べたところ、米搭乗員が持っていた地図に「重要目標」としてちゃんと理研の位置が示されていたからだった。

以上のことから推察されることは、米軍はなんらかの方法、手段によって、石川町や東京の理研で「ウラン」研究が推進されていることを知っていたのではないか。スパイがいたのではないか——、という疑惑である。

前項の終わりの箇所で紹介した文集「風雪の青春」には次のような記述がみられる。

「石川町で原爆研究が行われていたことをスパイを通し知っていたのではないか。（中略）米軍のジープが来て、一切のデータ、原料を運んでいってしまった。スパイを通じて日本の原爆研究状況を把握していなければ出来ないことではないか」

石川町がたびたび空襲を受けたことも、そうした疑惑に輪をかけることになっている。

ただ、この空襲の件に関しては、先の有賀究元小学校長が苦心してまとめた「石川町の空襲」（同町教育委員会刊）によれば、米軍資料にも当たってみたのだが、「町を空襲した敵機が原爆関係の施設の攻撃任務を帯びていたかどうか、明らかにすることは出来なかった」と記されているところだ。

米国が戦争相手のドイツ、日本に原子爆弾開発の秘密が漏れることに神経をとがらせていたことは確かである。これに対して日本側も懸命になって情報収集に努めていた。

戦争は情報戦でもある。

以下、いささか脈略に欠けるうらみがあって申し訳ないが、そのいくつかを——。

「パリにいた頃、アメリカが原子爆弾の製作に着手したという噂があった。ルーズベルト大統領が秘密を保持するため、議会を通さず予算を裏面工作で流用しているとの話もあった」「(日本人学者が)原子物理の研究で滞仏中だったので、原子爆弾の可能性について質問したが、可能であるとの返事であった。ただこれには莫大な費用がかかるので、民主国のアメリカでは議会にかけないで予算の獲得は困難だから、事実であれば情報として漏れる。しかし、情報がないところを見ると、製作には着手していないのではないかという意見であった」(桜井一郎元仏駐在陸軍武官「シャンパーニュの空の下」)

桜井少佐(当時)は陸士三十六期卒。上陸作戦部隊、のちの陸軍船舶隊舟艇装甲機器の充実に力があったとされる。フランス駐在を経てドイツに移っているが、そのころのドイツ国内の空気を語る次のような「小話」も、雑談になるが、同書の中で紹介している。

ヒトラー総統が日本の天皇をドイツに招待した。空からのベルリン視察で、随伴のゲーリング空軍最高司令官が空中から「パンと肉」をまいたところ、民衆の間から拍手が起きた。続いてヒトラーが「マルケン(配給キップ)」をばらまくと、さらに大きな拍手がわいた。次は天皇の番だったが、なにもオミヤゲを持ってきていない。そこで、すこし考えた末、やおらヒトラーとゲーリングをつまみ上げると機外に放り出した。すると、「天地にとどろく大拍手」がドイツ全土をゆるがせた――。

戦争中の統制経済に対する民衆の不満の表われを物語る小話だが、時の最高権力者もカタなしである。ドイツ第三帝国崩壊の要因はその内部にもあったのではなかろうか。そう記す桜井少佐は、広島・長崎原爆投下についても厳しい目を向けている。

「(原爆開発費)二十億ドルという巨費を(議会に通さず)ゴマ化していたルーズベルトの腹黒さにも驚いた」「足掛け六年の研究成果の人体実験を広島でやったわけである。まことに非人道的で、この決断を下した(ルーズベルト後継者の)トルーマン大統領は永久に人類の非難を受けることになろう」

話を元に戻すと、米国内における日本側の諜報活動を物語る資料もある。

「ベラスコは日本公使館の要請で『アメリカで(中略)開発研究している千度以上の高熱を発する爆発物の情報を送れ』との指令を米ネバタ州ラスベガスのエージェントにいるロベリオに伝えた」「ところが、ロベリオは一九四三年(昭和十八年)四月に何者かによって殺害されるという事件が起こった。ロベリオが『高熱を発する爆発物』即ち原子爆弾の秘密製造計画を何んらかの形でキャッチしたので消されたとみたベラスコは(中略)風をくらって姿を消した」(伊藤一男「桑港サンフランシスコ日本人列伝」)

ここでいうベラスコとは、スペイン駐在日本公使・須磨弥吉郎の要請を受け、米国でスパイ活動を行なったスペイン人情報専門家のことである。ベラスコ機関といわれ、配下の十二人のスペイン人秘密情報員を米国内に送り込んでいる。戦争初期に活躍したが、須磨公使を通して東京に伝えられるせっかくの情報も「陸海軍の対立、外務省の介入」という三巴の争いに巻き込まれて重用されることはなかった。

「苦心して組織作りをした対米諜報エージェントを日本の本国が活用しないのなら、これは徒労というものである。須磨公使はさぞ口惜しかったに違いない」(同)

戦後も四十年以上を経過した一九八八年(昭和六十三年)八月、ベラスコは来日しているが、そのさい、「スパイ情報は二〇%しか正しくなく、あとは選別する能力の問題だ」と語ったと伝えられる。

一人のスペイン人が原爆開発をめぐる日米情報戦の陰で暗殺された。直後、ベラスコが「風をくらって姿を消した」のも、彼を標的に米秘密機関が放った暗殺者が潜入したという情報があったからだった。ここらあたり、米国の秘密防衛態勢は用意周到を極めていたことがうかがえる。裏返していえば、(おそらくは対ドイツ工作が最重点課題だったと思われるが)対日情報活動もまた盛んだったことになる。

いうまでもないことだが、日本側も軍極秘扱いにしていたことはもちろんで、たとえば、先の石川町における「ウラン鉱石」採掘現場にしても、「正体不明の男(警察)が動静を見守っていた」といった記録が残っているところだ。

米国は日本原爆に関する情報収集に躍起となっていた。そこで――、戦艦「扶桑」乗組員・小川英雄一等兵曹（81）＝写真＝の場合、捕虜収容所で、「原爆なるもの」に関してたび重なる尋問を受けている。ぜんぜん未知のものだった。

十九年十月二十五日未明、「扶桑」はレイテ沖海戦で沈んだ。フィリピン・レイテ湾突入をはかる戦艦「大和」「武蔵」ら主力艦隊の機動作戦を側面支援すべく、戦艦「山城」、重巡「最上」らとともにミンダナオ島スリガオ海峡突破をはかり、米艦隊と交戦。壊滅したのだった。「扶桑」の生存者、「わずか十人」といわれる。

小川一等兵曹は傾く艦上から投げ出され、ただ一人、角材にすがって三日間にわたる漂流の末、現地人カヌーに拾われた。レイテ・タクロバンの捕虜収容所に入れられたが、ここで最初の尋問を受けている。日系二世の米軍人通訳が「あなた、ゲンジバクダン、知ってますか」と問いかけたのを覚えている。

小川英雄

「ゲンジボタルかなんか、そんな虫の名前みたいな爆弾のことは知らん」

そのあと、シドニーの収容所に送られたが、同じレイテ沖海戦生き残りの将校六人もいっしょだった。それぞれ独房に入れられ、ここでも連日、尋問また尋問となっている。

「『原子爆弾』という全く耳慣れない兵器のことについて、四日か五日、同じ調子で連日問い質された」「独房生活を終えて七人で話し合ったことだが、みな、同じことを根掘り、葉掘り

石井耕一

捕虜収容所で終戦の報を聞く日本兵。昭和20年8月15日、グアム島で（「戦争と庶民③」から）

聞きただされ、閉口した、と述懐していた」（小川「生還」）

やがて、あの八月六日――。メルボルン郊外マーチンソン収容所にいた小川は、地元紙に「シークレット・ウェポン・アタック・ヒロシマ」というバカでかい活字が踊っているのを見ている。「このことだったのか」と初めて覚ったのだが、それにしても「米軍の情報活動の緻密さに舌を巻いた」ことだった。

そのころ、野戦高射砲第八十大隊第三中隊・石井耕一曹長（87）＝写真＝はサイパン島の捕虜収容所にいた。玉砕戦の果て、両足をやられ動けなくなったところを捕まった。

戦争末期の二十年七月二十七日夕、米軍将校による日常の「人員点呼」のさい、いつもの調子と違って次のような演説を聞かされている。

「わが軍（米軍）は、マッチ箱ほどの爆薬で、中都市を破壊できる爆弾の実験に成功した。日本が降伏しないならば、これで攻撃する」

米国が世界最初の核爆弾爆発実験に成功したのは、この月、七月十六日、ニューメキシコ州の砂漠においてだった。そのニュースが十日ほどを経てサイパン島にも届いたことになる。しかし、なぜ、そうしたことを収容所内とはいえ、日本兵にも伝えたのだろうか。

日本では、石川中学三年生がせっせと「石掘り」をしていたし、研究者は顕微鏡で原石が発する「放射能の炎」に無邪気に感嘆の声を上げていた。東京の理化学研究所建物はあらかた焼失していた。サイパン島での日本兵捕虜に対する米将校の演説は、それらのことを熟知した上での「われ勝てり」と確信しての公表だったのであろうか。

石井曹長は書きつづっている。最終階級、准尉。元新潟県豊栄市長。

「私は少年時代、理研の研究室を見学したことがあり、また科学雑誌で仁科芳雄博士の研究を読んだことがある。いま、米軍将校がいう『マッチ箱爆弾』は原子爆弾のことであろう。日本国民はそれを知らされていないと思うと、気が気でない」「私はまだ帝国軍人であり、申し訳ないことではあるが、早く日本が降伏してくれればいい、と思った」

「あれから歳月が経過したし、いまさら恨みツラミを持ち出すのではないが、なぜ、アメリカはこの原子爆弾を、木曽の山中か、富士山ふもとの青木ガ原にでも落とさなかったのであろうか、と、いつも思っている」（石井「大正っ子バンザイ」）

「二号」「F」研究を考える

日本における原子爆弾研究は昭和十五年四月にスタートしている。米国が最初のウラン諮問委員会を設置したのが一九三九年（昭和十四年）十一月だったから、この時点において日本は米国に遅れること、わずか六ヵ月だった。

それが、約五年後、米軍による広島・長崎原爆投下で太平洋戦争は終結した。全く話にならないほど大差がついてしまっていた。戦後、「日本の原爆は完成寸前だった」とか、「起死回生の原爆作戦があった」といった出版物も出ているが、残念ながら、そんな調子のいいハナシは白昼夢のSFの世界でしかなかったのである。

「陸軍と海軍の原爆研究はともに、国際的にみてごく幼稚な水準のものにとどまったといえる。それは（米国の）マンハッタン計画はもとより、ドイツの原爆研究と比べてさえも、比較にならないほどの低水準そのものであった」（吉岡斉「原子力の社会史」）

その最大の原因としては、いわゆる「国力の差」があるのだが、個々の事象を取り上げてみると、日本の研究開発体制にはさまざまな欠陥があったことが分かる。いまとなっては、先人が冒していた失敗から得られる教訓を、どう、現代に生かすかであろう。

ここで防衛庁戦史室戦史叢書「本土防空作戦」所載の「わが国における原爆の研究」の記述をベースとして、ざっとその略史を紹介してみると――。

陸軍航空技術研究所（所長・安田武雄少将）は「核分裂に関する研究」に注目し、昭和十五年四月から原子爆弾に関する研究をはじめた。そして十六年四月、当時、原子物理学の権威だった理化学研究所仁科芳雄博士に「原爆製造の可能性」について諮問した結果、十八年一月、同博士から「技術的に可能」との回答を得た。

昇進して航空本部長になっていた安田中将は東條英機首相兼陸軍大臣に報告。十八年五月、仁科研究室を中心に本格的な原爆研究開発に乗り出すことにした。博士の名前の頭文字から「ニ号研究」と称された。当初、陸軍の航空技術研究所が音頭を取ったのは、酸素を必要としない原子力を動力源として利用し、成層圏を飛んで米本土を爆撃。「ガダルカナル島敗退後の戦局を有利に展開」する狙いがあった。それが超強力の爆弾製造も可能とあってはいうことはない。（元研究所員、山本洋一少佐「日本製原爆の真相」）

余談になるが、当時、少なくとも研究者の間には「原子爆弾」という言葉はなかった。「ウラン爆弾」といっていた。「わが国で原子爆弾との名称を使用するようになったのは、広島被災以降ではないであろうか」（元理研所員、竹内柾「ウラン爆弾研究昔話」）

これより遅れて海軍では十七年七月、海軍技術研究所の伊藤庸二大佐の主導で研究が始まった。「F研究」と称した。核分裂Fission、あるいは六フッ素ウランのFに由来するといわれる。陸軍の「二号研究」が東京大学出身者を中心とした集団であったのに対し、海軍は荒勝文策博士を長とする京都大学組だった。「理論の仁科、実験の荒勝」といわれていた。チームの中にはあの湯川秀樹博士の名前も見える。

ますます激化する空襲下、これら関係の人たちの努力にはたいへんなものがあった。みなが「お国のため」と頑張ったのだが、いずれも実ることはなかった。しかも残念なことながら、海軍よりも先行していた陸軍の「二号研究」には、戦後、いくつかの致命的欠陥があったことが明らかになってもいる。

「第一に、それは原爆材料製造の二つの路線のうち、一つを完全に見落としたものであった。第二に、それはウラン濃縮法として熱拡散法というきわめて拙い方法を採用し、分離筒の設計も周到な検討のもとづくものでなかったのである」（『原子力の社会史』）

陸軍の原爆開発を主導した仁科芳雄博士

さて、話は海軍が研究開発に乗り出した十七年七月の時点も戻るが、この七月、戦争相手の米国ではテネシー州でウラン濃縮、ワシントン州でプルトニウム生産のそれぞれ巨大工場建設がスタートしている。驚くべきスピードといわざるを得ない。着想はほぼ同時期であるはずなの、なぜ、こんなにも後手を踏むようなことになったのだろうか。ヒト、モノ、カネのいわゆる国力差の問題を別にして考えてみると——、

陸軍航空技術研究所から仁科博士に「製造の可能性」に関する諮問が出されたのが十六年四月。それが、やっと二年後の十八年一月になって報告があがってきている。この二年という長期にわたる空白期間は痛い。先の竹内「ウラン爆弾研究昔話」には、陸軍航空技術研究所員による「今日明日に結論が出る課題ではない。だから急がせず待っていた」といった意味の言葉が収録されている。また、諮問があったその年の十二月には太平洋戦争が始まり、しばらくは「勝った、勝った」の快ニュースが続いていたし、また「その莫大なエネルギーを瞬時に発生させる装置（の製造）などは、一年や二年では不可能と考えられていた」ともある。

つまり、戦争は景気よく推移しているし、莫大な費用がかかるうえ、モノになるかどうか分からない原爆開発の件はそう急ぐことはあるまい。そんなところではなかったか。事態の緊急・重大性に対する認識の差が、こんなにも両者を引き離したのだった。

ここらあたり、「昔話」の竹内博士（のち横浜国立大学名誉教授）とともに理研で開発研究に当たった学習院大学名誉教授・木越邦彦博士（84）＝写真＝は、「私は十八年に大学を出

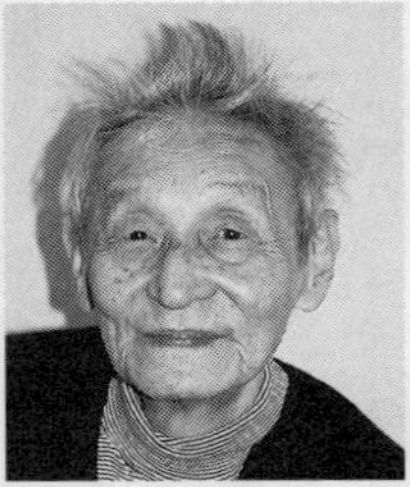
木越邦彦

たので、理化入所組としては遅い方だったのですが」と前置きしながら、そのころの研究所の雰囲気について次のように語るのである。

「原理的には爆弾づくりは可能だが、実際に製造するとなると、かなりの無理が伴うだろう。そんな物騒なものが容易にできるとあれば戦争なんぞやらなくて済んでいたはず、というのが一般的な見方だった」「当時の関係研究者たちは、はたして人類はこの原子核をエネルギー源として利用できるだろうかについて最大の関心を寄せていた」「それを、いきなり軍事用とは、と、頭の切り替えに時間が必要だったのではなかったか」

一方、米国にはなにがなんでも開発を急がねばならぬ事情があった。ドイツの存在である。世界的に著名な物理学者だった米国のアインシュタインは一九三九年（昭和十四年）八月、ナチス・ドイツを脱出してきた亡命科学者たちの話から、ルーズベルト大統領にあて「警告」の手紙を出した。これに応えて同大統領は原子核物理学の研究を強化したのだった。（サイテル、小島龍典訳「原子爆弾開発ものがたり」）

米国はドイツ科学陣によほど脅威を感じていたらしく、ともかく実験を急がせており、初期実験のさいには「私たちが最初の成功者でありますように」と祈り、失敗した場合に備えて物理学者三人の「決死隊」が待機していたほどだった（同）。

もっとも当のドイツの開発の歩みは遅かった。総統ヒトラーが原子爆弾に「全く懐疑的」

だったからだった。「ジェット戦闘機、あるいは原子爆弾のような、第一次世界大戦の技術的経験を超えたところにあって、彼の見知らぬ世界に存在する新しいものに対しては、原則的に不信を抱いていたのだ」（シュペール、品田豊治訳「ナチス──狂気の内幕」）

このへんまでは、そんな具合だったなら、と、日本が後手をとった理由を少しは理解できるような気になる。だが、さらに資料に当たっていると、問題なのは研究陣の「人」「組織」のあり方、そして統括責任者としての軍部のあり方だったことに気づかされる。

陸軍は先の仁科博士に頼り切っていた。たしかに当代の第一人者だった。そこで博士と周辺の科学者グループなくして物事が動かないような組織構造が出来あがってしまった。このため、その意見・見解をチェックするシステムがなかった。博士からの「可能性大」との回答があれば、軍はそのおスミ付きのもとに研究開発を始動させ、「完成は無理、米国でも出来っこありませんよ」といわれれば、すべてをストップさせている。

たとえば、二十年六月二十八日付第八陸軍技術研究所報告書には次のように記されている。「『アクチノウラン』分離ハ目下殆ド不可能ナルヲ以テ敵国側ニ於テモ『アクチノウラン』ノ『エネルギー』利用ハ当分為シ得ザルモノト判明セルヲ以テ研究ノ中止モ不可ナラズト考ヘラレアリ」

軍にもそれなりの技術将校グループを抱えていたのだが、軍内部の因習や組織の規律にしばられていた。わずかに戦争末期になって、海軍の京都大学研究陣が仁科グループとは別な道を歩もうとしたのだが、もちろん間に合うわけはなかった。

ここらへんの事情について、先の木越博士に再登場していただくと、やはり「人の活用や組織のあり方にも問題があったのではなかったか」というのである。

「学閥、門閥にとらわれた面があった。これでは考え方が従来通りの一定の枠内にとどまり、飛び抜けた意見・独創的な見解は出にくい」「ほかに人材がいなかったわけではない。各大学にはそれなりの専門家がいた。この人たちを幅広く活用することがなかった」

木越博士には、こんな記憶がある。

いちど、もし本気になって研究開発をするのであれば、「もっと専門家を集めたらどうでしょう。人材はおります」と仁科先生に申し上げたことがあった。しかし、どうしても「うん」といわれないのだ。これは、なにも先生だけの問題ではなかったかもしれない。声をかけようにも相手教授が門下生をなかなか手放そうとしないことがあった。

こうした閉そく状況を軍部が気づかなかったはずはない。そして研究開発が容易に進まないとあらば、さらなる手を打つべきだった。たとえば仁科グループの研究をチェックするため、なぜ、同盟国ドイツに核分裂に関する資料提供を求めなかったのだろうか。

ウラン鉱石提供をドイツに要請しながら（潜水艦輸送を試みるも失敗）、原爆に関する情報は求めていないのは「首尾一貫しないちぐはぐな行動」（「原子力の社会史」）であり、目先のことに追われ、肝心のことを巨視的戦略でもってとらえていなかった——。そんなふうに酷評されても仕方がない面があった。

「わが軍にはよく知られていたように星（陸軍）と錨（海軍）の対立があり、（中略）科学技術者としても、その指導者の多くが自己を中心とするグループ結成を望んだ」「極秘を理由として他の研究者と協同せず、狭き自らの一党によってのみ（研究を）行い、昭和二十年六月ごろにおいて原子核エネルギーの利用は不可能であり、『アメリカにおいても実用の見込みなし』として、研究中止を可とするとの結論を出されていたのである」

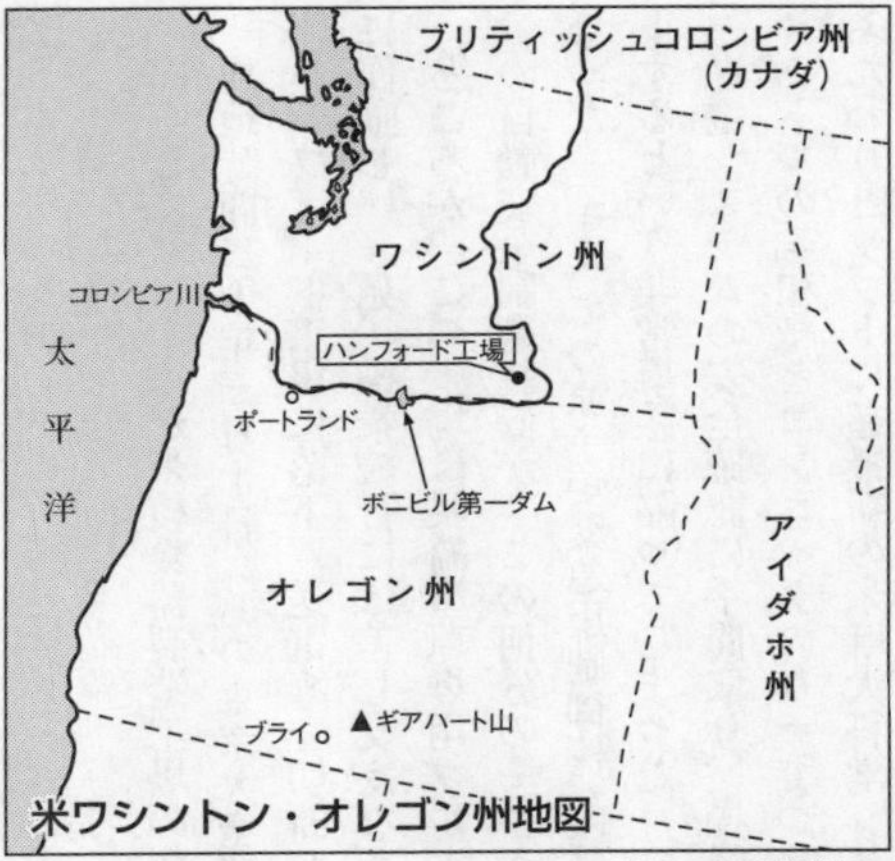

米ワシントン・オレゴン州地図

――吉野興一「風船爆弾」から

「軍が戦さをする。従って科学技術も軍において指導するといいながら、軍には科学技術への無理解があった。そこへ指導的科学技術者の独善主義と功利主義とがからまっていたというのが、負けたわが国科学陣営の生態であった」（『日本製原爆の真相』）

そのころ、米国では――。

「ロスアラモス研究所は核兵器を作るのに、正式オープンから僅か二年三ヵ月と十六日で成功を収めた」。研究者がいった。「戦争は終わりですね」。もう一人が答えた。「そうだ。これらを一つか二つ、日本に落せばすぐにだ」（「原子爆弾開発ものがたり」）

口直しに、日本軍が米核兵器製造工場の襲撃に成功したおハナシをひとつ――。

現地時間二十年三月十日（あの東京大空襲の翌日）、一発の日本軍風船爆弾がワシントン州ハンフォード工場に落下、送電線を切断した。送電線が切られた瞬間、予備電源が自動的に作動し、一見、操業続行には差し支えなさそうであった。

ところが、この工場は長崎型原爆用プルトニウム製造の秘密工場だったのだ。三つの原子炉の自動安全制御装置が「この何分の一秒かの電気の切断」に対して忠実に反応することとなった。「すべての原子炉緊急用制御棒が降りたのである」。このため、全プラントが緊急停止するという非常事態に陥ってしまった。（吉野興一「風船爆弾」）

送電システムの安全確認に手間取り、操業再開まで三日の日数を要した。かくて、直径十メートルの「和紙とコンニャクのり」でつくられた日本軍せめての秘密兵器・風船爆弾は、ふんわりとソフトに超最新の米巨大科学システムに挑み、その操業を三日間にわたって阻止するという予想外の戦果を上げたのだった。

模擬原爆五十発が落ちた

毎年七月二十六日朝、大阪市東住吉区田辺にある住宅街の一角で戦争犠牲者追悼会が開かれている。昭和二十年のこの日午前九時二十六分、単機飛来した米軍B29が高空から投下した五トン爆弾により、八十人が死傷した。追悼の集いでは、この時間に合わせ、参会者による深い鎮魂の祈りが捧げられる。平成十三年から行なわれている催しである。

この被災事件では、当時から「いくつかのナゾ」がささやかれていた。①なぜB29は一機でやって来たのか②なぜ一万メートル近くの高空から爆弾投下したのか③爆弾の種類はなんであったのか――。しかし、戦後になってもこの「ナゾ」については解明されることはなく、人びとの記憶の奥底にしまい込まれたままになっていた。

「突然『ゴー』と今まで聞いたことがない轟音がしました」「トタンを十枚も二十枚もアスファルトの道を引っ張っているような音」「ジャーッと豆を転ばすような、また砂利をザアーッとまいているような、すごい音がしてきた」「付近の人が『新型爆弾や、新型爆弾や』

と騒いでいた」（大阪大空襲の体験を語る会「証言集」から）

それから四十六年経った平成三年十一月、ひょんなことからその全容が明らかになっている。愛知県春日井市の「春日井の戦争を記録する会」（三浦秀夫代表）が東京にある国会図書館資料の中から「驚くべき」ものを見つけ出したのだった。

米戦略爆撃調査団報告書「日本の目標に対する一万ポンド爆弾の効果」と題された資料で、同時に「第五〇九混成群団特別爆撃作戦任務の統計表および地図」というのも見つかった。それには昭和二十年七月二十日から八月十四日にかけ、B29が日本国内の目標五十ヵ所に原爆投下の訓練をしていたことが克明に記されていた。

使用された「特殊爆弾」は訓練用模型原子爆弾（模擬爆弾）といわれるもので、長崎に落とされたプルトニウム原子爆弾と全く同型につくられていた。模型といっても高性能TNT火薬が詰められていて破壊力は大きかった。長さ三・二五メートル、直径一・五二メートル。野菜のカボチャみたいな形と黄色がかったオレンジ色の塗装から「パンプキン爆弾」。あるいはその重量（一万ポンド）から「五トン爆弾」とも呼ばれていた。

なんと、あの広島・長崎への原爆攻撃を行なう直前、米軍は日本各地の主要都市を目標として五十回にわたって投下訓練を実施していたのだった。恐るべき周到さである。

投下して五十秒後に炸裂する原爆はしばらく機体と同じ進行方向に落下していく。そのままでは炸裂直後の強力な衝撃波が投下機をのみ込んでしまう。そこで、高々度から投下した直後、機体を急旋回（百五十度）させて避退する必要があった。レーダーと目視爆撃法により、いかに目標を正確につかみ、投下し、脱出するか――。その訓練であった。

もうひとつ、高々度を単機で飛ぶB29の姿を地上の日本人に見慣れさせ、その警戒心を緩める狙いがあった。偵察行動かと見れば、日本軍側の迎撃体制も懸念するほどではなかろう。

日本各地に投下された模擬原爆パンプキン

長崎に投下された原爆実弾ファットマン
（いずれも「米軍資料・原爆投下の経緯」から）

事実、いくつかの広島・長崎被爆記を見ると、ただ一機で飛来した爆撃機に対し、日本軍や住民がさほどの緊張感でもって対処していなかったことがうかがえる。

――その日午前八時すぎ、眼下に広島湾を望む呉海軍警備隊第二百二十三分隊高角砲陣

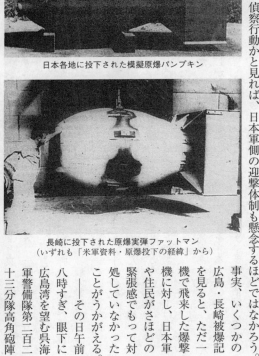

埴 国隆

地で、埴国隆《はにくにたか》水兵長（76）＝写真、当時＝は上空警戒に当たっていた。と、爆音。「敵機発見、方位三十度、仰角四十度、Ｂ29」。担当部署は最新式の一式十二・七センチ連装高角砲の弾着修正係だった。砲の最大射高一万六千メートル。最大射程二万二千七百メートル。「撃ち方よーし」

敵Ｂ29は高度九千メートル。十分の射程内である。しかも「絶好の射撃角度」で進んで来る。埴水兵長は「やった、いただきだ」と思っている。緊張で体をぶるぶる震わしながら、「撃ち方はじめ」の号令を、今か、いまか、と待つ。指揮所の測距儀要員が刻々と指数を読み上げる。だが、ついに号令は発せられなかった。終戦時、二等兵曹。

なぜ射撃命令は出なかったのか。これは別の資料だが、こんな記述がある。

「あくまで上官の意を推測するしかない訳ですが、一つには砲自体を守ろうという考えがあったのではないでしょうか」「撃てば砲の存在が分かってしまいます。多分、偵察と思い軽視したのでしょう」（久保安夫他『原爆搭載機「射程内に在り」』）

たしかに日本軍は米軍側の秘めた意図に気づいていなかった。空高く単機でやって来ることから偵察飛行だろう。爆弾も行きがけ（帰りがけ）の駄賃に落としたのか。余ったのを捨てたのだろう。そんな受け止め方だった。

冒頭の大阪・田辺地区における空爆の場合にしてもそうだった。

「高知附近ヨリ侵入セルB29一機ハ（中略）生駒山東北部ニ於テ反転大阪市ニ投弾ノ後大阪湾ヲ南進セリ。投弾状況・大型爆弾一発。被害状況・特殊被害ナシ」（大阪府警察局資料）。「偵察がてらに二十六日朝、大阪に侵入したB29一機は東住吉区の上空で手持ちの爆弾をぶっ放した」「被爆地の大部分は強制疎開で空家になっていた家ばかりだったので、（被災）戸数の割に死傷者が少なかったのは『疎開の勝利』でまずもって幸だった」（二十年七月二十八日付朝日新聞大阪版）

さて、米軍「特別爆撃作戦資料」の話である。

資料発掘に尽力した「春日井の戦争を記録する会」の主要メンバー・小学校教諭金子力（53）＝写真＝は、資料捜しのきっかけなどについて次のように記している。

金子 力

二十年八月十四日、この終戦の前日に春日井地区は空襲を受けた。七人が亡くなった。すでに日本のポツダム宣言受諾を承知していたはずの米軍が、なぜそんな終戦間際まで空襲を続行する必要があったのか。空襲に関する春日井市史の記述には空白の部分がある。なぜか——。そんな疑問から記録する会の空襲調査がスタートした。

「当時研究者の多くが手を出していなかった米軍資料に目を向けた。地上の被害体験と上空の加害の意図を突き合わせることで、より正確な事実に迫ろうとした」「これが（模擬原爆投下訓練資料を見つけることにつながり）空襲史研究の大きな転機になっていったのである」「（資料解明に成功して）『やった、ついに突き止めた！』寝静まった家を飛び出し、祝杯をあげるため、近所のコンビニへビールを買いに走った」（金子・手記）

のち、こうした金子らの努力に対しては「空襲や戦災に限らず、現代史研究のあり方を市民団体が示唆してくれた」（岩波講座「日本通史・別巻2）といった大きな拍手、賞賛の言葉が贈られているところでもある。

金子収集資料によれば、報告書にある第五〇九混成群団はマリアナ・テニアン島を基地とした超長距離大型爆撃機B29十五機編成の「原爆投下専門の特殊部隊」だった。いずれも爆弾倉を改造した新品の機体で、模擬原子爆弾三百発が用意された。もちろん同隊には、あの広島と長崎に襲来した「エノラゲイ」機、「ボックスカー」機の姿もあった。

群団による五十回にのぼる模擬原爆投下訓練の状況は、次のようになっている。（いずれも昭和二十年）

七月二十日　茨城大津　東京　平（二発）　福島　長岡　富山（三発）　海上投棄　計十発

七月二十四日　新居浜（二発）　西条　神戸（四発）　四日市　滋賀大津　大垣　計十発

七月二十六日　柏崎　鹿瀬　日立　平　島田　名古屋　浜松　富山　大阪　焼津　計十発

七月二十九日　宇部（三発）郡山（二発）保谷　和歌山　舞鶴　計八発
〔八月六日　広島〕
八月八日　宇和島　敦賀　徳島　四日市（二発）計五発
〔八月九日　長崎〕
八月十四日　春日井（四発）豊田（三発）計七発

このうち、エノラゲイ機は広島爆撃の前に神戸、名古屋空襲を行ない、また長崎原爆のボックスカー機は新居浜、富山（七月二十九日）、東京（同二十六日、保谷）の三ヵ所に飛来している。

また春日井、豊田への投下訓練は、終戦前日の八月十四日、広島・長崎に対する本物の原爆投下が終了した後に行なわれている。当時、米軍は広島・長崎用の二発しか完成していなかった。もはや投下訓練は必要なかったはずである。米軍資料には最後の「大掛かりな幕切れ攻撃」を実行したとあるのだが、金子教諭は次のように推定している。

「通常爆弾としてのパンプキン爆弾の威力をさらに強化することにあったのではなかろうか。爆撃効果は絶大だった。その効果を見て巨大爆風爆弾といったものの開発を考えていたのではなかったか」

模擬原爆の投下により破壊された舞鶴工廠造兵部の建物（「舞鶴市史」から）

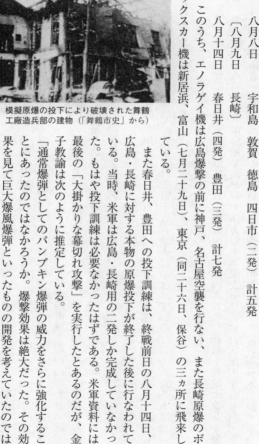

春日井空襲の場合、主として軍需工場に着弾したため、死者七人が出たが、民家被災は約四十戸にとどまった。だが、先の大阪・田辺地区では死者七人、重軽傷者七十三人のほか、消失倒壊家屋は四百八十六戸にのぼっている。最も大きな被害があった舞鶴（七月二十九日）では舞鶴海軍工廠がねらわれ、死者九十七人、重軽傷者百人以上。「機械工場、鍛造工場はいわずもがな、工廠内のトタン屋根というトタン屋根はみんな吹き飛ばされていた」（「舞廠造機部の昭和史」）。犠牲者の多くが動員学徒や女子挺身隊だった。

片平加代子

それにしても、おそるべき用意周到な原爆投下に至るまでの準備作戦計画である。この模擬原爆により、日本各地での死傷者は総計千五百余人にのぼっている。この人たちもまた、「もうひとつの原爆被災者」ではあるまいか――。

▽東京（七月二十日）の場合、現在のJR東京駅八重洲口周辺に落ちた。

「午前八時二二分頃東京駅東側呉服橋ト八重洲橋中間ノ堀内ニ五〇〇粁級ト推定セラレル爆弾一個ヲ投下シ八時三三分頃房総半島ヲ経テ南方海上ニ脱去セリ。被害状況・死者三名、重傷者二名、軽傷者一名。他ニ家屋小破（硝子破損程度）相当数アリ」（東京空襲を記録する会「東京大空襲・戦災史③」）

作家内田百閒「東京焼盡」によれば――

「朝のどしんと云う音は爆弾であって東京駅の向う側の八重洲口の近くに落ちたのださうである。その為に郵船の窓硝子は方方こはれ（中略）、丸ビルの傍を通ったら朝の内未だ上げてなかったらしい方方の大きな鉄の鎧戸が身持女のおなかの様に内側からふくれて外に食み出してゐる。厚みが五分ももっとある板硝子が破れて歩道に散ってゐる」

▽福島（七月二十日）の場合、同市渡利の水田に落下した。死者一、負傷者二。

死者は田んぼで除草作業の手伝いをしていた渡利国民学校（現小学校）高等科二年生の少年（14）だった。当時、福島師範学校女子部本科一年・片平加代子（74）＝写真＝によれば、あとで見に行ったら「田一面の稲はカミソリで削り取られたよう」になっていた。

そのとき、片平たちは師範学校の講堂で先生の話を聞いていた。「ぴかっ」と光り「どかっ」と来た。驚きと恐怖で女学生たちは先生にしがみつき、「わんわん」泣いた。戦後しばらく、地域では「小型原爆ではなかったか」という噂が絶えなかったという話だ。

▽名古屋（七月二十六日）の場合、現在の名古屋市昭和区山手通り二丁目の八事日赤病院の北側地域に着弾している。死者五人、負傷者一人以上。

市昭和社会教育センター・加藤良治（52）＝写真＝がまとめた「名古屋にも投下された模擬原爆」によれば、当日朝七時に

福島市被災の爆弾投下時刻を示す柱時計

加藤良治

毎年行なわれている模擬原爆犠牲者の追悼式（大阪市東住吉区田辺で）

村田保春

空襲警報が出ている。だが、なかなか警報解除にならない。防空壕に避難していた市民らが気を許して出歩き始めたところへ、午前九時すぎ、上空で「キラッ」と光った爆弾が「ガーン」と落ちた。「偵察機が爆弾を落とす」。しかし、このB29こそ、十一日後には広島を襲うことになるエノラゲイ機だったのである。

「名古屋にも投下された――」には、当時十六歳だった少女が右目を負傷し視力を失った被爆体験談も収録されている。この女性は現在マッサージ業で立派に生活を営んでおられるが、先にちょっと触れた舞鶴海軍工廠被爆においても「全盲、難聴」になった勤労動員女学生がいた（「舞鶴造機部の昭和史」）。女性はハンディにもめげず、戦後、懸命に働き、被災三十三回忌に当たる昭和五十三年、慰霊碑が建立されたさいには「最も多額の拠金」を寄せ、関係者を粛然とさせたという話が残っている。

話は冒頭の大阪市東住吉区田辺で催されている追悼会に戻るが、この行事が平成十三年から催されるようになったのは、初めて模擬原爆による特殊被災と分かったからだった。それまではいわゆる大阪空襲の一つとして扱われ、とりたてて地区独自の行事は行なわれていなかった。その意味で、現在なお各地で行なわれている模擬原爆被災の検証といい、「春日井の戦争を記録する会」が果たした役割はじつに大きかった。

いま、田辺の模擬原爆投下地点近くに真新しい慰霊碑が建つ。ここで父親を失った会社社長・村田保春（86）＝写真＝が、平成十三年、地元とも相談してつくった。

「戦争はあかん。悲しい思い出ばかりつくる、と、子どもたちが思ってくれれば――」

大通りから少し入った小路のわきに、ひょいと、その小さな碑がある。かつて、こんなところでも戦争があったのだ。

●第七章

戦い敗れて

朝鮮半島出身兵追憶

元陸軍中尉、平田有一（83　旧姓・禿）＝写真＝の自宅にある仏間には部下二人の小さな位牌が置かれている。昭和二十二年十二月に北支（中国大陸北部）から復員して以来、朝夕のお参りを欠かさない。うち、一人は朝鮮半島出身の兵士である。

その手製の位牌には次のような文字が読める。

故陸軍軍曹　鈴川夏植之霊
故陸軍一等兵　石井善作之霊
昭和二十年三月二日北支山東省大宰庄付近戦闘於戦死

その日——。

第五十九師団（通称号・衣）独立歩兵第四十四大隊第五中隊は山東省臨清から南約四キロ先にある大宰庄で、土塁を巡らせた集落にこもる中国軍一千を包囲した。平田少尉（当時）が率いる先遣隊は機関銃小隊と擲弾筒分隊の援護を受け、集落の敵拠点に突入している。擲弾筒分隊の石井善作一等兵は、この戦闘の初っぱなで不運にも戦死した。

平田少尉は元もと擲弾筒が専門であり、また石井ら初年兵を軍隊の「イロハ」から教育した教官でもあった。このため、指揮官としての責任感もさることながら、そのあまりにも早い死を惜しむ気持が格別に強かったのである。だが、もっといきり立ったのは、石井一等兵の直属の長である擲弾筒分隊長の鈴川夏植伍長（戦死後、軍曹）だった。

平田教官の教育助手（助教）として初年兵の教育係を務めていて、とくに「なにかと要領の悪い」石井に目をかけていた。ここらあたり、教官の平田は「ほのぼのとした思い」で二人を見守っていた。なぜなら、平田自身もまた、初年兵時代、すこぶる要領のよくない兵隊だったからである。

位牌を前にした平田有一

旧制大分師範学校（現大分大学教育学部）を出た。大分県内の小学校（当時国民学校）で先生をしていたところを召集となった。そんな教育者の目で詰め込み式の軍隊教育を眺めると、やたらと欠点に気がつく。で、強制的に書かされる初年兵日記に「こうすればもっと良い教育ができるはず……」なんて真正直に記すものだから、なるほど要領がいいとはいえない。万事、そんな調子で内務班では殴られ放しだった。

そういうとき、助教の上等兵が助け舟を出してくれるのがありがたかった。あるとき、平田への制裁が度を越したことがあった。上等兵は自分より「メンコの数が多い（軍隊経験の長い）」古参兵連中に激しく抗議して平田を連れ出し、営庭の片隅にゴザを敷き、ふらふらしている平田を横にならせている。その心遣いは「地獄で仏」の涙モノであった。

そんな記憶があるものだから、平田教官は鈴川分隊長と石井一等兵との触れ合いに、かつての自分の姿を見ていたのだった。

「助教時代の鈴川分隊長は、教育熱心で指導上手、と評判でした。助教の役目が終わると、すぐ中隊長のお声がかりで伍長に昇進したことからも分かります」

繰り返しになるが、鈴川伍長は朝鮮半島出身の兵隊だった。志願兵として日本軍隊に入り、とかく「アイツは……」と陰口をたたかれるなか、「不屈の闘志」で頭角をあらわした。初年兵教育の助教に任命されたのも、その並々ならぬ意欲を買われてのことだった。

そんないきさつがあって、「かわいがっていた」石井一等兵を緒戦で失った鈴川分隊長の目が「つり上がった」のも無理はなかった。土塁にこもる中国軍が日本軍の新攻勢により総崩れのかたちとなったさい、石井の敵討ちはこのときぞ、と、民家の屋根に上がって分隊の指揮をとっている。だが、これは、いくらなんでも無謀に近い行為だった。

果たして、逃げる敵兵が撃った「最後っぺ」みたいな一弾がその胸元を貫いている。戦い済んで平田少尉が駆けつけたときには、もはや、動かぬ姿となっていた。

「土壁を真紅に染めた幾状もの鮮血に、折からの夕日が射し、その下に彼の遺体が横たわっ

昭和18年1月、行軍する朝鮮人訓練生。京城の東、仏岩山に朝鮮総督府陸軍志願者訓練所があった（「戦争と庶民②」から）

ておりました」（平田・手記）

平田少尉は中隊にいたもう一人の朝鮮半島出身兵の最後も聞いている。その兵は「班長殿、はんちょうどの」と懸命に呼びかけていたが、最後に一言、母国語の朝鮮語で「オンマヤァ（お母さん）」といって息絶えている。その姿は六歳のときの平田が、病気の母が亡くなるさい、「おっ母さん」といって取りすがったのとダブるものだった。

「自分の指揮下で戦死していった鈴川分隊長と石井一等兵のことは忘れることはできません。戦死したときの状況はもちろん、日ごろの顔つきまではっきり心に焼きついています」「とくに鈴川分隊長が異民族のために銃を持たされ戦死した心情を思うと、複雑な悔恨の念にかられます。戦後、彼の父母はどう生きられたでしょうか」（同）

旧厚生省資料によれば、昭和十三年（一九

三八年)、朝鮮人に対する特別志願兵制度ができた。また終戦一年前の十九年(一九四四年)には徴兵制が施行された。第二次大戦で日本のために従軍した朝鮮人は軍人・軍属合わせて二十四万人を超え、その一割に当たる二万二千百八十二人が死亡した。(朝日歴史写真ライブラリー「戦争と庶民②」)

元第三十八師団(通称号・沼)工兵第三十八連隊、山田治男中尉(86)=写真=は、やはり朝鮮半島出身の李鐘鑽少佐のことを鮮明に覚えている。初年兵のときの直属中隊長だったし、また、自身の失敗で李少佐から懲罰をくらったこともあったためなのだが、それはさわやかな記憶として残っている。

初年兵教育を受けたあと、幹部候補生試験に合格して十七年十月末、埼玉の陸軍松戸工兵学校を卒業。見習士官となった。十一月一日付で元の隊(原隊)である愛知県豊橋の工兵第三十八連隊に配属となり、直ちに着任すべし、となった。だが、暦を繰ってみると、その十一月一日は日曜日なのだ。そこで、同じように三十八連隊配属となった見習士官仲間で話し合っている。

「日曜日に連隊に行ったって誰もいないだろう」「いないはずだ」。で、それまで適当に東京で遊んで「命の洗濯」をし、一日夜に豊橋に行って宿屋に泊まり、翌二日の月曜日の朝に連隊に行くべえ、ということになった。よくない相談はすぐまとまる。

さて、その十一月二日の月曜日、山田ら見習士官約三十人が堂々の隊伍を組み、連隊の営門をぐったところで、「コラあ、貴様ら、待てえ」と、こうなっている。「貴官」でなくて「貴様」呼ばわりだったから、早くも風雲急であった。

出てきたのが、李少佐だった（当時、大尉）。連隊長がカンカンになって怒っている。貴様ら、なぜ、一日に着任しなかったか。日曜日だが、貴様らが来るということで、将校全員がそろって待っていたのだぞ――。てな調子で、がんがんやられてしまった。

一同、一言もない。「当分の間、新任見習士官の外出は禁止」ということになった。あとで山田が初年兵時代の御礼を兼ねて李大尉に会ったさい、こっそり聞いてみると、日曜日に着任していたら「三泊四日の休暇を与えたのに」。そんなハナシであった。

李大尉はなんでも貴族の出で、志願して日本の陸軍士官学校（四十九期）で学んだ。山田が聞いた古い兵隊の話によると、中国上海で起きた上海事変で、李隊長は兵隊の先頭に立って戦うことで勇名を馳せ、「兵隊にウケがよかった」ということだった。背が高く、ごつい身体つきながら、先の山田らがもらい損ねた「三泊四日の休暇」でも分かるように情の細かい人でもあった。

山田治男

次に山田少尉（進級していた）が李少佐（これも進級）に出会ったのは南太平洋のラバウルだった。これから、すでに敗色が濃い激戦地ニューギニアの道路建設工事に行くという話だったから、山田はなにくれと器材調達の心配をしてあげている。

「早口の若干せっかちなところがありましたが、ほんと人情家で、この人のためなら、という兵隊が部隊に大勢いました。そんな兵隊たちに、李少佐を守ってやってくれ、と、頼みましたがねえ。ニューギニアに行ってから、どうなったか――」

その後の少佐については、次のようなエピソードをふたつ、聞くことができる。

西部ニューギニアのマノクワリ地区で戦った。俳優加東大介軍曹の演芸分隊「南の島に雪が降る」で知られる戦地である。頭上に米軍機、地上に「飢えとの戦い」があった。兵隊たちがそんな大苦労しているというのに、あるとき、司令部のエライさんから、少佐が事務員に雇っている美人のインドネシア人女性二人を「差し出せ」といってきた。

当時、軍属（通訳）だった佐藤俊男「生と死と」によれば、これには「温厚な」少佐も激怒した。その伝言を持ってきた副官（大尉）を殴り倒している。そのせいか、マノクワリ湾口にある小さな基地の守備隊長へと追いやられたのだが、「その人間性」を称える声は絶えることがなかった。終戦時、独立工兵第十五連隊長代理。

もうひとつ――。終戦となって、マノクワリ地区の日本軍の中にいた「相当数」の朝鮮半島出身兵の立場は微妙なものとなった。これも佐藤「生と死と」によると、彼らは「敗戦を契機として自分たちを、もはや日本兵とは考えなかった」が、だからといって進駐してきた米軍やオランダ軍としても「連合軍の一部に加えることはできない」相談だった。また、彼らはそれまで民族が違う日本軍隊にいて、相互誤解はじめ、多かれ少なかれ差別感に苦しんだはずであった。で、旧日本兵との無用の摩擦が懸念された。

そうした空気のなか、李少佐は朝鮮半島出身兵だけの「別個の独立した部隊を編成」してその長となり、部下を統率、さっと母国へ復員していっている。なんとも鮮やかな手際であった。その手腕は母国に戻ってからも遺憾なく発揮され、韓国では陸軍総参謀長、陸軍大学総長、国防長官などの最要職を歴任した。一九八三年（昭和五十八年）二月、死去。韓国軍は陸軍葬でもってその功績に報いている。

元日本軍の旧友や元部下たちに招待されるかたちで、いくどか来日しており、昔と変わらぬ「早口で談論風発」だったといわれる。さわやかな人物であったに違いない。

所沢陸軍航空整備学校立川教育隊の「名物」は地上戦闘訓練教程の最後の仕上げとして行なわれる三十キロの装具を背負っての二十キロマラソンだった。完全軍装の装具は重く、「一キロ半も走れば上々」とまでいわれ、脱落者が多いことでも知られていた。

弱冠十八歳前後の生徒たちは東京の奥地・多摩の山地を発進点とし、青梅街道を南下するコースを走りに走る。脱落すれば、厳しい制裁が待ち受けていた。以下、朝日新聞テーマ談話室「日本人の戦争」所載の「生徒手記」の引用となる——。

マラソン行程の半ばを過ぎたころ、街道の広がりがあったが、そこには早くも数十名の生徒が軍装のまま倒れていた。街道は異様にひっそりとし、村人は「固く戸を閉ざし」て誰も姿を見せない。軍の行動に口を差し挟むことは禁物だったのだ。

さらに走ると、朝鮮人が集団で住む飯場があった。ここで、みなが「感動の場面」を目撃している。チマ、チョゴリ着の「老母」が若い朝鮮人の娘たちを指揮し、苦しさに「のたうつ」生徒たちの介抱に走り回る姿があったのだった。

「アイゴー、おばさんよ。飛行隊の兵隊さんたちだよ。うかつに手を出すと、憲兵隊か来るよ」「憲兵隊もクソもあるものか。あの者たちも人の子じゃ。早く引いて来なさい」「ボタンをはずすんだ。ズボンのひもを解くんだ。水はどうした、水はどうした」

介抱の娘さんで泣き出す人もいた。「男女七歳にして同席すべからず」の教えが強い同国の若い女性で若者の体に触れるのは「タブーに近い」ことだっただからだ。

「しかし、みんな懸命になって、のたうつ飛行兵の軍装に挑んでいました」

こうした想定外の事態を迎え、中隊の教官（真鍋中尉、島山軍曹）は駆け抜けようとする後続の生徒たちを制止し、その場で整列させている。そして、老母はじめ、忙しく立ち回っている朝鮮の人たちに対し、総員「挙手の敬礼」でもって感謝の挨拶を送っている。

終戦も間近い昭和二十年五月――。東京・青梅街道での出来事だった。

馬と兵隊

第百三十一師団（通称号・秋水）神谷良吉主計中尉（85）は、昭和二十年八月十五日、終戦の日を中国揚子江中流の安徽省安慶で迎えている。部隊は安慶城の北にある安慶大学に収容されていたが、その抑留生活中、忘れられない記憶がひとつある。

終戦の年の冬の日のこと——。

中国軍の要請で各中隊から抽出された作業要員の兵隊五十人が、寒風吹き渡る揚子江岸沿いに碼頭倉庫に向かって四列縦隊で歩いていた。とつぜん前方から一頭の馬が高くいななきながら走ってきている。中国軍の飼育場から脱柵（脱走）してきたのか。

兵隊たちは一斉にその馬の方を見た。終戦とともに中国軍に接収された旧日本軍の軍馬だった。おっそろしくやせてはいたが、久し振りに見る大きな日本産の馬だった。馬の方もかつての主人である旧日本兵のにおいに興奮しているかのようであった。タテガミを振り乱しながら、隊列に近づくと、立ち止まっては走り、兵隊の顔を一人一人のぞきこみ、まるで誰か尋ねる人を捜すかのようにまた立ち止まっては走るのだった。

そのとき、隊列の後方の兵隊の間から「おお！　おお！」という大きな声が上がった。すると、馬は耳をぴくんと立てて、そちらの方を見ていたが、すぐ捜していた主を発見したのか、喜びにいななきながらその声の主の方へ走り寄っていった。そして、その兵隊のヒゲ面にほほをすり寄せ、大きな図体で盛んに甘えるのだった。兵隊は「うおん、うおん」と大声をあげ、泣きながら馬面を抱きかかえている。

「中国軍に接収管理された日本馬は、飼い葉も十分与えられず、手入れも満足にしてもらえず、見るかげもなくやせ細って骨と皮だけになっていた。どんなにか優しかった前の主人が恋しかったことであろう」「馬と兵隊、動物と人間がこんなにも深い愛情で結ばれているのに、何故の戦争だったのかと思わずにはいられなかった」（神谷・手記）

満州（中国東北部）牡丹江で編成された独立混成第七十九旅団砲兵隊第二大隊第一中隊付・東山林曹長（86）＝写真・当時＝は終戦の日を鮮満国境の安東で迎えている。

本隊が本土防衛で日本内地に移動したため、かき集めた残兵でつくられた対ソ戦部隊だった。砲兵隊とはいうものの、砲といえば中国軍から奪取した迫撃砲四門が中隊にあるだけだった。撃つべき実弾の数も乏しかった。

「これが、あの精強を誇った関東軍の末路か、と」

兵隊も現地召集の年配者や少年が多く、頼りになりそうになかった。のち、これら未教育兵のほとんどがシベリアの酷寒と栄養不足により、ばたばたと倒れていっている。

終戦とともに進駐ソ連軍によって千頭近くいた部隊の軍馬は接収された。東山曹長の愛馬だった「杉代《すぎしろ》」もまた例外ではなかった。オスの去勢馬で六歳。北海道産サラブレッドの雑種。顔の左右に白い「小星」がある黒栗毛の立派な体格の馬だった。

「五年間行動を共にした数々の思い出をかみしめながら、タテガミを切って形見とし、好物であったコウリャンを飯盒で煮て与え、別れを惜しんだことでした」（東山・手記）

五年間も行動を共にしたというのには、じつはワケがあった。「蹴る、かむ、覆いかぶさる」、さらには逃亡ぐせ（放馬）と、三拍子以上の欠点がそろった厄介馬だった。「くせ馬ほど調教次第で名馬になる」といわれるのだが、もうひとつ、どういうわけか「将校ぎらい」で長い剣をつけた将校が乗ろうものなら、暴れ回ってどうしようもない。

そこで農家育ちで馬の扱いになれている東山に調教役が回ってきたのだが、不思議なことに東山だけには従順だった。そんなもんで、元はといえば大隊長用として連れて来られたはずなのが、そのまま当時一等兵の東山の持ち馬となっていたのだった。

（通常、一等兵の分際で専用馬を持つことは考えられないのだが、この場合、「それほどならば」との大隊長特命があって

東山 林（伍長当時）

のことだった。また、これは戦後になってのハナシになるが、復員した東山は高知競馬場の騎手試験を受けて合格している。結局は年齢制限と体重の重さでプロ騎手にはなれなかったのだが、それほど馬が好きだった）

さて、東山曹長の語る「シベリア抑留物語」はすさまじい。

「劣悪な給与（食料事情）、敗戦虜囚という汚名を着せられた精神的打撃は、我々の体力を急速にむしばみ続けたのであります。加えて、零下三十度を超す酷寒の毎日。そうした環境にあってノルマ（割り当て仕事量）とマンドリン（自動小銃）に追い立てられる伐採作業、さらに我々を苦しめたシラミ、南京虫の大群に総攻撃を受け」「この六ヵ月間、衣服は着たままで、一度も洗濯したり消毒したりして着替えしたこともありませんし、入浴したこともありませんでした」

「もしこの世に地獄というものがあるとすれば、このときの状態を指しているのではあるまいか、と今つくづく思い出しています」（同）

そして、ソ連兵による「東京ダモイ」（ヤポンスキー・ソルダート・スコラ・トウキョウ・ダモイ：東京に帰す）との言葉に、いくど、だまされ、くやしい思いをしたことか。喜び勇んで荷物をまとめたところで列車に乗せられ、東京とはまるで反対方向のシベリアの奥地へ奥地へと送られていったのだった。

東山曹長はシベリアのキルガという土地のラーゲリ（収容所）で二十三年十一月までの二年余を過ごした。約百人の戦友と一緒だった。伐採作業や材木運搬、材木の貨車搭載作業のほか、草刈り、農場の手伝いが主な仕事だった。

二十三年の春のこと――。

伐採作業の後片づけをしていたところへ、馬ソリで木材を運ぶ地元ソ連人（ロシア人）の男がやってきた。そして、ちょうど東山らが見守る前で、雪解けのぬかるみにソリの片方を落として動けなくなった。男はめったやたらと馬にムチをくれ、「このノロマが」と盛んに悪態をつきはじめた。

そのとき、東山は「おや」と思っている。そのやせて、もがいている馬に「どうも見覚え」のあるような気がしたのだ。おや、と、近づき、そっと声をかけてみた。

軍馬と兵隊は深い愛情で結ばれていた

「スギ、よ……」

「すると、もがいていた馬の耳がぴーんと立ち、ゆっくりと私の方を振り向いた。赤く充血し焦点を失ったような目に、きらりと光るものが見えた。私は『おーら、おーら』といいながら首筋を軽くたたき、軍隊でやっていた時と同じように左前方から、特徴、傷痕を調べた」（同）

間違いなかった。まぎれもなく馬は、あの暴れものの、そして東山だけにはなついていた愛馬杉代だったのだ。「なんという奇縁、奇遇であろう」。別れて三年近く、そしてこの広大なシベリアの地でばらばらになったあと、再びめぐり会おうとは——。

男の身振り手振りをまじえた説明によれば、やはりこの馬はかみついたり、蹴ったりして何人もケガをさせて使いものにならないため、二足三文でこの地に木材運搬馬として送られてきたということだった。酷使され、乱暴に扱われていることは一目瞭然だった。

「私は彼に代わって手綱をとり、手まね足まねで説明しながら、この馬の扱い方を教えつつ、軍隊当時の音声による扶助と馬の呼吸に合わせて、めり込んでいたソリを引き出した。『スギ、よくやったぞ』と愛撫すると、充血した目で私を見ながら、鼻孔を大きく開いて、ぶるぶると鳴らした。そして馬首を私の胸にこすりつけて、いくども愛咬を繰り返した。馬としては最高の愛情表現である」(同)

東山曹長と愛馬杉代との物語は、もうちょっと続いた。

再会した数日後、収容所長のソ連軍少佐から直接の呼び出しを受けた。なにごとかと不安をおぼえながら出頭してみると、例の馬ソリの男から報告があったらしく、馬との関係を尋ねられた。大切にしていた「形見のタテガミ」を見せたところ、驚いた所長命令で杉代が連れて来られ、再び会うことができた。

所長はひどく感動したらしく、それからは杉代とペアになっての木材運搬の仕事をさせてくれたから、素直に喜んだ。馬も甘えるように体を寄せてくるのがいじらしかった。そんな具合だったから、いつも仕事は大いにはかどり、そう苦労せずに「二百パーセント」のノルマを達成することがたびたびだった。

そんな日、所長が思いがけないことを言い出している。

「セルジャント・ヒガシヤーマは優秀だ。カピタンにするから、ここにいて働いてはどうだ。かわいい娘も選んでやろう」

もちろん断わったのだが、いま、東山は深い追憶に沈むときがある。ソ連人をかんだり、蹴ったりしていたのも、兵隊と同じように「虜囚のうっぷん」を晴らしていたのであったろうか。その後、東山と一緒に働いたときのように「素直で従順な」生涯を送ったのであろうか。そして、それが本当に最後の別れとなった日、夕日に赤く染まった西空に向かい、大きくいななきつつ、黒い影となって遠去かっていった名馬杉代の後ろ姿――。

機関車と兵隊

第五章「戦場の慰安婦」の「東雲のストライキ」で紹介した藤本秀美衛生伍長（86）は、終戦の昭和二十年夏、満州（中国東北部）図們の第七十九師団（通称号・奏）衛生隊にいた。いったん除隊したが、二十年四月、再召集を受けていた。軍曹になったものの、わざわざ敗戦の混乱の中に飛び込んでいったようなものだった。

部隊が駐屯している村をたくさんの荷物を持った人々が通り過ぎていく。幼児を背負ったり、手を引いている家族連れ。疲れ切った老人もいる。満蒙開拓団の人たちである。

「『満蒙は日本の生命線』と国策で送り込まれ、終戦と同時に見捨てられたこれらの人たちを見て、私の心は痛んだ」（藤本「投降拒否・部隊解散」）

部隊はソ連軍に投降することになった。しかし、藤本軍曹はただ一人、隊から離脱することを決意している。身分を明らかにする軍隊手帳と階級章を埋めた。そして部隊の馬にコメや干魚、ミソを詰めた袋をくくりつけ、馬腹を蹴ってる。乗馬術はかつて野戦重砲旅団にい

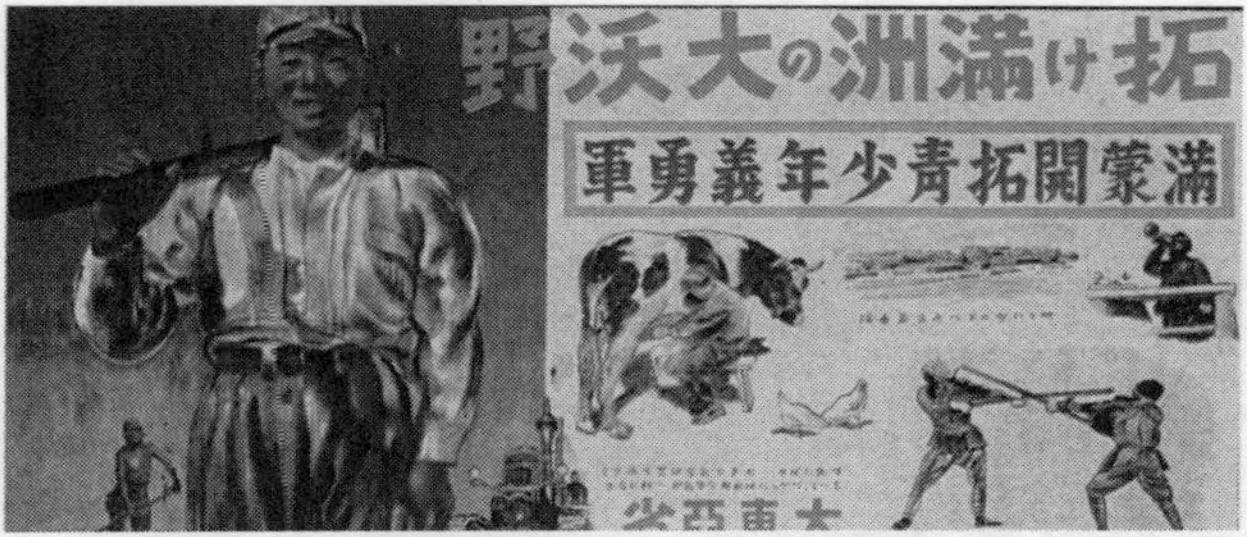

「満州開拓」を呼びかける大東亜省のポスター（「戦争と庶民②」から）

たときに習い覚えたものだ。
「捕虜なんかになってたまるか」「生きてりゃ、また内地で会おう」

行動を起こして四日目、北朝鮮の元山近くの駅にたどり着いた。折よく日本人乗務員による貨物列車が南をめざし出発準備をしているところだった。貨車には各地からの避難民が多数乗り込んでいた。やっと汽車に乗れたという安堵感が漂っていた。

そこへ、一人の昨日までの日本軍憲兵が現われている。いきなり真ん中ほどにある貨車の上に立つと、拳銃を取り出して空に向け一発。そして大声でわめき出した。
「この汽車は軍用だ。民間人は乗ることならん。みな降りろ」

あまりの乱暴な言い草に避難民は総立ちとなっている。藤本も「あきれ」ている。負けた軍隊が、いまさら、なにが軍用だ、なにが軍人専用車だ。そこで馬に乗ったまま貨車に近づき、手綱を操りながら「おい、そこの元憲兵」と呼びかけている。

「元憲兵さんよ。なにを血迷っている。お前、そんなことを言って身分を明らかにしていいのか」

「おまけにまだ武器を持っている。ここをどこだと思ってるんだ。朝鮮だぞ。ただじゃ済まんぞ」

憲兵は拳銃をにぎったまま振り向いたが、藤本の言葉に初めて取り巻く状況を認識したのか、あらためて自分の軍服の服装を見回すと、慌てたように列車から飛び下り、「こそこそと逃げるよう」にして立ち去った。周囲から藤本への大きな拍手が起きている。

第十三飛行師団（通称号・隼魁）第八野戦航空修理廠海浪第二分廠・半戸《はんど》正視《まさみ》航空技術上等兵＝写真＝は、終戦を中国山東省の青島と済南との中ほどにある二十里堡で迎えている。いまや仮収容所と変わり果てた第二分廠のすぐわきを青島まで走る鉄道膠済線が通っており、夜汽車の汽笛が兵隊たちを望郷の念に駆り立てて止まなかった。まして半戸上等兵の場合、満鉄（南満州鉄道）大連鉄道教習所機関車科卒である。召集前は満鉄や華北交通で機関車の「缶たき」や運転をやっていたから、ことさら汽笛の音は身にしみた。

二十年十一月末、ついに部隊にも復員の朗報が届いた。徒歩行軍で二百キロ先の青島まで行き、そこから船に乗るということだった。復員の知らせはたいへんにありがたい。だが、徒歩で港がある青島まで行けとは情けない。尋常な道のりではない。極限まで鍛錬された歩兵科の兵とはちがい、技術関係の兵隊はどうにも「足が弱い」のである。

部隊では天幕を利用して大きなリュックサックをつくり、兵たちに担がせることにしている。食糧を運ぶ荷車も十台ほどが用意できた。かくて十一月二十九日、道路事情偵察と宿営地確保のため、先発隊がなけなしのトラック一台で出発している。

ところが、翌日、残った本隊が出発準備で汗をかいているさなか、ひょっくりその先発隊のトラックが戻ってきたから、みなが顔を見合わせた。なんでも第一日目の宿泊予定地の膠州線駅で、放置されている一両の機関車と多数の貨車を見つけた。で、部隊で唯一の機関士資格を持つ半戸上等兵に点検してもらおうということで戻ってきた。もし動くものなら大助かりだ。部隊二百人を一駅でも二駅でも青島に近づけられるのでは――。

そんな話だった。で、思いがけない場面で半戸上等兵の出番となっている。

「現場に着いてみると、先発隊員各人のポケットマネーや私物として支給された貴重な毛布や防寒シャツまで石炭に換え、中国人鉄道員の協力を得て、十二両の貨車を手押しで連結。遠い給水所からバケツリレーで機関車の缶および炭水車に水を運び、機関車の火室には、側線から外した枕木ですでに火も入れてありました」（半戸・手記）

半戸正視

機関車や貨車も金属部品は盗まれていたが、肝心の機関車の動輪三軸は無事のようだった。先発隊の面々もさすが技術兵の集団である。ツボを心得た準備を完了していた。はからずも、期待を一身に集めるかたちとなった半戸一等兵は改めて気合を入れ直している。

貴重な石炭を徹夜で火室にまいて機関車の蒸気圧を高める作業にとりかかった。翌日正午ごろになって、ようやく十二両の貨車を動かせる程度までに上げることができた。後方へバックするかたちで機関車を動かしてみる。時速十キロくらいは出せそうだ。

「十二両の貨車を前側にして、大事に大事に石炭を投入し、ときには機関車上に積まれた枕木を火口から押し込んだりしながら、本隊を迎えに戻る。ブレーキも利かない。誘導する車掌もいなけりゃ、缶たきもいない。（中略）不安いっぱいの運転でした」（同）

二十キロも戻ったあたりだったか、鉄橋があった。走り抜けるべきか否か。万が一、いやがらせで線路が破壊されでもしていたら、この頼みの機関車は川へドボンである。同乗の先発隊員指揮官とも相談した末、鉄橋前で停車させることにした。そして祈りを込め、近くまで来ているであろう徒歩行軍の本隊に知らせるべく、長い汽笛を鳴らしている。

そのころ、重い荷物を背負い、荷車を押したり、引いたりの本隊の中で、村松孝兵・兵長（82）があえいでいた。深夜の出発で睡眠不足もあった。そこへ「細い小さな響き」ながら鉄橋の方から汽笛が聞こえたものだから、犬ころのように耳をそば立てている。

じつは本隊の兵隊たちの間で噂が流れていた。

「半戸という上等兵」が先発隊と合流して列車を運転して迎えに来るそうな。満鉄（南満州鉄道）の優秀な機関士だったそうな。それが、軍隊で初年兵生活からやらされて、むくれ放

無蓋貨車に兵隊を「満載」して大陸を走る列車（戦時中の撮影）

し。日頃ぜんぜん「やる気を見せない兵隊」なのだが、こんどばかりは「ここ一番」と張り切って出かけたそうだ——。

「ウソじゃなかった。半戸が迎えに来たぞ！」

どっと歓声が上がっている。村松兵長の目に、機関車運転室で忙しくしている半戸上等兵の「軍帽のアゴひもをきちっと下ろし緊張した顔」が、じつに頼もしく映っている。

それからもたいへんだった。前途は遠い。以下、半戸上等兵の手記によれば——、

燃料不足と懸念される線路破壊工作（いやがらせ）に備え、機関車の前に貨車一両を追加連結し、側線の枕木、レール、犬釘まで外して積み込み、あらためて青島をめざしている。明るいうちに「ひと駅でも二駅でも」先に行くのだ。

「場内オーライ」「後部オーライ」

信号機も破壊されているのだが、すっかり京漢線、

京山線を運転したころを思い出し、一人だけの「換呼応答」もさっそうと、半戸はスロットルをにぎっている。

だが、悲痛な光景にぶつかるには、そう時間はかからなかった。線路わきの赤土の沿道をいくつかの小さな集団をつくり、懸命に乗船地の青島めざして歩く避難民の痛々しい姿があったのだ。女性に子ども、年寄りの男性もいる。おむつをリュックの上にひらひらと乾かしている赤ん坊連れ。全く若い男の姿が見えないのは、終戦直前、関東軍による「根こそぎ動員」の現地臨時召集が行なわれた故であろうか。

そうした集団を見つけるたびに、半戸は列車を止めている。「乗せて下さい。せめて子どもだけでも」。避難民たちは声を限りに叫んでいるのだ。とても無視して走り去ることができなかった。部隊長・穴沢少佐もさすがに理解ある軍人だった。半戸の頼みを快諾して避難民全員を列車に収容している。

そして、世の中、ほんとによくしたもので、お年寄りながら避難民の中に、その昔、満鉄などで機関助手をしていたという人、保線区の元線路修理班員、さらには車掌経験者もいたから、とたんに運転室はにぎやかになった。

元機関助手はさっそく缶たきをやってくれた。車掌経験者は機関車の前に連結した貨車に立って前方監視に当たり、その手練の非常合図で危うく脱線を免れたことがあった。元線路修理の人も何箇所かの線路破壊現場で兵隊たちを指導して作業を進めてくれた。忘れられない記憶がある。

十四歳を頭とする四人の兄弟姉妹が、線路修理で途中停車している間、沿道わきの中国人民家で買ってきたという中国酒と南京豆の袋を「機関士の兵隊さんに」と持ってきたことだ。「隊長さんに私たちを乗せてくれるよう頼んでくれたんでしょ。ありがとうございました」。年端のいかない子どもながら、そんな殊勝で行き届いたことを言う。親の顔を見たいと思ったが、父親は臨時召集で軍隊に行った切り。母親とは敗戦の混乱の中で生き別れとなった。これから子どもたち四人で力を合わせ、内地に帰るという話だった。

荒野の果てに太陽が沈みかけていた。大陸の夕日は輪郭がはっきりしていて、まぶしさを感じさせない。子どもたちの顔が赤く輝いていた。

半戸上等兵は、その手記を次のように締めくくっている。

「ぶっ壊れた機関車を運転、ブレーキのない車両を転がして、二百キロも歩かなければならなかった自分の部隊全員と、千キロも歩いてヘトヘトになっている一般邦人百余人を、全部拾いあげて乗船地青島のすぐ近くまで運んだ」「この引き揚げ列車運転は（中略）機関車ひと筋に生きた私の最後の奉公となりました。私の一生で一番大きな仕事ではなかったかと思っています」

箸と産婦と墓参りと

本書第五章「戦場の慰安婦」の「白蘭の歌」の項で面白い話を聞かせてもらった第百四師団・次広勝主計伍長（80）は、くやしい終戦の報を、中国広東省広州・太平場近くにある西村集落で聞いている。

即日、「重要書類のすべてを焼却せよ」との師団命令があり、部隊の庭で燃やしたのだが、その量の多いこと。そんなに書類を溜め込んでどうするつもりだったのか、夜半過ぎまで広東の空を真っ赤に染めて燃え続けている。その火の周りで終戦を「狂喜」して喜ぶ兵の姿が形式主義の軍隊の崩壊を物語っていた。

もうひとつ、古参の主計兵としてやるべき仕事があった。部隊のパン製造工場で「じつに真面目に働いて」くれていた若い中国人女性（姑娘）八人の身の振り方である。終戦で彼女たちが貯めていた日本軍発行の金券である軍票は紙クズ同然となってしまった。おまけに、これまで日本軍の施設で働いていたことを知られると、日本軍びいきの「漢奸」とみられ、自国中国側民衆から迫害を受ける恐れがあった。

だが、敗残の身とあってはどうしようもない。備蓄していたコメと縫製工場に山積みされていた高級ミシン針を「持てるだけ」持たせている。コメは当座の食物として、ミシン針は売って生活の足しにしておくれ——。そんな願いを込めてのことだった。夕闇迫るなか、次広伍長は彼女たち一人一人と握手を交わして「涙の別れ」を告げている。

その後、部隊は駐屯してきた中国軍によって隊舎の明け渡しを迫られ、近くの駅の貨車に収容された。荷物並みだが、別の収容所に行くまでの辛抱ということだった。それでも軽火器の携帯を許されるなど、中国側には突然に戦勝国となって戸惑いがあり、そんなふうに扱いに大まかなところがあるのが救いだった。

駐屯地の次広勝主計伍長（右）。左は戦友の小沢提主計伍長（昭和19年1月）

それにしても気がかりなのは、あの八人の姑娘の消息である。無事であろうか——。ある日、次広伍長は立哨の中国軍警備兵にこっそり相談を持ちかけている。こうこう、こういう娘たちとつなぎ（連絡）をつけておくれ。お礼に「拳銃一丁」を進上しよう。

中国軍の兵隊は「ピストル一丁あれば下士官になれる」という話を聞いていた。モノは試しである。相手は若い兵隊だった。果たして「目の色」を変えて飛びついてきた。任せておいてくんなはれ、と、どこかで

パン工場の班長・馮舜文（ヒョー・シュンマン）。当時18歳（次広勝氏提供）

聞いたようなことを中国語で言って胸をたたく。

二日目の夕方のことだった。

「班長さん」「次広班長さん」と女の声がする。

貨車から降りてみると、線路の向こうから「黒装束」が這って来て、その黒い布をはずすと、なんと、これが、あのパン工場で働いていた姑娘の一人だった。

「ミシン針のおかげで、みなは無事、元気です。安心して日本に帰ってください」

そして「これは八人からの贈り物です」と細長い箱を差し出すのだった。話しかけようとする次広を制し、「時間がありません」「班長さん、帰国の一路平安を祈ります」。そんなことをいって、また黒布をかぶり、後ずさりして闇に消えていっている。

ぼう然として突っ立ったままの次広だったが、気を取り直して箱を開けてみると、長さ二十センチもある見事な「象牙の箸」が入っていた。

このせっかくの象牙の箸だったのだが、のち、広東省東江のほとりで昼飯をしていたとき、いきなり「出発命令」がかかったものだから、あわてて置き忘れてしまったのは次広伍長一代の不覚であった。しかし、あの八人の姑娘の心のこもった象牙の箸――。

「だれにも拾われず、きっと川岸の青草の中に残っていますよ。そうあってほしい」

いま、次広は、しみじみと、そんなふうに回想するのである。

湖南省長沙から南へ百キロばかり先の湘郷に駐屯していた「救護宣撫工作隊」の小倉操隊員たちは、終戦の日以降、中国人の民家に「預かりの身」となっている。集落に大きな施設がなかったことから、旧日本兵を分散収容せざるを得なかった面があった。

それにしても、よくいわれるように大陸的というか、そう指示した中国軍もそうだが、地区の人たちも大らかなものだった。食糧は部隊の備蓄米でまかない、民家の土間の一角にワラを敷き、毛布で寝る生活となったが、行動は集落内であれば自由だった。

「われわれは村落の人たちの救護活動を行って接していた関係もあって、言葉はあまり通じなくてもお互いに人間関係の信頼があったことから、捕虜の身となっても（村人の）われわれに対する態度は変わらなかった」（小倉・手記）

仕事といえば道路修復工事くらいのもので、結局、ここで一年ほど「比較的恵まれた環境」のうちに明け暮れして復員することができたのだが、ひとつだけ、なんとも奇天烈な経験をしたことがあった。

ある夜、集落の長老がやってきて「今晩一晩、産婦の見張りをしてくれないか」。地元の言い伝えによれば、夜に出産した産婦は翌朝の日の出まで眠ることは許されない。眠るとその産婦は死んでしまう。そこで、まことに申し訳ないが、隊員の「先生」たちに見張り番を頼みたい――。そんな申し出だった。

なんとも奇妙な信仰だと、小倉ら隊員たちは顔を見合わせたが、相手はどこまでも真面目な表情で頼むのである。迷信だよ、かえって産婦の健康に悪いんじゃないかナ、といってもはじまらない。「村人のためになるなら」と、隊員たちは半分は興味も手伝い、産婦の面倒をみることにしている。青竹を割って束ねたものと、線香が用意されていた。

しかし、実際にやってみると、これがまあ、じつにたいへんな仕事だった。長老が隊員たちを「先生、先生」と盛んにおだてたのも無理からぬところがあった。

「二人一組となり、一時間交替で寝台に横になっている産婦の枕元で、イスに座って産婦の様子を見ては、青竹を振って『ガチャガチャ』と音をたてたり、『やあやあ』と大声で叫んだり、あるいは線香に火をつけ、産婦の鼻先まで持っていき、その煙でむせさせては目を覚まさせた」（同）

これらのことを交替で繰り返して続けたものだから、無事に任務を終え、やっと日の出を迎えたときには、隊員全員が目をしょぼしょぼさせている。村人の感謝の弁もほどほどに、眠たくて眠たくて、こんどはこちらの方が死にそうであった。

そんなこんなで「人情味のある集落の人びとの温情は忘れることはできない」と、小倉隊員はその手記を結んでいる。

中国の民衆の大らかさといえば、先の次広勝伍長にはまた、次のような記憶がある。

「昭和二十一年、南支（中国南部）の恵州から樟木頭への恵州公路は故国へ帰る兵隊でいっぱいでした」「行軍には国府軍（中国政府軍）の兵士が匪賊から守るため護衛についてくれ、道ばたには『がんばれ、父や母が待っている』などと、立て札をたてて、勇気づけてくれました」

やっと復員船が待つ虎門港に着いて、ほっとしているところへ、若い中国人農民がやってきて「兵隊を一人貸してくれ」。穏やかな態度ながら、なんだか思い詰めたような表情でいうのだった。理由を聞くと、「父親の墓参りに荷物を担いでほしい」の一点張り。

たとえ荷物運びの仕事だけだとしても、全然なじみのない土地と住民である。まして一人だけの外出は危険だ。一行の責任者である次広が思案していると、やりとりを聞いていた古参の上等兵が「オレが行ってやろうじゃないか」と買って出た。

「死ぬと思っていた戦争で助かった命。心配すんな、心配無用」

そんな調子で農民のあとに随いて行ってしまった。ふだん豪気で知られた兵で、次広の困惑ぶりを見兼ねての行動ともいえた。そんなもんだから、次広は余計に心配でたまらない。朝出かけたのが夕方近くなっても帰って来ない。たまりかねて村はずれまで捜しに行くと、向こうから上等兵の姿が見えてきたから、こんなうれしいことはなかった。

行くときは素手だったはずの上等兵が、天びん棒をかつぎ、先と後ろに大きなカゴをぶら下げ、「意気揚々」として帰って来る。そして、隊に戻ると「みんなで食べてくれ」なんて鼻をふくらませる。カゴの中は御馳走でいっぱいだった。

上等兵の話によれば——、

農民の父親は、日中両軍の戦闘に巻き込まれ、日本軍の弾丸に当たって亡くなった。この日は、ちょうど、その父親の「命日」。上等兵を連れた若い農民は父親の墓に向かって次のように語りかけたそうだ。

「お父さん、殺されて無念だろうが、日本は戦争に敗れ、いまは捕虜として悲惨な運命にある。今日一日、日本兵を苦力（クーリー）として使って荷物を担がせ、親類一同でこうして墓参りにきたから、許してやってくれ。成仏してくれ」

カゴの中味は供物の鶏肉、タマゴ、月餅などだった。次広伍長はじめ兵隊たちは、その御馳走を前に、しばらく「みんな無言」で、突っ立ったままでいる。

戦死を信ぜず

奈良盆地の元会社役員、野村恵庸《のむらしげのぶ》（66）＝写真＝は「おばあちゃんっ子」だった。母親が働きに出ていたことから、六歳まで祖母のひざの上で過ごした。その祖母が口ずさむ軍歌は幼少時における野村のいわば子守歌であった。

野村恵庸

そんな野村が小学生になってからのことだったが、祖母が「なんとも不可解な行為」を取り始めている。家にいて、たとえば食事中であっても、まだ家族の誰もが気づかないのに、ふいと「あ、飛行機」「飛行機や」と叫び、表に飛び出すのである。

すると、やがて飛行機の爆音がみなの耳に届いてくるのだった。異様なまでに研ぎ澄まされた聴覚といってよかった。

「庭に出て、音の聞こえてくる方向、空を見上げている。
『あの飛行機にヨシオが乗っているのや』

満州で戦死した野村義雄曹長（左）と、その死を信じなかった母野村ヨシエ

といって、両手を合わせて拝んでいる。

『おばあちゃん、ちがうよ。あれはアメリカの爆撃機や、B29や』

といっても、祖母には通じなかった。

『ヨシオが乗っている、こっちを見ている』

なん回も手を合わせては、拝む姿が今も脳裏に浮かぶ」（野村・手記）

ここに出てくる「ヨシオ」とは、祖母の息子であり、野村の叔父に当たる野村義雄のことである。義雄は昭和十七年六月十七日、満州（中国東北部）ハルピン北方の飛行基地で航空兵として勤務中、飛行機の旋回機関銃の暴発により、事故死した。二十五歳。陸軍航空曹長。公傷死で戦死扱いとなった。これからというときの無念の死であった。

以降、祖母ヨシエにおかしな行動が見られるようになったのだった。

八男一女という九人の子どもを生み、育て

た。「実にたくましく、忍耐強くて、しかも慈悲深い明治の女であった」（同）。信心深く、一日三回の祈りを欠かさなかった。仏間ではお祈りのために座る場所が決まっていたことから、長い年月の間にその部分だけ「畳が凹み」、跡がついてしまったほどだった。

男の子のうちの五人が戦地に出て行き、三男の藤太郎（陸軍衛生伍長）と六男の義雄が還らなかった。とくに義雄の場合、小さいころから「勉強好き」だったし、兵役に就いてからも地元で飛行機乗りになった者がほとんどいなかったことから、「自慢の息子」であった。このため、その戦死の公報に、遺族、とくに祖母が大きな打撃をうけたのも無理からぬところがあった。

「戦争中はもちろんのこと、終戦後も、結局、亡くなるまで、飛行機さえ見れば同じような行動を繰り返した。祖母にとって亡き息子は、いつまでも『空の勇士』であり、『飛行機』となって飛んでいたのである」（同）

その祖母は終戦から十年後の三十年十月二十一日、死去した。七十三歳。亡くなる数日前、見舞いに来た野村に、こっそりささやいている。

「ヨシオは、ひょっくり帰ってくるかもしれんね」

ここらあたりまでくると、いまも、野村の目元が、じっとにじむのである。

狩野 広

元小学校教諭の狩野広（73）＝写真＝の故郷は、北海道空知

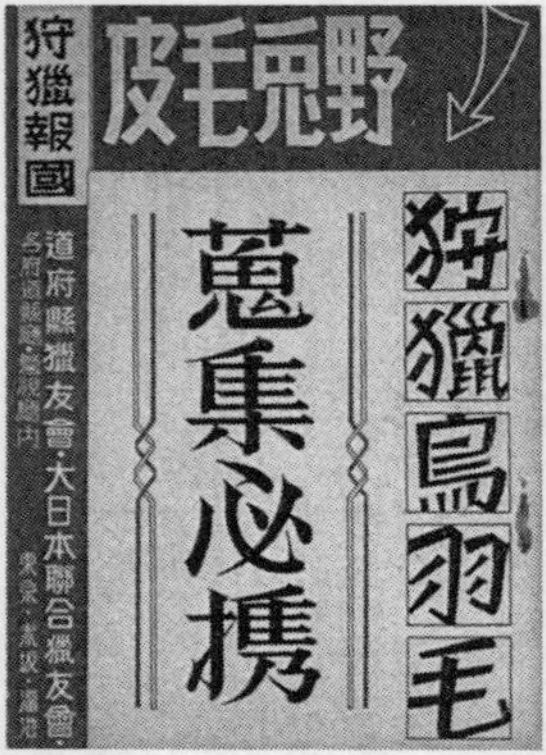

昭和18年10月、大日本聯合猟友会が発行した、防寒服材料として陸軍に提供する野ウサギ毛皮などの取り扱い注意書き（「戦争と庶民③」から）

地方である。

旧制岩見沢中学（現岩見沢東高）を卒業した。そのころの岩見沢といえば、周辺地区で大小の石炭鉱山がフル稼働していたこともあって、ずいぶんとにぎわっていたものだ。国鉄（当時）室蘭本線と函館本線が入っている岩見沢駅は人と石炭と空知地方の農産物を運ぶ分岐点でもあった。

折から非常時体制下であった。岩見沢中学の生徒たちも、そうした国民総動員の名目のもとで「いいように使われ」ている。「男子学生はスコップを持って全員集合」なんて、校内マイクが放送する。そして、「決戦輸送」で大わらわの岩見沢駅に駆けつけ、大雪で埋まった貨車や線路の雪かき作業となるのだった。「ネコ捕獲作戦」というのもやらされた。毛皮を兵隊用の防寒具に使うためだった。

そんな戦時下の十八年六月末のことだった。

岩見沢駅から室蘭本線下り四つ目の栗山駅から、一人の青年が村人に見送られて出征していった。駅周辺には一面の菜の花が咲き乱れていた。泣いて別れを惜しむ老母に青年は慰めている。

「どんなことがあっても絶対に生きて帰るから、そんなに泣かないで」

やがて、終戦のすこし前のことだったが、青年の死が老母に伝えられた。部隊が駐屯した沖縄の地で戦死したということだった。遺族が受け取った遺骨が入っているはずの白木の箱には「白い石と名札」があるだけだった。

ちなみに「栗山町史」掲載の同町出身戦死者名簿をみると、その九割方が沖縄戦で戦死しており、名簿の氏名に続いて戦死場所を示す「沖縄」「同」「〃」「〃」「〃」の長い羅列がなんとも異様である。青年は二十年五月初め、沖縄本島前田地区で上陸してきた米軍と交戦、戦死。最終階級は陸軍兵長とある。

以下、狩野「手記」によれば、

老母は息子の戦死を間違いであれば、と思った。だいいち遺骨がない。「戦死」の公報があったのに、戦後、帰ってきた者も少なからずいる。まして夢の中に出てくる息子はいつも笑顔で話しかけてくるではないか。思いは、高じて「信じ込み」「信念」へと変わっていった。そして――、

「毎日、駅に行っては復員兵や戦闘帽をかぶった人に息子の消息を聞いて回るようになった。農作業を止め、ぼろ着のまま毎日駅で過ごす老母に、当初は駅員や食糧取り締まりの警官、村人は同情していたのだが、乞食のような服装に精神異常を来たしたと思ったのか、やがて誰もが関心を示さなくなった」

当時、老母の家から駅までの農道は整備されておらず、途中の小川には洪水で流された土

橋の代わりに丸太を二本束ねたものが渡されていた。老母はこの四キロの道を「雨の日も風の日も」歩いては、列車を出迎え、しょんぼり帰る日々となっている。「おばあちゃん、いい加減にしたら」といっていた家人もあきれ、放置したかっこうだった。

終戦の日のあの暑さが過ぎて秋の風が吹き渡るころ、夕刻。一人ぼっちのそんな哀れな姿を畑仕事をしていた農家の人が目撃したのが、最後となった。帰りが遅いのを心配した家人が提灯を持って出迎えにいっている。丸木橋まで来たところで、河原で野犬が十数頭群がっているのを見た。「カリカリ」と骨を嚙み砕く音がした。

なにか盛んに食べている様子だった。そのころ、多くの農家でヒツジを飼っていた。きっとそのヒツジを襲ったのだろう、と、大声を上げ、石を投げて追い払った。ところが、よく見ると、野犬の群れが食い散らかしていたのはヒツジではなかったのだ。

歩いているのを襲ったのか、疲労か急病で倒れたところを襲われたのか、分からない。

葬式は寂しかった――。

だが、村はずれの焼き場までの「野辺の送り」では、戦死者の遺族たちで畑仕事の手を休め、いつまでも両手を合わせる姿が、そこ、ここに見られたのだった。

あとがきにかえて

「はじめに」で日本海事広報協会「海上の友」のコラム欄を紹介しましたが、もうひとつ戦争関連で書いたものがありますので、たびたびで恐縮ですが再録させていただきます。平成十六年一月二十一日付「タラワ玉砕から六十年」と題した記事でした。

フィジー島から飛行機便で三時間、南太平洋のキリバス共和国タラワ島に行った。日本軍玉砕の地である。一九四三年（昭和十八年）十一月二十一日から二十四日にかけ、この細長い環礁ベティオ島における激闘で日本軍守備隊約四千七百が戦死。米軍の戦死傷者もまた三千三百余にのぼった。それから、ちょうど六十年――。

昨年十一月二十一日、米軍上陸のその日、米駆逐艦ホッパーがやって来て記念式典を行なったという話だった。ここで戦った元米海兵隊員六人も参加した。だが、それを見守る島の人たちには、ほとんど戦いの記憶はなかった。当時の島民は日本軍によって環礁北端の離島へ疎開させられていて直接の被害はなかったため、とも聞いた。

四年前、かつて駐屯していた日本軍通信隊の元兵士が慰霊のため来島した。命令により他島へ転属して一週間後、米軍の上陸作戦がはじまり、通信隊の戦友全員が戦死した。念願かなって再訪問が実現したこの元兵士は、炎天下、ひたすら激戦場跡を歩き回っていたが、その夜、高熱を発して倒れた。

島では設備が整っている豪州の大病院に転院させようとしたが、一番早い飛行便でも三日後しかなかった。とうとう元兵士は島で息を引き取った。七十五歳。「亡き戦友たちが引き止めたのでは」。そんな意味のことを島の人たちは言い合った。

遺体は土葬された。法律で五年間、墓は動かせない。元兵士は、いまも、戦友たちと島に眠ったままである。

タラワ島本島の人口は約二万五千人。産業はヤシの実のコプラ輸出と水産物ぐらい。日本鰹鮪漁業協同組合連合会（日かつ連）が島の若者相手に船員訓練センターを開設したのは、九年前のことだった。いま、卒業生三百人が日本のカツオやマグロ漁船に乗り組んでいる。その一人が聞いてきた。

「日本軍はなんのために、こんな南の島に来たんでしょうか」

ヤシの葉ずれを耳にしながら、戦争の空しさと戦死した若者たちのことを思った。

タラワは平坦な小さな島でした。産業の貧困は記事の中でふれましたが、水資源にも乏しく、現在でも生活水の多くを天水に頼っています。そんな南の酷暑の島で、将兵たちは圧倒的な米軍兵力にも屈することなく、善戦敢闘を続け、ついには玉砕していったのでした。慰霊の旅の途中で亡くなられた元兵士の心情も察するに余りがあります。

そんなこんな、当時の将兵たちの思い、考え、見たことを知りたく、これまで取材を重ねてきました。いま、日本の若者は歴史を知らなすぎるといわれます。悲運にも倒れていった人たちと同じ年代となった現代の青年層が「戦争」にも全くの無関心とあっては困りものです。本書がそうした流れに一石を投ずるものになるとしたら、筆者としてこんな嬉しいことはありません。

平成十六年六月七日、のどのがんのため亡くなったコロンビア・トップさん（享年八十二歳）は、常々次のように話していたということです。元陸軍兵士。

「死んでいった連中はみんな二十代だもんなぁ。命は粗末にできねぇ。その連中に生かしてもらっているようなものだから」（同六月二十一日付朝日新聞）

まとめるに当たっては、本文中に登場していただいた方はじめ、次の方々や機関にお世話になりました。取材や問い合わせに快く応じていただきながら、紙面の都合により「字」に出来なかった方も大勢おられますが、お話は随分と参考にさせていただきました。メモと資料は大切に扱ってまいります。

蘆澤順、外川宇八、上澤祥昭、関佐千代、野間恒《のまひさし》、小室善衛、寺前秀一、丹野よしい、江端久、柴田勝吾、森ふくゑ、太田毅、阿土拓司、香取頴男、塩田章、佐藤弘正、大久保敏、北出純二、浅江喜佐雄、吉野興一、工藤洋三、松本光和、黒木雄司、柳和男、福山琢磨。靖国偕行文庫、元軍人軍属短期在職者協力協会、戦没船を記録する会、商船三井広報室（敬称略、順不同）。

編集に当たっては光人社・坂梨誠司氏からの的確なアドバイスがありました。

巻末に記した参考文献と合わせ、厚く御礼申し上げます。

平成十六年夏

土井全二郎

主要参考文献＊防衛庁戦史室・戦史叢書「比島・マレー方面海軍進攻作戦」「豪北方面陸軍作戦」「本土防空作戦」「捷号陸軍作戦」「海上護衛戦」「シッタン・明号作戦」朝雲新聞社＊平和祈念事業特別基金「平和の礎――軍人軍属短期在職者が語り継ぐ労苦・各巻」＊「孫たちへの証言・各巻」新風書房＊朝日新聞テーマ談話室「戦争（上・下）」朝日ソノラマ＊朝日新聞テーマ談話室「日本人の戦争」平凡社＊日本郵船「日本郵船戦時船史（上・下）」＊山下汽船山洋会「殉職者追悼録」＊全日本海員組合機関誌「海員」各号＊海交会全国連合会「戦争体験を語る」＊野間恒「商船が語る太平洋戦争」＊駒宮真七郎「戦時輸送船団史」「船舶砲兵」出版協同社＊片山正年「八万キロの戦争」現代教養文庫＊伊藤桂一「兵隊たちの陸軍史」番町書房＊日本交通公社「五十年史」、JTB「観光文化・144、150、151各号」＊樋口季一郎「アッツ／キスカ司令官の回想録」芙容書房＊今西錦司編著「大興安嶺探検」講談社＊内蒙古アカパ会・岡村秀太郎「特務機関」国書刊行会＊石井貞二「積乱雲――第二十五野戦気象隊側面史」＊中川勇編著「陸軍気象史」＊ジャーディン会「仏印駐屯気象隊誌写真集」＊羽仁謙三「海軍戦記」文芸社＊歩兵第十一連隊史、広島師団史＊大岡昇平「ある補充兵の戦い」徳間書店＊鈴木良雄「忘れざる戦場」＊編集委員会「光と影――第23号駆潜艇戦記」＊刊行会「水産講習所・海の防人」＊中之薗郁夫「海のパイロット物語」成山堂＊刊行会「高等商船学校出身者の戦歴・海軍士官編」＊海防艦顕彰会「海防艦戦記」＊独立歩兵第十三連隊史＊川副克己「知られざる第50号駆潜艇の航跡」＊編纂委員会「紅の血は燃えて――船舶特幹二期生の記録」＊高知県ニューギニア会編「追憶ニューギニア戦」＊久保田義夫「さらばラバウル」武蔵野書房＊出沢敏男「ニューギニア戦の検証」＊野戦高射砲第五十大隊第二中隊戦友会「戦友だより」1号～4号＊緩詰修二「最悪の戦場独立小隊奮戦す」光人社＊小島正一「れっぱく（裂帛）のいのち」＊原安夫・北原起明「ビアク・ヌンホル島からの脱出」＊佐藤俊男「生と死と」日本基督教団出版局＊金丸利孝「南十字星の煌く下に」海鳥社＊滝利郎・ラバウルの戦友の会「ラバウルの戦友」第18号＊寺前信次「両忘」「支那戦場余話」＊歩兵第一四六戦友会連隊史「想い出」＊特操二期生会「学鷲の記録・積乱雲」＊独歩百六会編「月と花と戦友――独立歩兵第百六大隊戦記」＊田口盛男「陸軍輜重兵を命ず」ミリオン書房＊藤井重夫「悲風ビルマ戦線」番町書房＊鶴九郎「異郷の果てに」＊川崎春彦「日中戦争――一兵士の証言」光人社＊藤本秀美「戦場に於ける看護日誌」「投降拒否・部隊解散」文芸社＊岡崎柾男「洲崎遊郭物語」青蛙書房＊友清高志「ルソン戦記」講談社＊独立歩兵第三十九大隊史＊徳増長五郎「太平洋戦争・南支最前線」コスモ・リサーチ＊江端久編「我らは船舶工兵第十一連隊」＊興龍会編集委員会「ああ滇緬公路」＊松井秀治「ビルマ従軍・波乱回顧」興龍会＊木下昌巳「玉砕」＊品野実「異域の人」谷沢書房＊森本謝「玉砕」＊吉野孝公「騰越玉砕記」＊太田毅「拉孟」昭和出版＊伊藤勝「中国戦線私記」伝統と現代社＊石川町教育委員会「石川における希元素鉱物研究の歴史と原爆研究」「石川町の空襲」＊県立石川高郷土部「石川の原爆製造計画」＊桜井一郎「シャンパーニュの空の下」文芸社＊伊藤一男「桑港（サンフランシスコ）日本人列伝」ＰＭＣ出版＊小川英雄「生還」＊吉岡斉「原子力の社会史」朝日選書＊山本洋一「日本製原爆の真相」創造＊読売新聞社編「昭和史の天皇4」読売新聞社＊日本科学史学会技術史分科会「技術史・第三号」＊ロバート・W・サイデル　小島龍典訳「原子爆弾開発ものがたり」近代文芸社＊アルバート・シュペール／品田豊治訳「ナチス狂気の内幕」読売新聞社＊吉野興一「風船爆弾」朝日新聞社＊奥住喜重・工藤洋三・桂哲男「米軍資料・原爆投下報告書」東方出版＊奥住喜重・工藤洋三「原爆投下の経緯」東方出版＊追悼実行委員会「7・26田辺の模擬原爆証言集」＊大阪大空襲の体験を語る会「原爆模擬爆弾投下証言集」＊久保安夫・中村雅人・岩堀政則「原爆搭載機・射程内ニ在リ」立風書房＊鶴桜会「舞廠造機部の昭和史」＊東京空襲を記録する会「東京大空襲・戦災史3」＊内田百閒「東京焼尽」中公文庫＊編集委員会「燦陸軍経理学校幹候第十一期」＊半戸正視「中国・日本はぐれ鳥」＊東京都老人クラブ連合会「平和への証言」＊西日本新聞＊朝日歴史写真ライブラリー「戦争と庶民①②③」朝日新聞社＊土井全二郎「ダンピールの海」丸善＊土井全二郎「栄光なにするものぞ」朝日ソノラマ＊土井全二郎「失われた戦場の記憶」「兵士の沈黙」光人社＊発売・発行元の明示がないものは非売品もしくは自費出版物

単行本　平成十六年九月「生き残った兵士の証言」改題　光人社刊

NF文庫

戦場における34の意外な出来事

二〇一九年九月二十日 第一刷発行

著 者 土井全二郎
発行者 皆川豪志
発行所 株式会社 潮書房光人新社
〒100-8077 東京都千代田区大手町一-七-二
電話/〇三-六二八一-九八九一(代)
印刷・製本 凸版印刷株式会社
定価はカバーに表示してあります
乱丁・落丁のものはお取りかえ致します。本文は中性紙を使用

ISBN978-4-7698-3135-8 C0195
http://www.kojinsha.co.jp

NF文庫

刊行のことば

第二次世界大戦の戦火が熄《や》んで五〇年——その間、小社は夥しい数の戦争の記録を渉猟し、発掘し、常に公正なる立場を貫いて書誌とし、大方の絶讃を博して今日に及ぶが、その源は、散華された世代への熱き思い入れであり、同時に、その記録を誌して平和の礎とし、後世に伝えんとするにある。

小社の出版物は、戦記、伝記、文学、エッセイ、写真集、その他、すでに一、〇〇〇点を越え、加えて戦後五〇年になんなんとするを契機として、「光人社NF（ノンフィクション）文庫」を創刊して、読者諸賢の熱烈要望におこたえする次第である。人生のバイブルとして、心弱きときの活性の糧《かて》として、散華の世代からの感動の肉声に、あなたもぜひ、耳を傾けて下さい。